交歓

YuMiko KuraHashi

倉橋由美子

P+D BOOKS
小学館

目次

第一章　満山秋色

桂子さんの四十回目の誕生日の集まりが急な差し支《つか》えが生じて中止となり、その埋め合わせが、月を越して十一月も下旬に近づいてから親しい人たちを招いての紅葉《もみじ》狩りということになった。場所は秋川の奥の別荘で、これは林啓三郎さんの弟の龍太氏の別業を譲り受けたものである。

この話は一昨年林さんから伝えられ、桂子さんは二つ返事で承知した。それというのも、この広大な別業についてはかつて一家で招待されたこともあってよく知っており、何よりも龍太氏があの王維《おうい》の輞川《もうせん》の別業を念頭において造営したという話に惹《ひ》かれたからだった。勿論、格安だったことも桂子さんの気持ちを瞬時にして動かした大きな理由になった。この取り引きが成って半年を経ずに龍太氏は亡くなった。肝臓癌だったと聞いたが、それで今でも桂子さんはこの別荘が龍太氏の生前の形見分けとして自分に贈られたもののような気がする。また聞くところによると、龍太氏はその所有していた膨大な財産の大部分をそのような形で処分したらしくて、中でも桂子さんの頭にすぐ浮かんだのは、これも昔耕一君と行ってから二人で勝手に「無名庵《むみょうあん》」と命名していた割烹《かっぽう》旅館とも「ポリガミストの館《やかた》」とも言うべき奇怪な別荘のことだった。こちらは入江さんという方に引き取っていただいたようですと、あとで兄の林さんから聞いた。桂子さんは競売で欲しいものを人にさらわれたような気がして残念でならなかった。もっとも「無名庵」の方は、買い取ろうとしても、もう二桁《けた》ほど支払う必要があったにちがいない。それは桂子さんの財力では所詮《しょせん》不可能だった。そう思って桂子さんは諦めることにした。そして秋川の別業には「輞川荘」に倣《なら》っていずれそれらしい名前をつけようと思っているうちに、「秋川荘」という平凡な名前に落ち着いてしまった。そのまま読むとアパートのようなので、せめて「シュウセンソウ」と音読みすることにしたけれども、衆寡《しゅうか》敵せずで、人は読みやすいように読み、結局は平凡な秋川荘にしかならなかった。

「御老体の林さんと車の運転をなさらない石慧さんはうちの車でお迎えしなければ」と桂子さんは専務の橋本さんと相談して、当日運転手つきの社長用の車を林さんに回し、橋本さんには橘《たちばな》石慧さんの方をお願いして、お二人を秋川荘までお連れすることにした。

「すると社長は御自分の運転で?」

「運転手としてもなかなかの腕ですよ。それに、途中で寄っていきたいところもありますから」

桂子さんは笑いを含んだ明るい声で言った。日に一度は病院に行くことが日課になっていて、そのことを桂子さんは美容院にでも寄っていくような調子で言ったのである。病院に行くのは夫君の信氏が入院しているからである。いや、入院というよりも、廃人の身柄を保管してもらっているというのに近い。夫君の脳卒中は重篤《じゅうとく》で、手術の結果一命はとりとめたが、意識が正常に戻る可能性はない。小は誕生日の集まりから大はこの秋のイタリア行きまで、桂子さんの予定していたことのほとんどが夫君の脳卒中という事故の発生で立ち消えとなった。

どんなことが起こっても驚かないというのが桂子さんの平素の覚悟である。夫君が五十代に入ってからは、脳や心臓の障害による急死、または癌の発見といった突発事故が夫君の身に起こる可能性についても考えてみたことがある。それは精神的ワクチン注射ほどの効果、あるいは精神的避難訓練ほどの効果があって、今度の事故でも、考えてもみなかったことが突然起こった時の呆然《ぼうぜん》自失や周章狼狽《ろうばい》だけは免《まぬが》れたけれども、桂子さんの気持ちの中には夫君の脳内の血腫《けっしゅ》に似た病変部が残った。つまりモイラの札の配り方に釈然としないものを感じたというわけで、例えば、五十歳になったばかりの夫君がなぜ、という気持ちがそれであるが、しかしモイラに向かって不服を唱え、怨《うら》みがましい抗議の姿勢を見せることは、自分に悪い運命が割り当てられたことを認め、そういう自分を自ら貶《おとし》めることになる。桂子さんは恥じの血が顔に上るのを覚えた。

そんな時に思い出したのが、「この世の中で何が起ころうと、自分には決して悪いことは起こらない」という誰かの言葉である。ウィトゲンシュタインがウィーンで見た芝居の中にあって感心したというせりふではなかったかと思うが、ともかくこの言葉を何度か服用してみると、桂子さんにはなかなかの効き目があった。それに加えて母の文子さんの言葉が、桂子さんにはうつろな目をしている時の平手打ちに似た効果を顕《あら》わした。病院に来た文子さんは病人の顔を見るなり、「もうあちらの人におなりのようね」と言った。あちらの人とは冥界《めいかい》の人、もしくは意識が狂の世界を漂っている人のことであるらしいが、どちらでも、またその両方でも同じことで、桂子さんは母の老眼の下した判断が事の本質を衝《つ》いているのを認めた。それで桂子さんの判断力をいささか湿らせ、麻痺させていた根拠のない希望という煙雨もたちまち晴れ上がったのである。夫君の所属が確定するのはそう遠い先のことではないという判断を桂子さんも受け入れた。確かにあの人は半ば冥界人である。ただ、体だけがこちらに残り、不気味な残骸をさらしている。この中途半端な状態が半年続くか、一年続くかは今のところわからない。桂子さんとしてはそれができるだけ長く続くことを願う気持ちはなかった。

病院を出て車を走らせながら桂子さんはそんなことをひとしきり考えた。不意に目の前が曇った。一人になるとこうして時々涙の発作に見舞われる。人前ではこの発作はまず起こらない。誰かと抱き合って涙の発作に身を任せることの甘美さは桂子さんにも十分想像できたけれども、夫君とはそういうことがついになかった。夫君との関係が特に異常だったからではない。考えてみると、桂子さんにはそういうことのできる相手がいないのである。それは誰のせいでもなく、運に恵まれないせいでもなく、自分のせいであることを桂子さんは知っている。いわば哀しみを封じた嚢《ふくろ》の口が堅すぎて、人前では簡単に開いたり破れたりしないのである。反対に笑いの方の嚢の口は絶えずゆるみ、歓《よろこ》びを交換することに忙しくなる。その代わりに、一人の時には哀しみの嚢の中身を少し出してみる。それが涙になる。その状態のことを桂子さんは感傷的になることだと定義している。十分感傷的になった頃に車は山道に入り、蒼天《そうてん》を駆け抜ける強い風に吹き散らされる雑木の紅葉が、時には何かの赤い死骸のように降りそそいできた。

　昨日までの雨が上がったのはよかったが、この風では残っている紅葉黄葉《こうようこうよう》もすっかり吹き払われそうな気がする。桂子さんは玄関に出てきた管理人の保坂さんに大袈裟な心配を漏らしてから、川に面したロビーにお茶を運ばせ、この別荘の「非常勤」料理人の高橋さんの夜の献立予定に目を通した。高橋さんは有名な料理学校で講師をしているほかは、臨時の注文に応じて出張して和仏折衷風の料理を作るという変わったスタイルを守っている人で、桂子さんはこの人にはいつも客の顔ぶれなどを説明するだけで特に注文をつけたことがない。自宅の「専任」料理人の小川さんに対しては、時に、あれが食べたい、この客にはこれがいいなどと注文を出して我がままを通すことがあるけれども、ここでは料理から酒、ワインの選択に至るまですべてお任せである。高橋さんの方も、したり顔で材料から調理法、ソース、スパイスの種類まで説明するような真似は一切しない。ところが、

「今日は変わった茸《きのこ》を使います」と高橋さんは珍しく意味深長な微笑を浮かべた。

「この、ラテン語みたいなものがそうですか」

「学名で書いてあります」

「実は松茸《まつたけ》だったりして」と桂子さんは茶化した。「それとも猛毒の茸かしら」

「残念ながら両方とも違います。まあ、あとのお楽しみということにしておきましょう」

「茸と言えば」と桂子さんは突然思いついて保坂さんに言った。「偶然、今日持ってきたCDの中にジョン・ケージのプリペアード・ピアノのが一枚あるわ。食事の時にそれをエンドレスでかけて下さい」

それからロビーの隅に置かれた荷物に気がついて尋ねると、森さん夫妻と二人の子供がついさっき着いて、早速茸狩りに出掛けたということだった。ジョン・ケージではないが、森さんも茸が好きで、アメリカではカリフォルニアの小さな町にまで茸を探して行ったことがあるという。保坂さんがこのあたりの地図を描いて渡してあるので、上の「竹里館」の方に直接現れることになるだろう。

林さんを乗せた車と橘さんを乗せた橋本さんの車が相前後して到着した。林さんは出迎えた

桂子さんに、

「このたびはどうも」と言いながら帽子を持ち上げて軽く頭を下げたが、それには桂子さんの夫君の「事故」についての挨拶も含まれていた。桂子さんの方も、

「その後奥様はお元気でいらっしゃいますか」と夫人のことに触れたが、林さんはいつもながらの無間断の微笑とともに、

「あれも出家してお寺、いや病院に入ってからはおとなしく勤行《ごんぎょう》に明け暮れているようで」と答えた。

林夫人には三年ほど前からアルツハイマー病の症状が出始めて林さんも大変な苦労をしたようだったが、諦めてしかるべき病院に任せることにしてからはその苦労から解放されているらしい。桂子さんは上品で飄々《ひょうひょう》として痩せた菩薩《ぼさつ》像のようだった夫人を思い浮かべ、その菩薩の姿のままぼけていてくれることを願った。

橘石慧さんは四十代も半ばを過ぎているが独身である。北京《ペキン》生まれの李白石氏に学んだ水墨画の名手で、書をよくし、漢詩を作る。桂子さんに言わせれば、稀有《けう》な三絶ということになるが、その一見中国人風の名前にもかかわらず、生粋の日本人である。ところが時々人民服そっくりのカシミアの上着を着ていたりすると、革命時代からの生き残りの中国政府要人を思わせる。画家には珍しい立派な風貌の持ち主でもある。亡くなった父が贔屓にしていた人で、桂子

さんとも十年来のお付き合いだし、何回か林さんの本の装丁をお願いしたこともあって、林さんとも昵懇《じっこん》の間柄である。橘さんは見舞いの言葉と招待のお礼とを述べてから桂子さんの夫君の病状を案じて二、三訊《き》いたので、桂子さんは今のところ容体が急変する心配はないことを説明した。

あとは母の文子さんと宮沢裕司さん、長女の智子さんとその家庭教師をお願いしている英国人の作家の娘、ドーラ・カースルメインさん、それに若い作家の三島秀雄君である。文子さんからは宮沢さんが風邪気味なので今回は遠慮するという電話が朝早くあったという。ドーラさんからは喜んで伺いますという返事が来ている。三島君はこんな時毎度違う女友だちを連れて来るのが常で、桂子さんはどうぞ御自由にということにして、どんな女性を連れて現れるかをむしろ楽しみにしていたが、残念なことに今回は種切れになったのか、三島君は一人で派手な色の車を運転して到着した。

「今日はとうとうお一人ですか」と桂子さんがからかうと、「途中で喧嘩をして、車からほうりだしてやったんです」と三島君は強がりを言った。

「まあかわいそうに。でも今日は女性の数が多いので不自由はしませんよ」

「桂子さんも含めてですか」と三島君は応じた。以前から桂子さんのことを同年配の友だちのように「桂子さん」と呼ぶのが少し不自然に背伸びしているようで気になるけれども、桂子さんはそのままにしてある。

「あなたのお相手はドーラさんと智子」

そのドーラさんと智子さんが着いたので、桂子さんは皆を案内して、山道を少々登ったところにある竹里館に出掛けた。若い三人は足が速くて自然に先を登ることになり、七十歳を過ぎた林さんが息切れしない歩調で桂子さんが横を歩き、その後ろに写生帳を抱えた橘さんが続いた。石段の道は欅《けやき》、小楢《こなら》、栗、櫟《くぬぎ》、山桜などの林の、俳句で言う「雑木紅葉」の間を抜けて上り、やがて視界が開けると秋の連山が広がる。

「この道は石段にしたんですね」と林さんが言う。

「ええ、中国の山みたいに」と桂子さんは答えた。「あれから手を加えたのはこの石段と、下の家のまわりの木と、この上の竹里館位のものです」

「ますます輞川荘ですね」と橘さんが言った。

桂子さんは照れ臭そうに、

「いいえ、もう、子供騙《だま》しです。うちの子供たちに言わせればただの展望台だそうです。それを私が無理に竹里館と呼ばせているうちに、語呂《ごろ》がいいと見えて、案外あっさりと竹里館になりました。建物の後ろにちょっとした竹林があることはあるんです」

「輞川の別業を王維が描いたものがあって、それを模写した郭忠恕という人の絵を私がさらに模写したこともあります。でもこちらの眺めはもっと素晴らしい。明日はこのあたりをゆっくり写生させていただきます」

「時に、秋川荘も悪くないが、この際桂川荘か桂林荘かに名前を変えてはいかがですかな。もっとも桂林荘と言えば広瀬淡窓の塾の名になる」

そう言ってから林さんはつけ加えた。

「弟に気兼ねすることはないですよ」

「桂林荘なら林さんのお名前も入っているし、響きも断然いいですね」と橘さんも後押しする。

「アパートみたいな秋川荘では弟さんにもかえって申訳ないかもしれません。広瀬淡窓の塾なら、この際ちゃっかり頂戴しましょうかしら」

桂子さんは早くも素直にその気になりかけている。

「桂林荘。悪くありませんな。菅茶山《かんちゃざん》の黄葉夕陽村舎《こうようせきようそんしゃ》では長すぎる」

「それでは早速扁額《へんがく》を石慧先生にお願いしなくては」

「光栄ですが、本当は私よりも隷書《れいしょ》のうまい人の方がいいですよ。御紹介します」と橘さんは辞退しようとする。

「駄目ですわ。ここの扁額は先生の草書でなくては」

「その件はこれにて落着。御覧なさい、ここからの眺めはまさに満山秋色です。それに今日は天上大風。塵《ちり》も雲も吹き払われて何にもない」

そう言いながら林さんは竹里館の縁側に腰を下ろした。

先に着いた三人組は秋の山を背にして写真を撮っている。三島君がカメラマンになって、栗色の髪の娘と黒い髪の少女を並べて注文をつけている。桂子さんがカメラを取り上げて、三人で並ぶようにと指図した。

「ぼくが真ん中ですか、Mの字になるじゃありませんか」と三島君が苦情を言う。この宇宙人的天才少年的作家はかなり小柄な方である。両側の二人の女性はわざと爪先立《つまさきだ》ってさらに背を高く見せようとする。桂子さんはカメラに向かって笑った智子さんの表情に夫君の影を感じた。

林さんは十六歳になった智子さんを、美少女を抜け出して美女完成直前だと評した。顔の輪郭と全体の印象は母親の桂子さんに似ている。しかし目には明らかに父親の信氏から受け継いだ要素がある。若い頃の桂子さんはらんらんという形容が当てはまるほど鋭く見える大きな目をしていたが、智子さんの目は幾分おとなしい形をしている。そしてすでに思慮の深さと自意識の複雑さを示すつかみどころのない翳りを宿している。時には日本人離れのした神秘的な印象を与える。

「このところインド音楽に凝ってシタールなんか弾いているせいか、インド人に似てきたのかもしれません」と桂子さんは言ったが、夏の間、日焼けをしていた時は確かにそんな風に見えたとドーラさんも賛成した。子供の頃からピアノのレッスンを受けていた智子さんは、高校に入るまでにドビュッシー、ラヴェルまでを一応弾くところまで来て、そのあとはピアノよりもチェンバロ、リュートに興味を持ち、それからシタールである。もっともこれには、西洋のルネッサンスからエスニック音楽まで、音楽には異常に詳しくて自分でも器用にいろいろな楽器を演奏する三島君と、その先輩でインドに入りびたっている藤原氏とかいう人の影響があることは桂子さんも知っている。それで今ひそかに恐れていることは、智子さんが学校をやめてインドへ行きたいと言いだすことである。幸い智子さんは今のところ、「私は別にインドやインド人が好きなわけではありませんから」と冷静な顔をして本心を見せないでいる。

ようやく森さんの一家が竹里館まで登ってきた。

森さんも帽子を持ち上げて、「このたびはどうも」と挨拶する様子が生物学上の父親である林さんにそっくりである。桂子さんが思わず笑ったので、森さんはやや困ったように、その顔をこれまた父親と同質の無間断の微笑で覆った。

「茸の収穫はありましたか」と桂子さんが訊くと、夫人の陽子さんが手提げの袋から宝石箱でも扱うようにして竹の籠《かご》を取り出した。

「こんなにありましたよ。さすがに専門家は違います」

「ほとんどがシメジの親類みたいなものですが」と森さんが説明に熱の入りそうなのを殊更《ことさら》控

えるような調子で口をはさむ。「みなさんには珍しい茸もあります」

桂子さんはその中ではカラカサタケという長大な茸と、ヒメコガサというごく小さな茸が目についた。

「それ、全部食べられますか」とドーラさんが尋ねる。

「食べられます。私は茸を愛する余り、最後には食べてしまうのが趣味で、だから毒茸は採らないことにしているんです」

「先生の目は信用できますか」となおもドーラさんが追及する。

「茸のことでPh. D.でも取りそうな勢ですから、まず大丈夫ですよ」と陽子さんが言った。

「でも私は食べる方はノー・サンキューですけど」

二人の子供は、さっきオオワライタケという毒茸があったと言ってはその名前をおかしがって笑いこけている。上が男の子で九歳、下が女の子で七歳。桂子さんは十年前の自分や夫君や子供のことを思い出した。ちょうどこんな具合だった。智子と貴、一姫二太郎で順序は森さん夫妻の場合とは逆であるが、万事がよく似ている。あの頃学生だった鷲山《わしやま》陽子さんが今はあの時の桂子さんと同じく教授夫人である。サーフィンやテニスに明け暮れて黒い木彫りの人形のようだった陽子さんが、今はすっかり脱色され、彫りの深い顔に明眸《めいぼう》と皓歯《こうし》が輝き、見違えるばかりの美貌が誰の目にも明らかになっている。森さんの鑑識眼は確かだったのである。森さんと陽子さんは見た目にも仲睦《むつ》まじい夫婦で、結婚生活は順調らしい。それに比べて桂子さんの方は、教授夫人を続けながらもいささか波乱のある生活に入った。それは教授夫人に加えて、父の急死のあと、結局桂子さんが父の出版社の社長を引き受けなければならなくなったことが原因している。そのほかにもいろいろあったけれども、それは概して桂子さんの力で制御できる性質の波乱である。

ところで、陽子さんが目の前にいるとなれば、いやでも頭は満智子さんのことを思い出すように働いた。同じく夫君の指導学生で、十年前にこの陽子さんと絶えず一緒にいたのが清水満智子さんで、こちらはその当時から誰の目にも明らかな佳人だった。それに夫君とは当時もその後も因縁《いんねん》浅からぬものがある女性なので、桂子さんはその近況をこの際陽子さんから訊きだしたいという好奇心を抑えるのに苦労した。勿論、それはこの場にふさわしい話題ではないし、訊かれた陽子さんも困惑するにちがいない。桂子さんの好奇心が知りたがっている満智子さんの近況とは、要するに夫君とのことはどうなっていたか、夫君の脳卒中のことを満智子さんは知っているだろうか、といったことになるからである。陽子さんには、仮に知っていたとしても返答に窮することばかりである。

桂子さんは昔からあの白い芙蓉《ふよう》の花のような満智子さんが妙に好きだったので、今の正直な気持ちとしては、こういう機会に是非とも招待したい人の筆頭に満智子さんを挙げたい位なのである。しかしそれは余りにも唐突なので、差し控えないわけにはいかなかった。夫君が突然廃人になったことをこちらから知らせるのも同様に不自然である。

清水満智子さんはあれから他の国立大学の大学院に行った。途中で「ロアジス」の星野さんと結婚して、この意表を突いた組み合わせで桂子さんを少なからず驚かせた。しかし大学院はやめずにイギリスに留学し、その後母校の、つまり桂子さんの夫君のいる大学の専任講師となった。それと入れ違いに夫君の方は、満智子さんがいた大学院のある国立大学に移ったのである。浅からぬ因縁というのはそういうことであるが、それ以上の面白いことも夫君と満智子さんの間にはあったのではないかと、桂子さんはいまだに興味津々だった。それに、満智子さんと御主人の星野さんとの関係もどういうことになっているのだろうか。聞くところによると、星野さんは人間が変わったようになって、店は他人任せにしたまま、ヨーロッパを放浪しているという。

かつて十年前に、満智子さんは桂子さんの夫君の山田教授に心を傾け、「アドリエンヌ・ムジュラ」になりかけたことがあった。桂子さんはその時のことを忘れていない。と言っても、満智子さんに対するいささかの悪感情も嫉妬もなしにひたすら満智子さんに同情して、できることならその願いを叶えてあげたいとまで考えたのである。当時、桂子さんは勝手にキリスト教に入信した夫君との「宗教戦争」、あるいは桂子さんの方からすれば「反宗教戦争」を戦っている最中であり、それは夫君との離婚も辞さない覚悟の戦争だったから、夫君が満智子さんを選べば喜んで譲り渡すつもりだった。夫君は満智子さんを選ぶ気はなかった。

「お父様は『輞川集』の中ではどれがお好きだったでしょうか」と橘氏が言った。桂子さんは我に返って、

「有名な『鹿柴《ろくさい》』は勿論ですけど、ほかには、『木蘭柴《もくらんさい》』も好きな方ではなかったかと思います」

「秋山余照を歛《おさ》め……のあれですね」

「それには自分で訳をつけていたようで、俳句の形の訳なんです。確か、第三句が、『全山のもみじの錦《にしき》輝けり』、第四句が、『夕靄《せきあい》の息もとどめぬ秋の空』といった具合だったと思います」

「面白いですね。『夕嵐《せきらん》の処《お》る所無し』が『夕靄の息もとどめぬ秋の空』ですか」

この茶室風の建物から見える全山は、「もみじの錦」とは言いがたいとしても、緑から黄、褐色《かつしよく》、赤、赤葡萄酒色《あかぶどうしゆ》まで複雑に染め上げられて、雲一つない蒼天《そうてん》の下で輝いている。「彩翠《さいすい》時に分明」である。

桂子さんは「秘密兵器」のコードレス電話を取り出して保坂さんを呼び、おやつを運んでくれるようにと頼んだ。

「ここには電気も電話も引いてないんですけど、この電話だと二百メートル以内のところで使えます」

「すると夜はランプですか」と三島君が言う。

「そう、ランプをつけてミルトンを勉強するんです」と桂子さんが言った。

「一度ここを使わせて下さい」

「怖い夜を過ごして朝になったら、三島さん、梟《ふくろう》になっていますよ」とドーラさんがからかった。

まもなく茶菓が届いて、遠い山に目を放ちながらおやつを食べた。そろそろ日が傾きかけていた。

「では引き上げる前に、『竹里館』の詩を中国音で朗唱してみましょう」と橘さんが言い出した。「こういう詩です」

橘さんは写生帳を広げると、筆を出して見事な行書で書いた。

竹里館
独坐幽篁裏
弾琴復長嘯

深林人不知
明月来相照

それからこれを中国音で、「Zhúlǐguǎn……」と朗誦《ろうしょう》する。さらに、先程の「木蘭柴」の方も写生帳に書いた上で朗誦し、ついで節をつけて両詩の吟詠も聞かせてくれた。

木蘭柴
秋山斂余照
飛鳥逐前侶
彩翠時分明
夕嵐無処所

「有難うございました。おかげさまで、商売のことでも面白い企画を思いつきました」

「朗誦のテープかディスクのお話でしょう」と橘さんは察しが早かった。「これだけは私では駄目。いい方を御紹介します」

「飛鳥が侶《とも》を追って塒《ねぐら》に急ぐ」時刻にはまだ間があったけれども、午後の太陽が衰えるにつれて山中の大気も一段と冷えこんできたので、そろそろ本館の方へ下りていくことにした。

「少し寒くなりましたね。帰りましたら早速お風呂に入って体を温めていただくことにしましょう」

「温泉ですか」と森さんの子供たちが訊く。

「まあ行ってごらんなさい。温泉旅館のに負けない位広くて、プールみたいに泳げるわよ」と桂子さんは答えた。

谷あいでは日の暮れるのが早い。風呂から見える川の流れも闇に溶けて、静かな水の音だけが残った頃、大広間の腰掛け式の囲炉裏《いろり》を囲んで全員が揃ったところで、桂子さんが一言挨拶し、あとは林さんにはお燗をした酒が、ほかの人には吟醸の冷酒その他の飲み物が出て、料理が運ばれると、いつか桂子さんが一家でここに来た時と同じような空気ができあがった。当時の智子さんと貴君位の子供も二人混じって、同じようにはしゃいでいる。ただしあの時より人数は大分多いし、林さんを始め桂子さんの客が加わっている。

その客たちには、案内状を出した時に夫君の病状報告のメモを同封しておいた。正確なことがわからないまま、むやみに心配されたり同情されたり大袈裟な挨拶を受けたりするのは煩わしいと思ったからである。勿論、林さん以下、そういう煩わしさとは無縁の人ばかりではあるが、それだけになおさらこの人たちにはそれぞれの判断の材料になるものを提供しておきたい。

そのメモの内容は次のようなものだった。

★山田の脳卒中は脳内出血。
★出血の部位は視床。
★出血は脳実質を穿破《せんぱ》して脳室内に及び、水頭症・脳室内血腫の形成が見られた。
★手術（脳室ドレナージ、ＶＰシャント）の結果、救命には成功。
★意識障害の重篤度はグレード4-b。半昏睡の状態。
★これは外科的治療によっても予後は悪く、半数以上が死亡、二〇%が植物状態になるという危険な状態。
★片麻痺《へんまひ》、言語障害、精神障害（痴呆など）の残る可能性大。

森さんは林さんの右にいて、桂子さんのお酌の合間に時々さりげなく父親の杯を満たしながら、桂子さんのメモのことを話題にした。

「あれはなんだか、むずかしい漢語を並べて書かれた晩餐会のメニューのようでしたよ」

そう言いながら森さんは各人の前に置かれたこの日のメニューを手に取って眺めた。和紙にやや右上がりの端正な楷書体の漢字ばかりが並んでいるが、ワープロで打ったものらしい。

「珍しいワープロですね。この字体は明朝体でもないし教科書体でもない」

「実はこれ、台湾製のワープロなんです。漢字はすべて正漢字。日本のワープロもこの正漢字・楷書体のロムをつけてくれると有難いんですけど」と桂子さんが言った。

ロの字形の食卓つき囲炉裏の左の一辺には陽子さんと子供たちが、右の一辺には三島君、ドーラさん、智子さんが席を占めている。もともと陽子さんはアルコールを受けつけない体質でもあるから、左の一辺には酒宴の匂いはない。林さんや橘さんが並んだ一辺は日本酒で、右の一辺はワインとギネスである。それで酒宴が進んでそれぞれの辺の中で交わされる話が全体としてはポリフォニックに進行するという具合になった頃、林さんが何かの話の続きに弟の龍太氏の最期を話題にした時にも、これを聞かない方がよい人たちには聞かれないで済んだのである。陽子さんだけは聞き耳を立てたようだったが、子供にはもし聞こえたとしても理解力の及ぶ話ではなかった。

「龍太がなんで死んだのか御存じでしたか」

「肝臓癌とか伺っておりましたけど」

「癌は死因ではなくて、自殺の原因です」

林さんはいつもよりは少し渋面の混じった微笑を浮かべながら杯を口に運んだ。

「それは存じませんでした」とつぶやいてから、桂子さんは酔いの勢もあって、いきなり刃《やいば》をひらめかすような言い方をした。「割腹ですか」

「違います。中国式自刎《じふん》でした」

「自剄《じけい》とも言いますね」と橘さんが言った。

桂子さんは、どうやって？　と言いたくなったのを抑えて、

「そうでしたか」とだけ言った。

「腹を切るのは見苦しいというのがあれの持説でしてね。見掛けによらず合理主義者でもあるんですな」

「自分で自分を介錯したようなものですか、切腹抜きで」

「まあそんなものです。あれの意見によると、安楽死問題などと腑抜《ふぬ》けな議論をするのは笑止千万、自分にとって必要なのは介錯人で、それが求めて得られなければ自分でやるほかない、というわけです」

「何やら物騒なお話のようですね」と三島君が触角を伸ばしてきた。

「年寄りの話題と言えば物騒なものに決まっているんですよ」と林さんが言った。「死に方を考えるのが唯一の楽しみになるというわけですな」

「物騒というより勇ましい話題というべきですね。ぼくたち心優しい世代は、自分で自分を介錯する勇ましい世代が死に絶えたのちは、他人に無痛の介錯というサービスを求めるだけの虫

のいい世代を抱えて四苦八苦しなければならないようです。でもぼくたちにはそのサービスを提供するだけの度量と決断がない。そこで心優しいぼくたちは不決断のまま意地悪になる。あの虫のいい世代の人間をできるだけ見苦しく、できるだけ長く生かしておくというサービスに熱中する。脳死とか、植物状態でのサバイバルとか、そんな問題に決着をつけるつもりはさらさらない、というわけです。そしてひそかに、次の世代に対しては、ぼくたちに容赦ない介錯を、いやむしろ首切役人の冷酷さをもってトリアージュを断行してくれることを期待しているんです」

「それもまた虫のいい老齢年金方式の変種ですな。他力本願はいけません。自力で始末をつけなさい。自刎が一番です」

というようなことを林さんは言ったのではないかと桂子さんは記憶するが、すでに頭の中には酒精の靄《もや》がかかり始めていて、酒席で哲学論議をしてもよいかどうかを問題にした、かのプルタルコスに対しても、自分の主催するシュンポシオンでは何が議論されても歓談になると言いたい気分だった。

それにしても雲行きが少々怪しくなって、林さんも三島君も桂子さんがこの際女介錯人となってもろもろの不決断不確定不可解なものを一刀両断すべきであるという期待において一致しているかの如き気配がある。そう囁いて教えてくれたのが森さんだった。桂子さんはいささか心外である。女社長の役は、威勢よく首を刎《は》ねていればいい蛮族の王のようなものではない。みなさんは皿回しを御存じですか？　棒の先に乗せた皿をいっぺんに幾つも回してみせるあの皿回しのような芸を私はやっているだけですよ。それもなるべく滑稽に見えないようにと、瘦《や》せ我慢を重ねてやっているのに、今大きな皿が一枚、回転力を失って落ちかかっていて、本当ならもう逆上して、お手上げ、万歳をしたいところなんです……桂子さんは誰かが大酔して慰めのようなことを言いだすのを恐れたが、そういう人はこの席にはいなかった。

　夜が更けて片付けるべきものを片付け、酔鳥たちも雛鳥《ひなどり》たちも塒に帰って眠りに就いたと思われる頃、桂子さんは川に接した大浴場に下りていった。大きな明かりは消えている。それでも桂子さんの神経には、中に誰かがいるかもしれないという可能性から放射されるものが伝わってきたので、脱衣室の灯《ひ》はつけないままで服を脱いだ。脱衣籠にその誰かの脱いだものがあるのを確認したくなかったのである。

　初めてこの風呂に入ったのは、十年前の、子供がまだ智子さんと貴君の二人だった頃のことで、あの時には夫君も一緒に四人で入った。梅雨時の細雨空濛《くうもう》の中の小旅行だったが、なぜかこの浴室での記憶は光に溢《あふ》れていて明るい。子供たちも照れたような、まぶしいような顔で桂子さんと夫君の方を見ては、目が合うとわけもなく微笑を浮かべていた。桂子さんが首まで沈めていた体を起こして上半身を湯から出すと、子供たちは目を輝かせて、「あ、おっぱい」と言いながら手を伸ばして触ろうとした。二人は白い光沢のある球形のものの弾力を確かめるように指で押したり、その重みを掌に受けて計ろうとしたりするので、桂子さんはくすぐったがって夫君の方へ逃げたものである。

そんなことを思い出してから窓の外の川を見ようとした時に、湯の向こうに人の頭が浮かんでいるのに気がついた。最初は智子さんではないかと思ったが、頭の主は平泳ぎで近づいてきて、「今晩は」と言った。三島君である。

「暗いけど、もうお早うの時間かもしれないわ」と桂子さんは言ったが、三島君はいつになく寡黙である。

「明かりを消して誰かを待ち伏せしていたんですか」

「それほど変質的に気の長い人間じゃありませんよ。湯がぬるくなっているので出るに出られず、妄想に耽《ふけ》っていたんです」

桂子さんがその妄想の中身に興味を示さなかったので、三島君はいつもの調子でおしゃべりを始めた。改名について思案していたのだそうである。

「偉い作家と評論家と二人分の名前を合成したとしか思えない名前でしょう？　これが気に入らないんです。でもこれはペンネームじゃなくて両親がつけてくれた本名ですからね」

「よく承知しています」

「何の因果かぼくはあの二人が大嫌いでしてね」

「さもありなんですね」

「桂子さんもお嫌いでしょう?」

「立場上ノーコメントです」

するとと三島君はその二人が嫌いである所以《ゆえん》を軽やかにしゃべった。自分で言うのには、三島君のこのおしゃべりのリズムはエイト・ビートだそうである。桂子さんにはよくわからない。

「では私なんかのは、パヴァーヌかシャコンヌあたりのリズムですか」

「そんなに古くもないし重たくもありませんね。強いて言えば能の囃子《はやし》みたいなポリリズムかな。それより、さっきのシュンポシオンのBGMはジョン・ケージでしたね。あれはぼくもよくBGMに使っているやつです」

「三島君に敬意を表したわけではなくて、茸からの連想でジョン・ケージにしたんですけどね」

「そう言えば変わった茸が出ましたね」

「あとで森さんにお訊きになれば教えてくれますよ」と言いながら桂子さんは首まで沈めていた体を起こして胸を出した。三島君が言うほど湯はぬるくないのである。

三島君は驚いたように桂子さんの正面に回った。それから、「ちょっと触ってもいいですか」と言った。桂子さんが「どうぞ」という言い方をしたので三島君はまた驚いたが、こうなっては引っ込みがつかないと観念した様子で、先程桂子さんが思い出していた、子供たちのしたことと同じことを三島君もした。つまり湯に浮かんでいる二つの肉の満月にまず指で触り、次に両方の掌で捧げ持つようにして重さでも計ろうという風だった。何秒かが経って、三島君が顔を近づけようとした時に桂子さんは明るい声で「そこまで」と制した。

「なんだか母子交歓、みたいでしょう?」

「ああやっぱり言われた。それを言われると致命的です」

「そのまましばらく反省していれば? 私は先に出ますから」

恐らく空耳であろうが、遠くで冥界《めいかい》からの声のような電話の音が聞こえているような気がしたのである。立ち上がって湯の中を歩きながら、桂子さんは背中の方の三島君に「ごめんなさいね」と言った。

第二章　寒日閉居

初七日が過ぎると、桂子さんは夫君の研究室を片付けて明け渡す準備にとりかかった。学部長に挨拶に行った時、それは年を越してからでも結構ですからと言われたけれども、桂子さんの性分としては年内余日少なくならないうちに済ませておきたい仕事の一つだった。研究室の「私設秘書」の工藤さんが、あらかじめ大学の図書備品と夫君の持ちものとを分けて大雑把《おおざっぱ》な整理は済ませてくれてあったので、かなりの冊数に上る書物などは後日運送業者に頼んで運ばせることにして、まずは夫君愛用の、というよりその分身のような通称BRAIN、それにBRAINが吐き出した大量の印刷物などを自分の手で持ち帰るつもりだった。それで社長室の若い社員を二人連れてきたのである。

三年ほど前から夫君はＪＡＩ、つまりJapan Artificial Intelligenceという会社の試作品で、六四ビットのミニコンピュータに音声入力日本語処理機能などを組み入れたものを使っており、それを自分のBRAINと呼んでいた。脳出血で倒れた日は日曜日だったが、朝早くから

BRAINの前に座って仕事をしていた時に自分の脳の中で糸ほどの太さの血管が破れ、血の泥が広がって、こちらの方のコンピュータは重大な故障に陥った。秘書の工藤さんが研究室に現れたのは午後も遅くなってのことで、BRAINは明るい白地の画面に、「通信機能を除いてシステムを停止します。電源を切って下さい」という字を点滅させながら部屋の中で輝いており、山田先生は応答もない昏睡状態で床に倒れていたという。

「ああ、今度のはこれですか」

桂子さんはBRAINと対面するなり声を上げた。何の変哲もないコンピュータである。ただ、本体とCRTディスプレーが一体となった丸みのあるこの灰色の箱は、見ようによっては不細工なロボットの頭部を連想させるところがあって妙に愛敬《あいきょう》がある。

「これが今年の夏にやってきた三代目のBRAINで、先生の声のほかに私の声も覚えて、随分賢くなったところでしたけど」と工藤さんがゆっくりした口調で言った。

桂子さんはこの工藤さんの物の言い方が誰かに似ていることに改めて気づいた。前に桂子さんの家の料理人をしていたことのある三輪さん、あのクラナッハ描くところの婦人のような三輪さんを思い出したのである。そう言えばこの工藤さんの顔立ちもどこかクラナッハ風である。こういう人は三輪さんと同じく脳細胞の一つ一つまで敬虔《けいけん》なキリスト教徒なのかもしれない、と桂子さんはあらぬことを考え始めたが、相手は大学の研究室という僧院の修道女にふさわしい調子で、日頃仕えているBRAINのことを説明してくれる。

「いずれ奥様がお使いになるでしょうから、一度使い方その他を詳しく説明しに伺います」

「そうして下さると有難いわ」と桂子さんは言った。「ずっと前に一度、主人と二人でJAIの方の説明を聞いたことがありますけど、専門家の説明は難しくて」

「社長、これは社の方に運びますか」と秘書の秋月君が訊く。

「そう思っていたけど、やはりうちに置くことにします。当分は手元に置いて私が面倒を見てやらなくてはいけないようだから」

工藤さんの説明では、このBRAINを使って音声入力で書いた原稿約五千枚、まだ本体のハードディスクに入ったままのもの数百枚、比較文学関係のデータベースのフロッピー、メモ代わりに吹きこんだ膨大な数の未整理テープなどがあるという。秋月君たちにはこれらを機械とともに家に運んでもらうことにして、桂子さんは工藤さんを誘って少し遅めの昼食をとることにした。

今は緑のない季節で、大学構内は灰色と黄褐色《おうかつしょく》と黒い線で描かれたビュッフェの風景そのままである。公孫樹《いちょう》の並木や大きな百合《ゆり》の木が鋭い裸の枝を伸ばして曇り空を刺している。低く垂れ下がった雲からはブーツを履いた冬の処刑人が降りてきそうな午後だと桂子さんは思う。

「雪になりそうですね」と工藤さんがかぼそい声で言った。小柄な工藤さんが背を丸め気味にして白い茸形《きのこがた》の息を吐くところはケルトの民話にでも出てきそうな年寄りの妖精といった感じだった。

イタリア料理の店に個室を取っておいたのは偶然の正解というべきで、この年寄りじみた妖精は暖かい空気の中でくつろいでいるうちに予想外の変化をみせはじめたのである。

工藤さんの話は自然にその日のことになった。すでに何度か聞かされた話であるが、あの日曜日の朝、工藤さんは目の中に光るものが走り、次いで視野の半分が白い膜に覆われるのを感じた。「古典的偏頭痛」の前触れである。これが工藤さんの持病で、この日も昼過ぎまで激しい拍動性の頭痛が続いた。それで約束の午前十時には研究室に行けなくなり、何度も断りの電話をしたが山田先生は出ないので、心配になって、三時過ぎに研究室に来てみたら……というわけで、工藤さんの話は、あの日予定通り研究室に行けなかったことを悔やみ、運の悪い偏頭痛の発作を責めることに落ち着くのである。桂子さんはまたまた相手の自責の発作を鎮静させるのに努めなければならなかった。

「でも、無理をして研究室までいらして下さったおかげで主人を病院に運ぶことができたんですから」と桂子さんも毎度同じことを繰り返す。「本当に感謝するばかりで……それに、あんなひどい状態で倒れている病人の面倒をあなたお一人で見て下さったんですもの。私なんか、そんな目に逢うと気も顚倒《てんとう》して自分が倒れてしまったかもしれません」

「不思議なことに、頭の血がいっぺんに下がったような具合で、偏頭痛の方は嘘みたいに収まってしまったんです。それからは変に冷静になれて、救急車を呼ぶ時も、我ながらきちんと応対できたような気がします」

「発見があと二、三時間も遅れていたらそのまま研究室で死んでいたでしょう。それに工藤さんが日高先生のことを覚えていて下さったからこそ、あんなに早く手術を受けることもできたんです」

日高先生というのは夫君の高校時代の同級生で、脳神経外科の医者である。夫君は日頃工藤さんと、桂子さんとは余り話さないようなことまで話していたらしい。実はその日高先生の名前も、桂子さんの記憶には不確かにしか残っていなかったので、とっさの場合に日高先生の病院に運ぶという判断ができたかどうかも怪しい位である。

「でも正直に申し上げますと、あの時先生はもう駄目だと直観的に思ったんです。もう、いつもの先生ではなくなっていると……人間ではなくなって、土でできた怪物みたいなものに変わりかけていると……目だって、あれはもう人間の目とは思えませんでしたし……」

桂子さんは工藤さんが夫君の瞳孔《どうこう》を調べたのを察した。脳出血で重篤な場合は、左右の眼球がそれぞれ勝手に上下を向いて不気味な斜視のようになることがあるというが、夫君の目もそうなっていたのだろうか。

「済みません、こんなお話になって」

工藤さんはワインで血色のよくなった顔の中で目を泳がせるような表情をした。それが幼い少女の不安そうな表情を思わせる。

「救急車の中で、私、一生懸命お願いしていました。一度はこちらに帰ってきて下さいって。呪文みたいにそればかり繰り返していたんです。そのうちに、お願いでは駄目だと思って、神様にお祈りしました」

「どちらの神様ですか」

「国籍不明、正体不明の神様です。苦しい時の神頼みというあれですから、余り当てにはなりませんけど」

どうやら工藤さんはあの三輪さんとは違ってキリスト教とは縁のない人らしい。

「そんなに熱心にお祈りまでして下さったのに、残念ながら、主人は結局こちらには一度も帰ってこないままあちらへ行ってしまったようでしたね」と桂子さんは言った。

「奥様にも何の合図もしないまま、ですか」

「実は私も時々瞼《まぶた》を開けて脳の窓を覗いてみたの。でも脳は無残に壊れたままでした」

「脳は壊れていても、例えば壊れた時計が何かの拍子に動きだすように、死ぬ前のある瞬間に一度だけ正常な意識が戻って親しい人にメッセージを送る、ということがあるのではないでしょうか。できれば私は先生のおそばについていて、その瞬間を見逃さないように、瞬《まばた》きもしないで見張っていたかったと思います」

そう言いながら工藤さんの涙腺《るいせん》がゆるむのがわかった。個室を予約しておいてよかったと思ったのはこの時である。それでも料理を運んでくるボーイの目はどうすることもできなかった。桂子さんは一呼吸おいてから言った。

「あなたの神様とは、ひょっとすると山田先生ではなかったかしら」

「ええ、神様が人間の形をしたものであるとすれば」と工藤さんは桂子さんにはいささか薄気味悪く感じられる種類の微笑を浮かべて答えた。

「そして神様は男でもあったんですね」

しかし工藤さんはこれには的確な反応を示さなかった。

「私は父親というものを知らずに育ちました。小さい時にインド洋で飛行機事故で亡くなったんですけど、それで、よくある話ですが、山田先生に父親のイメージを求めていたのかもしれません。と言っても、父親に甘えるという気持ちではありません。大体人に甘えるのは得意ではないし、それに第一父親に甘えた経験もありませんから、甘え方もわかりません。ただ先生には、自分のことを特にお話したわけでもないのに、なぜかとてもよく理解されているという感じがしたんです。理解されているということは、その方のそばにいるだけで温かいものです。

先生から赤外線でも出ているみたいで……とにかく自分を完全に理解してくれる人は神様のようなものだと言ってもいいんじゃありませんかしら。そう思います」

工藤さんはしゃべりだすと切れ目なくしゃべり続けるたちの人らしい。ゆるやかにしゃべるが、言葉は蜘蛛の糸のように切れ目なく口から手繰り出される。そしてしゃべりながら口の前で細い指を繊細に動かすのが言葉の糸で編み物をするような具合である。桂子さんは細かなしぐさをする栗鼠《りす》か兎《うさぎ》の類の動物と向かいあって食事をしている気分になって思わず微笑が浮かんだ。そう言えば、皿の上で人一倍細かく切り分けてから小さい口に運ぶ動作まで齧歯《げっし》類的である。

「時に奥様は先生とはどんな御関係でしたか」

突然工藤さんは妙なことを言いだした。

「別にいかがわしい関係でもないし異常な関係でもありませんでしたよ」

「済みません、変な質問をして」と工藤さんは珍しくせきこんだ調子になった。「そういうことではなくて、つまり、私が先生から理解されていたという、あの感じを奥様もお持ちだったかどうかをお訊きしたかったんです」

「それなら、ありませんでしたとお答えするほかないようですね」と桂子さんは言った。「その意味では主人は私にとっては神様ではなかったわけで、私の方も主人にとっては女神でも何でもなかった、つまりはありきたりの夫婦の関係だったということです」

そう言ってから桂子さんは、昔ある詩人が友人の詩人について書いていた文章の一節を思い出した。つまり、詩人AはBについて、数十年という長い付き合いでありながらこれほど気持ちの通じない人間はなかった、と言っているのである。Bには生来の鈍感さに加えて、殊更《ことさら》にAを理解しまいとする遮断膜《しゃだんまく》を張りめぐらしているようなところがあって、Aのすること言うことはすべて見れども見えず、聞けども聞こえずという調子だった。夫君がこのBと同じ型の人間であると桂子さんは思っている。夫君は桂子さんのことを無視していたわけではない。一目も二目も置いてはいるが、それは手強《てごわ》い他者あるいは敵の存在を認めるということであって理解することではない。理解しないのではないが、共感を伴うことのない、戦略上必要な限りでの理解なのである。工藤さんの言う赤外線の放射に包まれて温かくなるような「完全に理解された感じ」などは、それこそ理解を絶している。一方、桂子さんの方も夫君に赤外線放射性の温かさを感じさせるような理解を示した覚えがない。敵状査察の意味での理解は一応持っていたけれども、敵を知ったあげくに許せないと思うことも往々にしてあった。例えば十年前の「宗教戦争」がそれで、桂子さんからすると夫君が無断で洗礼を受けたという行為は、協定に反して相手国が核兵器の配備を着々と進めていたようなものだった。それは交渉して止めさせるなり戦争に訴えるなりしてどうにかしなければならない問題で、理解するとかしないとかの問題とは次元を異にする。桂子さんたちの夫婦関係はいわば国情を異にする国家間の関係のようなもので、互いに相手を必要としてある種の同盟は結んでいるが、利害の不一致があって、摩擦を含む関係でもある。桂子さんはそれを工藤さんに説明することは諦めた。相手は大人の男女の夫婦関係を理解するには何かが致命的に欠けた妖精型の女性である。工藤さんがおよそ結婚しそうにないことも、父親ほども年が離れた山田先生の懐《ふところ》に入りこめたのも、その不思議な未成熟さと関係があるのではないか、と桂子さんは考えた。

食後のコーヒーを飲みながら、工藤さんはまたその年齢相応の、あるいはむしろその年齢よりもふけた顔つきに戻った。極端に薄くて滑らかな皮膚の表面にさざ波に似た皺《しわ》が走り、少女がそのまま老婆に変身したかのようだった。

「さっき先生のことを神様に譬《たと》えましたけど」と工藤さんは自分なりの結論を下すように言った。「先生が神様なら奥様は女神ということになりますね。神様同士の夫婦関係となると、私のような人間にはとても想像できるものではありません」

「どうやらゼウスとヘーラーの、余り模範的でもない夫婦関係みたいに見られていたようですね」

「いいえ、そんな……ただ私も、結婚でもできればいろんなことがよくわかるようになるかもしれませんけど」

「結婚のことを随分むずかしく考えてらっしゃるのね」

「とてもできそうにないと諦めているんです。体も弱くて正常ではありませんから」

「例の古典的偏頭痛のことですか」

「そのほかにも半ダースばかり異常があるんです。御覧の通り、幼形成熟的な体をしていて、男の人と一緒にやっていけそうにありませんから」と工藤さんはいきなり生物学の専門用語を使った。

「とんでもない、とても魅力的ですよ。あなたのような妖精型の女性を好む男は多いと思います。現に山田先生だってあなたのことがとてもお気に入りだったんですから」

「弱い動物に対する同情のようなものだったと思います」

「俗に同情と何とかは紙一重と言うじゃありませんか」

「でも、先生があんなことになっては、私、もう真っすぐに立っている力もありません。低い血圧がまた一段と下がったみたいだし、何よりも寒くて仕方がないんです」

「強力な赤外線ストーブがなくなりましたものね。でも、山田先生の代わりを見つければいいんです。きっと見つかりますよ。あなたは求めて探すタイプの人だから、見つかるはずです」

それから桂子さんは話題を実際的な方面に移した。工藤さんはパートタイムで夫君の秘書をやってきたのだから、当面その仕事がなくなるのは困るのではないかと思ったのだった。桂子さんの会社で適当な仕事をしてもらうことも不可能ではない。何分小さな出版社だけれども、それだけに桂子さんの思惑次第で多少の融通は利くから、と説明すると、工藤さんは自分にはフルタイムの勤めは無理だと辞退した。桂子さんはすかさず第二の案を持ち出した。これまで通り週に何回か、今度は桂子さんの家の方の研究室に来て同じような仕事を続けてもらいたい、という内容である。工藤さんは二つ返事で承知した。

「でも、お宅の方にある研究室ってどんなのですか」

「今度あのBRAINが入ってできる研究室ですよ」と桂子さんは笑いながら説明した。「うちには図書館というほどではありませんけど、書庫と読書室と書斎兼研究室、それに付属の犬小屋風宿泊施設があるんです。犬小屋には目下のところ変人学者の猪股《いのまた》さんが棲《す》みついています。この人、主人の押しかけ弟子第一号だと言いふらしていますけど。それはともかくとして、当分はあのBRAINのお相手をしながら整理したいことが沢山あります。それには是非工藤さんのお力をお借りしなければ」

その晩はやはり工藤さんが言った通り雪になった。「晩来天雪ふらんと欲す」の空模様になり、外では寒気が音もなく空から沈んでくるようだった。

桂子さんは昼間工藤さんに説明して「書斎兼研究室」と呼んだ部屋に入ると、すでに運びこまれていたBRAINの前に座った。ここは要するに、夫君が使っていた書斎である。地下に広がる書庫の上に建てられた正方形の洋風離れで、小さな中庭を抱えている。中庭は地下一階分まで掘下げてあるので、この書斎の窓からの眺めは二階の部屋からのそれを思わせる仕掛けである。閉ざされた庭は簡素な空間をつくっていて、木が二本、胡桃《くるみ》の巨木とユズリハが立ち、中央に石を積んで築いた四角い池と水の止まった噴水があって、そのまわりに石のベンチがある。その深い容器のような中庭の底に薄く雪が積もり始めていた。

桂子さんはこの庭を見下ろし、空を仰いでからカーテンを下ろした。部屋の中は暖かかったが、煖炉《だんろ》にも火をつけた。そして夫君がいつも座っていた革の回転椅子に座った。大きな特製の机の上に今はBRAINが置かれている。電源を入れてみると黒かった画面が白く輝く顔に変わり、「作業メニューをお選び下さい」という女の声が聞こえた。コンピュータの合成音声らしい。桂子さんはしばらく画面を見てから、「おやすみなさい」と言って電源を切った。それからマニュアルのファイルを手に取ってめくっていると、一枚の名刺が見つかった。ＪＡＩの会長の入江晃という人の名刺で、その時桂子さんの頭の中で、それまではばらばらになっていたものがいっぺんに結合して入江さんの明確な像が初めて浮かび上がったのだった。

BRAINの試作品を提供してくれたＪＡＩを子会社の一つに持つコンピュータ企業グループのリーダーが夫君とは大学の教養課程の時の級友だという話を桂子さんは思い出した。その人が入江さんだったのである。告別式の時にも入江さんの名で生花が届いていた。本人も参列していたにちがいない。それに先日林さんから聞いた無名庵のことがある。あれを林龍太氏から買い取ったのもこの入江さんに間違いないと思う。この人にはまだ会ったことはない。窓の外の雪を想像しながら、桂子さんはその夜の雪の画面に入江さんらしい人の顔が凍てついた月の形をして上ってくるのを見た。その月の顔はやがて理由のない希望のように赤みを帯びて明るくなってきた。入江さんには、四十九日の印刷物での挨拶状とは別に礼状を書いて、BRAINのことにも触れておこうと桂子さんは考えたのである。

急に背中の後ろに人の気配を感じた。この部屋に現れるものと言えば、とっさに浮かぶのは幽霊しかなかった。

「お父さんの使っていた音声入力のマイコンってそれなの?」と男の声が言った。貴君が桂子さんの様子を見にきたのである。声は父親に少し似ている。しかしそれよりも祖父、つまり桂子さんの亡くなった父の声にむしろ似て、すでに変声期の少年の声を感じさせない深みのある男の声になっている。

「貴がこの部屋に来るなんて珍しいわね」

「あれから時々来て、そこに腰掛けてみることがあるんだ。これ英国製でしょう? 重厚にできていて座り心地がいいな」

「気に入ったらあなたが使うといいわ。お母さんはさっきから腰掛けていて少し変な気がしてきたの」

桂子さんはそれ以上は言わなかったが、実はこの椅子は生きていて、肘掛《ひじか》けが不意に二本の腕になり、そのまま羽交い締めにされるのではないかという気がしたのである。そうでなくても、この異様に大きな革張りの椅子は長年抱きかかえていた主人の生気を吸いこんでいる。それが溜《た》まって椅子の精とでも言うべきものが中にこもっているように思われた。

「元気の出る曲でもかけてみましょう」と言って桂子さんは戸棚に並んだCDからピアノ・トリオの「大公・幽霊」を選んで、アレグロとプレストの楽章だけをプログラムしてかけた。

「どう？」

「調子はいいね。だけど、落ちこんでいる時には思い切り暗くて悲しいのを聴くとかえっていいんだって、誰かが言っていた」

「お母さんはそういうのは駄目。そちらの方の抵抗力が人一倍弱いから、うっかり聴くと収拾がつかなくなりそうなの。お父さんは違っていたけど」

「お父さんはどんなのを聴いていたの？」

「この夏頃からよく聴いていたのがメシアンなの。Vingt Regards sur l'Enfant Jésus というので、ピアノはミシェル・ベロフ」

「みどりごイエスに注ぐ二十のまなざし」という邦訳のタイトルを口に出すのには少々抵抗が

あったのでフランス語のままで言ってから、桂子さんはそのメシアンの二枚組のCDを探した。夫君が好んで聴いていたものの筆頭が果たしてメシアンであったかどうかは桂子さんにも確信が持てない。ただ、この部屋に夜のコーヒーを持って入ってきた時に、たまたま何度かこのピアノ曲を耳にした。少なくとも桂子さん自身は割に気に入ったので、その度に「これは何?」と訊いては「例のメシアンだよ」と言われたことを覚えている。夫君が推奨したのはこの「みどりご……」の第六曲と第十曲だった。それで、これと同じメシアンの「火の島」とを、若井みどりさんにお願いしてシンセサイザーで演奏したテープを作ってもらい、告別式の時に会場に流したのである。

「そうだったの」と貴君は感心した。「センスのいい音楽だと思ったけど、これが原曲だったのか。でもシンセの方が面白いな」

「あそこでピアノで演奏したのを流すと、頭をハンマーで叩かれるような具合でしょう。お葬式にはあれでちょうどよかったわ」

貴君がコーヒーでも入れてこようかと言った。桂子さんは貴君の気遣いを感じたが、しばらく一人になって待つのがいやだったので、貴君を制してメイドの李《り》さんを呼ぼうとした。

「李さんなら風邪気味で、もう寝たらしいよ」

「そうだったわね。それならお酒にしましょう。そこのグラスを持ってらっしゃい」

「実はぼく、ここから頂戴していって友だちと飲んだことがある」

「お父さんはちゃんと気がついていたらしいわよ。ところで何がいい？　コワントローかブリストル・クリームあたりですか」

「甘いのは駄目。コニャックがいい」

「何をおっしゃるの、未成年坊やのくせに。じゃ、ラ・イーナあたりにしなさい」

貴君はシェリーグラスを顔の前に上げたまま、この冬休みのニュージーランド行きを中止するつもりだという話をした。

「予定通り行ったら？　あなたが急に抜けるとお友だちも困るでしょう」

「あの連中にはもう断ったし、旅行社の方も今日キャンセルしてきた」と貴君は大人のような口調で言った。「やはりこの冬休みは神妙に喪に服すのが本当じゃない？」

「そうね」と桂子さんは貴君の神妙な態度をよしとしたけれども、念のために言った。「でも別に、お正月中閉門蟄居《ちっきょ》みたいな状態でいなくてもいいのよ」

「江戸時代の外出禁止の刑にあったでしょう、謹慎、じゃなくて……」

「逼塞《ひっそく》？」

「そうだ、逼塞。なんだかその逼塞を命じられた気分だものね」

「誰に？　お父さんに？」

「お父さんというわけじゃない。もっと漠然とした、世間のその上にあるようなもの……」

「天ですか。まあ、お父さんが死んだのだから、一年位は喪に服すのがいいかもしれない。昔の中国なら三年」

「お祖父《じい》さんが亡くなった時はどんなだった？」

「しばらくは腕が一本落ちた感じで、何かした拍子に体が傾いてしまいそうだったわ。今度は腕が落ちたのとは感じが違うみたいね」

桂子さんは適当な言葉を探しながら目を細めた。今は腕も足もちゃんとしているようである。その代わり体の中の深いところに何か異常が起こったような感覚がある。

「癌でもできたような？」

「というより、内臓がいくつか抜き取られたみたいなのね。体の中に真空ができたような感じ。内臓がまた生えてきて元通りになるのに一年はかかりそう。それまではパワーも出ないという感じなの」

「無理にパワーを出そうとすることはないんじゃない？」と貴君が言った。「働きすぎているとお父さんの二の舞になるよ」

「有難う。でもお母さんは目を吊《つ》り上げて働いたりしないわよ。ほら、年相応にだんだん目も垂れてきたでしょう？　まあ、この程度におめでたい顔をして、せいぜい楽しくやりますよ。

ただしあなたは男の子だし、いずれ受験戦争にも出陣する身だからもっと怖い顔をして刻苦勉励なさい」

「社長訓辞みたいなことを言いだすから、そろそろ退散しよう」

社長訓辞と言えば、それからまもなく会社の御用納めの日が来て桂子さんが全社員を集めたパーティで社長として挨拶した時にも、同じようなことを話した。夫君を失ったばかりの桂子さんがこの日無理にパーティに出てくることはないと橋本さんたちは言っていたけれども、桂子さんは目を吊り上げることもなく肩を張ることもなく、出席して挨拶する方に自然に気持ちが傾いたので、会場のホテルに出掛けたのである。こういう時の気持ちは、小さい会社なりに八十人余りの従業員を抱えた社長の責任感といったものでもなく、むしろ生徒や学生を抱えた教師が、その習性に従って教室に出ていく時の気持ちに近いのではないかと桂子さんは思う。本当のことを言えば、年末恒例の御用納めのパーティなどに対しては、いまだにあの大学時代の卒業謝恩会にでも出るような気分が抜け切らない。そんな感想を橋本さんに漏らしたら、「相変わらずお嬢様ですな」と笑われた。

「内臓がいくつか抜き取られたような感覚」については挨拶の中でも冗談のように触れておいた。

「でもそれだからこそ、未亡人になった人には、くれぐれも御加餐《ごかさん》を、と挨拶して励ますことになっています。御加餐というのは御馳走《ごちそう》をいただいて栄養をつけることです。私もそれが目的で今日はここに現れたわけですけど、肝腎《かんじん》の御馳走の方はいかがでしょうか。残念ながら粗酒粗肴《そこう》にとどまっているのかもしれませんが、これはこのホテルのせいではありません。会社の実力を反映しているわけで、まことに申訳ないと存じます。来年はみんなでもっと頑張って、と言いたくなるところですけれども、それは止めにします。私は今力が抜けて、いわゆる腑抜けに近い状態にありますから、とても頑張る気にはなれません。まあ、無理をしないで、楽しく悠々とやっていければそれでいいと思っています。ですから、売り上げ何割増といった来年の目標もありません。楽しくてためになるいい本を出して、しかもそれがよく売れるにちがいないという、いつもながらのいわれのないオプティミズムを抱いて、どうかよいお年をお迎え下さい」

というようなことを言って、桂子さんは早めに引き上げるつもりだったが、結局会場のほとんどのグループを回り、いろんな話を耳に収めてから、最後は社長室の若い人たちを誘って会員制のライヴ・ハウスまで行った。若井みどりさんがクラリネット奏者のレイ・コールマン氏、シタール奏者のナミタ・チャタジーさんと三人で風変わりなインプロヴィゼーションをやるというので、若井さんへのお礼かたがたその演奏会を覗いてみようと思ったのである。若井さんはこの時はシンセサイザーではなくてピアノを弾いていた。ジャズとも現代音楽ともつかぬ面白い音楽で、最後の曲はラーガを使っていて、明らかにインド音楽風だった。

「本当はハープシコードの方がよかったんですけどね。あれは調律が厄介なもので、長時間の激しいインプロヴィゼーションにはちょっと使いにくいんです」と若井さんは言っていた。

「新年早々に上野の小ホールでこのメンバーでコンサートをおやりになるんでしょう?」

「ええ。その時はいつものシンセサイザーを使います」

気がつくと智子さんも女の友だちと一緒に来ていた。この冬休みのインド行きを中止して三月に延期したとのことで、その時にはチャタジーさんが先生をしている音楽舞踊学校を訪ねていくから、というような話をチャタジーさんとしている。桂子さんも英語で挨拶しておいた。

喪中の正月にふさわしいのは大雪ではないかと子供たちと話したりしていたが、元日は近年にない清朗で穏やかな日和《ひより》で、桂子さんは朝日の差し込む寝室で目を開ける前から、王安石《おうあんせき》の言う「千門万戸曈曈《とうとう》日」の、あかあかと照り輝く朝日を瞼の裏に感じていた。中国のような爆竹の音は無論聞こえず、外を走る車の音も絶えた無音の時間が経つにつれて、やはりこれは元旦の気分だと思う。

こんな暖かい日差しの中で、ベッドから半身を起こして、メイドの運んできた雑煮を食べ、濃いコーヒーを飲み、それからベッドの上で化粧をし、髪を整え、その頃ぼつぼつやってくる客をベッドの中で迎える。そして客を(勿論男の客である)ベッドのかたわらの椅子に座らせて、とりとめのない、意味ありげな会話を交わす。それからやおら客の前に素足をあらわしてベッドから出ると、メイドに手伝わせて着替えをする……昔のフランスのサロンの流儀である。そんな不埒な想像をひとしきり繰り広げたのち、桂子さんは猫に倣って体を屈伸し、誰も来るはずのない部屋で一人で着替えをした。

桂子さんの父が存命だった頃から、元旦には蓮池の見える広間に家族が集まることになっている。桂子さんはまず次女の優子さんに着物を着せてやった。姉や兄とは大分年が離れていてまだ十歳で、お正月にはお祖母様《ばあさま》に買っていただいた総絞りの振袖を着るのだと楽しみにしていたのである。桂子さんが口紅も引いてやると、京人形のような綺麗な姿に仕上がった。

広間では智子さんと貴君が掘炬燵《ほりごたつ》に入って神妙な顔をしている。外はまぶしいほどの光で、父が「雑木林的庭園」と呼んでいた広い庭にも冬枯れの荒れた気配はなくて、今にも木毎《きごと》に花が開き、鳥を招きそうな明るさがある。それに引き換え広間の中はいやに寂しい。家族が揃ってないのが歴然とする寂しさで、貴君はそれを、

「うちもついに母子家庭になった」という風に表現した。「もともと女系家族の傾向があるけどね」

「そう、今は家の中に男は貴一人」と智子さんも言った。

「猪股さんは?」と桂子さんが訊くと、優子さんが、

「昨日の午後からどこかへ出掛けたきり帰ってないみたい」と飼猫の動静でも報告するような調子で言った。

もう一人いるはずの男性はヴェトナム人の「書生」のグェン＝チャイ君であるが、こちらは大学の日本人の友だちと北海道へスキーに出掛けている。料理人の小川さんは見事なお節《せち》料理を作って五日まで休みを取った。というより桂子さんの方から言って休んでもらったのである。「女執事」の二宮さんも今日は通ってこない。というわけで、広い家の中は休日の学校のように無用の空間になった感があった。

桂子さんは料理を運んできた李清照さんに「あなたも一緒に」と勧め、五人で席に着いて改めて新年の挨拶を交わし、屠蘇《とそ》酒を飲み、雑煮の椀に向かった。李さんは今では和風のお惣菜位なら並の主婦より上手に作る。桂子さんはさっきベッドの中で思い出した王安石の「元旦」の詩を、宋詩の本を開けて李さんに示してから、次にまた別の本を出して江戸の詩人菊池五山の「新年雑述」という詩を見せた。

太平妝点是児童　　太平の妝点《しょうてん》たるは是《こ》れ児童
男女遊嬉到処同　　男女の遊嬉《ゆうき》　到る処《ところ》に同じ
彩鞠跳梁不離地　　彩鞠《さいきく》　跳梁《ちょうりょう》して　地を離れず

紙鳶跋扈欲淩天　　紙鳶《しえん》　跋扈《ばっこ》して　天を淩《しの》がんと欲す

李さんはしばらく眺めていたが、にっこりして、

「大体の意味はわかります」と言った。

「女の子が毬《まり》をついたり、男の子がさかんに凧《たこ》をあげたりするのはもう余り見られなくなりましたけど、今年も天下太平で、子供たちはどこでも嬉々として遊び戯《たわむ》れているのでしょう。うちもそうしたいものですが、御承知のようなことがあったものですから」と桂子さんはやや講義調で説明した。李さんはその形のいいおでこを出したポニーテールの頭でうなずきながら聴いている。見るからに怜悧《れいり》そうな目をしていて、彫りの深い小さめの顔にはほとんど皮下脂肪がついていないように見える。細身の長身はしなやかで強靭《きょうじん》そうで、動作もきびきびしている。桂子さんは今まで来た日本人のどのメイドよりもこの中国人の李さんが気に入っていた。もう二十歳を過ぎているので、自分の娘というよりも年の離れた腹違いの妹のような気がするのである。

その時ふと思いついて、桂子さんは若い頃の着物を一枚李さんに進呈することにした。午後から納戸に入って調べてみると、母と展示会に行った時に見つけてお気に入りだった蒲公英《たんぽぽ》の葉の小紋があった。近頃の傾向の着物とは違うが、李さんにはこれが一番似合いそうだと思っ

たので、翌日の朝、早速それを着せてみた。背丈は桂子さんとほとんど変わらない。ただ、桂子さんの足袋では少し窮屈である。急に纏足《てんそく》のことを思い出して、訊いてみると、写真で見たことはあるという。足の指が長い分サイズが大きめなのを意外に思ったが、考えてみるとおかしな話で、中国の女性だからと言って纏足の小さい足が遺伝するわけでもないのである。そんなことを言ったり着付けのこつを教えたりしているところへ、二宮さんがやってきた。

「おや、お似合いじゃありませんか。近頃の日本人のお嬢様よりよほど着物姿がいいわ」と二宮さんも桂子さんと同じような感想を漏らしてから、桂子さんに代わって着付けを引き受けてくれた。

「寝正月はどうなったんですか」

「昨日は頑張って昼まで寝ていましたけどね。やっぱり私には無理なようですね。一度寝正月をやってみたいというのが宿願だったけど、私にはできないわ」と二宮さんは大袈裟な言い方をして乾いた声で笑った。「それに、今日はもうのんびりしているわけにはいきませんよ。きっとお客様が見えます」

「喪中でこうして蟄居しているのを御承知の上でですか」

「それだから蟄居見舞いに来て下さる方が何人かはいらっしゃいます」

その予言の通りにまず現れたのが森さん夫妻だった。「子供はじいさんばあさんに押しつけて」来たのだという。それから橘石慧さんが来た。桂子さんの母の文子さんと宮沢氏も来た。若い人には珍しい義理堅さからか、三島君もやってきた。これで林さんか橋本さんでも来れば、あの紅葉狩りの時以来の賑やかな集まりになる。

「どうやら二宮さんの事前工作があったようですね」と桂子さんは笑った。「でもさすがに長老組までは手を回さなかったでしょう」

「さあどうですか。以心伝心ということもありますよ」と二宮さんはとぼけている。

桂子さんが二宮さんの言うところの「サルーン」の方に行って、集まっている客たちと挨拶を交わしていると、二宮さんがやってきて、

「もう一人珍客到来ですよ」と耳打ちした。

「どなたですか」

「星野満智子さん。何しろちゃんとパスワードをおっしゃるものですからね」

「女執事」の二宮さんは訪ねてきた客のどれを招じ入れるべきかを判断する。二宮さんが知っている人については門を開けるのも居留守を使うのもその判断に任せて問題はない。「サルーン」まで自由に入ってくるのは「パスワード」を持っている人たちである。なんのことはない、フルネームで名乗る人に対して二宮さんは門を開ける操作をするのである。満智子さんはそんなことを知らないはずであるが、ともかく「星野満智子」と名乗ったらしい。確かにこれは予

想外の客だった。

第三章　桂女交歓

新年の御慶の会ならぬ喪中見舞いの会に集まった客の中では満智子さんだけが新顔である。森さん夫妻のようにすでによく知っている人もいたが、桂子さんは二宮さんの言うところの「サルーン」で満智子さんを他の客に紹介した。自分の後輩、つまり自分と同じく山田信のゼミの卒業生で、今は母校の大学で英文科の講師になっている星野満智子さん、夫君はロアジスのオーナーでシェフの星野俊之さん、と言えば、ロアジスの星野さんの方は誰もが知っていて、「お店の方には大分御無沙汰しています」と橘さんが早速挨拶した。「それでも去年の春頃には二、三回伺いましたが、その時にお目にかかっているかもしれませんね」

「いつも御贔屓《ごひいき》に与《あずか》りまして有難うございます。残念ながら店の方でお目にかかる機会はなかったと思います。何分、内助も外助も怠っているものですから」

満智子さんは自然な調子でそう言って、昔のままの花曇りの空に薄日が差すような微笑を浮かべた。桂子さんは安心した。宮沢裕司氏は英語学者で満智子さんがいた頃の文学部長でもあったから勿論お互いに知っている。

それにしても先程玄関で久しぶりに顔を合わせた時の満智子さんには何かの拍子に薄い嚢《ふくろ》が破れて中身が溢れそうな緊張感があって、桂子さんも思わず身構えたほどである。しかし「このたびは先生が突然お亡くなりになったと伺いまして……」で始まる一連の挨拶のあと、満智子さんの顔から急に力が抜けた。すると今度は中身を失った嚢がしぼんで立っていられなくなるのを桂子さんが抱きかかえてやらなければならないのかと慌《あわ》てたほどだった。桂子さんの想像力はさらに先の方まで走って、涙を浮かべた満智子さんが、「先生に会わせて下さい。なぜ先生をあっけなく死なせたんですか」と詰め寄り、次の瞬間には一抱えもある大きな顔がしらじらとした月面のように目の前に迫るのに圧倒されそうになった――と思ったのは幻覚で、満智子さんはもう普通の顔に戻っていた。

満智子さんの説明では、通夜にも告別式にも出席できなかったのは、要するにその頃まだイギリスにいてコーンワル地方を旅行していたからだったという。それを聞いて、桂子さんは、実は自分も六月に変わり者で有名なあるイギリス人の作家に会うのが目的でコーンワル半島の一番先のペンザンスまで行ってきたばかりだったということを話し、このちょっとした偶然を面白がっているうちに、満智子さんが急遽イギリスから帰国したのは何のためであるかは聞き漏らしてしまった。

「そんなわけで、帰ってきたのが昨日の午後なんです」

「知らせてくれたのは？」

「先生の秘書の工藤さんです」

桂子さんは感心して、工藤さんは本当に有能な秘書だと言おうとしたが、それを口にすればどうしても皮肉めいて聞こえることに気がついて、言うのを控えた。

「時に工藤さんは今日はいらっしゃらないのかしら」と桂子さんは二宮さんに訊《き》いた。それとなく声をかけたのか、という意味である。

「はい」

「それでは今日の顔ぶれは大体こんなところですね」

「パスワードを御存じの方はまだ何人かいらっしゃいますけどね」

「済みません。そのパスワードがないのにお邪魔してしまって」と満智子さんは肩を竦《すく》めた。

「サルーン」には大きな楕円《だえん》形のテーブルがある。十四、五人は座れる。パスワードを知っている客は、桂子さんがいてもいなくても、ここまで入りこんで、好きなだけいて好きなことをして帰っていけばよいことになっている。その間に、桂子さんがいれば出てきて適当にお相手をする。女執事の二宮さんもお相手をする。二宮さんに注文すれば、大概のものは供される。李さんが表情も変えないで運んでくるという段取りになっている。三島君などは、週に何回かはここに来て軽食を出させ、このテーブルで原稿を書いていったりする。そして時々気分転換にこの部屋の唯一の楽器をいじる。ピアノではなくてチェンバロが置いてあり、三島君はグレン・グールド気取りで、椅子を極端に低くし、鍵盤にかがみこんでバッハやモーツアルトの簡単な曲を弾く。しかしある時智子さんに、「独学にしてはお上手ですね」と言われていたく傷ついたのか、近頃は人がいる時には弾かないようにしているらしい。

この日は満智子さんがこのチェンバロに興味を示した。フランドルのリュッケルス家製作の二段鍵盤チェンバロを正確に模造したものである。「サルーン」にふさわしい家具のつもりでさるオーディオ・メーカーの社長のコレクションから譲り受けたものを、智子さんが時々弾き、三島君も弾いていた。その三島君が満智子さんにストップの使い方などを説明しているところへ智子さんが現れて懐《なつ》かしそうに目を見張ったので、三島君は少々いじけた体で引っ込んだ。十年ほど前、満智子さんが智子さんの前でホロヴィッツの「カルメン変奏曲」を弾いてくれたことを智子さんは覚えていたし、満智子さんも覚えていた。

一同の所望で満智子さんが弾くことになり、智子さんが楽譜を用意してくると、満智子さんはクープランの「シテール島の鐘」と「古い偉大な吟遊詩人組合の年代記」とを選んで弾いた。チェンバロは初めてだというが、桂子さんが聴いた限りでは、三島君とは比較にならない、相当な力量をもったピアニストの弾き方である。それも初見で弾いたらしいので、横に座って楽譜をめくった智子さんも脱帽し、全員でアンコールの拍手をすると、今度は、さっきのシテール島がドビュッシーの「喜びの島」のことなので、チェンバロで弾けるだけ弾いてみますと言って、これは暗譜で弾いた。

桂子さんは、こういう時に言い訳を並べてしりごみする気配もなく見事に弾いてしまう満智子さんが改めて好きになった。信氏の学生だった頃から陽子さんと並んで特別贔屓にしていたこともあるけれども、その気持ちがにわかに復活したのである。自分とはまるで違うタイプの年下の女友だちを妹分のように見て、妙に肩入れしたくなる気持ちである。陽子さんに対してもその気持ちが続いているが、満智子さんに対しては、それに加えて、自分を男の立場に置いて熱愛したいような妖しい感情が働く。

「自分で言うのも何ですけど、キーボードのお相手だけは年とともに達者になっているのかもしれません。暇さえあれば、というより情緒不安定になったり気が滅入ったりするとすぐキーボードにかじりつくものですから」

「主人から聞いた話では、満智子さんは御主人にベーゼンドルファーを買っていただいて、腕を磨いていらっしゃるようです」と桂子さんが言うと、満智子さんの白い顔にかすかに桜の色が現れた。

「いいえ、そんな……あれは私の治療用器具か精神安定剤みたいなものです」

「ところで、今の『喜びの島』ですが」と森さんが話に割って入った。「あれはぼくのレパートリーの一つです。フルートで吹けます。できれば一度デュオでやってみたいですね」

そしてちょうどそこへ料理を運んできた李さんに、フルートがあれば持ってきてもらいたいと森さんが言うと、李さんは大真面目な顔で、

「生憎《あいにく》ただいま切らしております」と答えたので大笑いになった。桂子さんには李さんがわざとフルートと果物とを取り違えたと見られる言い方をしたことがわかったので、この味なプレーに対して片目を閉じて称賛のサインを送っておいた。

桂子さんが全員に屠蘇酒を注いで御慶を済ませ、あとは宮沢氏の音頭で故山田信氏に献杯ということで、めでたい気分と追悼の空気とが混じり合って中和したような静かな宴会になった。

「変なことを言うようだが、なかなか結構なお葬式だったね」と宮沢氏が告別式のことを話題にした。

「あの変な音楽がなければ、ですけどね」と文子さんが応じた。

「メシアンはあの人のお気に入りだったから、若井さんにお願いしてシンセサイザーであんな風にしていただいたんです」

「山田さんは葬式に関しては面白いアイディアをお持ちのようでしたね」と森さんが言う。

「当日、本人がビデオの画面に現れて御参列の皆様に御挨拶するというあれですか」と桂子さ

んが言った。「私もそれは面白いアイディアだと思いましたけど、肝腎の準備をするに至らないうちに倒れてしまったものですから」

「時に山田君はあちらの神様とはもう縁が切れていたのかな」

宮沢氏も例の「宗教戦争」の時の経緯《いきさつ》をある程度知っていて、そのことと桂子さんが今回の告別式をどの宗教とも無関係な形式で行なったこととの関係を訊いたのである。

「そういうことになっていましたけど、私たちの間では」

「というのは、告別式の最初にシンセサイザーの演奏でグレゴリオ聖歌らしいものが流れていたもので、はてと思ったわけでね」

「あれは私からの餞《はなむけ》のようなものです」と桂子さんは笑ったが、信氏があちらの神様との縁を切っていたというのが本当だとしても、縁を切った上に嫌悪まで抱いていたわけではないことを桂子さんは知っていたし、グレゴリオ聖歌のあとにカトリック神秘主義的な表題をもつメシアンの曲を使ったのも餞のつもりである。

話はそれから告別式での弔辞の品定めのようなことになった。桂子さんの父君の時は、何と言ってもここにいる宮沢氏と林啓三郎さんのが白眉《はくび》だった。宮沢氏のは、父君との長い付き合いを見事に要約しながら、情理を尽くして父君のひととなりと事績を頌《しょう》したものだったし、林さんのは簡潔で、韓愈《かんゆ》の「亡友柳子厚《りゅうしこう》の霊を祭る」を思わせる名文だった。残念ながら、今回の弔辞にはそのような特別の光芒《こうぼう》を放つものはなかった。弔辞を読んだ主な四人のうち、橋本さんを除く三人は宮沢氏や林さんよりも一世代若い学者であるから、どうしても学会かシンポジウムでの報告のような調子で長くなる割りには生気に乏しく、また専門の話に傾いて細部に入りすぎるきらいがあった。むしろ学生代表やゼミの卒業生代表の弔辞の方が、稚拙ではあるが印象に残るものをもっていた。

「さすがに学部長は山田さんのことをよく知っている先輩だけあって過不足なく山田さんの肖像を描いてくれたようですけどね」と森さんが言った。その森さんは進行係を務めてくれたのである。

「過不足なくそつなく、ということでしょう。ただ、山田さんは肖像画の描きにくい方ですね。どちらかと言えば、彫刻にしていろんな角度から眺めた方が面白いタイプの人物に属するのと違いますか」と三島君が関西風の言い方をした。「つまり、これだという視点を決めて普通の遠近法で描くことができないような一種の怪人だということです。山田さんのおっしゃることは実に明快で濁りがないのに、全体を解釈しようとすると、とたんに手掛かりのない奇怪な絵になってしまうところがある。第一、山田さん自身がその絵のどこにいるのか、どこにもいないとすれば、その絵とどういう関係にあるのか、ぼくにはよくわからなかった」

「その絵がまだ完成していなかったということでしょう」と桂子さんが言うと、森さんがそれに賛成した。

「山田さんは恐らく最後にあっと言うような絵になるものを、気が向いたところから描き進めている途中だったと思います。残された材料を使ってジグソーパズルを完成してみればわかりますよ」

「森さんにお願いすればやっていただけますね」と桂子さんが冗談のように言った。

「とんでもない、僕にはそんな能力なんかありません。あのBRAINの中を調べるという仕事は奥さんにしかできませんよ」

「私にもそんな根気と能力はなさそうです」

「先生の有能な秘書だった人を引き続きお使いになるんでしょう？」

「工藤さんは確かに有能ですけど、山田のことを神様だと思っていて自分は巫女《みこ》のつもりですから、ジグソーパズルはどうでしょうか。それよりむしろ……」

桂子さんはそこで満智子さんの方に顔を向けた。満智子さんは殊更《ことさら》狼狽《ろうばい》したようにしりごみするでもなく、しかし自分がその任に耐えないということだけは平静な調子で断言した。

「私は象を撫でた群盲の一人で、撫でさせていただいたのは十八世紀のイギリスの思想と文学、というごく狭い範囲に限られています。そこが仮に先生の鼻のあたりだったとすると、先生の全体、特にこの数年の先生のお仕事については、理解する能力はありません。いまだに私は、先生の鼻だけを頼りにどうにか仕事をしているような有様ですから」

桂子さんは笑って首を振った。そして象の死体解剖にそんなにこだわることはないのだし、是が非でも立派な剝製《はくせい》にして残そうというつもりもないけれども、自分としてはいきなり火葬にするよりは、今しばらく手元に置いて調べてみたい、という気持ちを述べた。

「何しろ、頭脳のミイラみたいなものが残っているわけですから、調べてみて面白いことがあれば、みなさんにもお知らせします。もっとも、面白いことと言っても、月の裏側に回ってみたら都があり広寒宮があって天人に出会ったというような、あっと驚く話は多分ないだろうと思いますけど」

「山田さんにはそういう月の裏側を見せて付き合ってきた人はいなかっただろうな」と森さんが言った。

「つまり親友に当たる人はいないということですか」と桂子さんが訊いた。

「そうです。私も同じですが」

「そう言えば、山田君は淡交の人でしたね。知己の広がりは大変なものだったが、みんな情報交流のネットワークの結節点のようなもので、おれ、お前という仲の友人はもたなかったでしょう」と宮沢氏が言った。

「まるで君子みたいなことになりますね」と桂子さんが笑うと、宮沢氏は真顔でうなずいた。

「君子ですよ。桂子さんが女の君子なんだから、山田君が君子でないわけはない」

宮沢氏は桂子さんのことをいまだに「さん」づけで呼ぶ。今は文子さんと事実上の結婚をしているから、父親が娘を呼ぶように「桂子」でもいいと桂子さんは思っているし、若い頃の文子さんとの関係を考えると桂子さんの生物学上の父親である可能性もゼロではない、という厄介な関係を愉《たの》しんできた桂子さんにしてみれば、「桂子」と呼ばれる方がむしろ自然な位である。ただし桂子さんの方から宮沢氏のことを「お父様」と呼ぶ気はない。その宮沢氏が、信氏について娘の婿《むこ》のことを語る調子になるのを桂子さんは面白がって聞いていた。しかし自分が女の君子だと言われたのはどういうことなのかよく理解できない。

「ぼくもその君子説に賛成ですね」と三島君が言った。「山田さんは交換と贈与の人、そして接合、融合あるいは支配等々の人ではなかったということでしょう」

森さんが即座に支持した。

「それはうまい定義ですね。しかも交換でも贈与でも相手の喜ばない負の財のやりとりはしない人だ。交換と贈与のシステムには依存するが、特定の人には依存しない。誰とも接合しないから、淡交の君子ということになる」

桂子さんはその時、黙っている満智子さんの目に不賛成の色を読み取ったような気がしたが、森さんの話がそこからまた桂子さんの方に向かい、

「だからその意味では奥さんも同じく君子だということになります」と結論を下したので、桂子さんは夫君についての満智子さんの意見を聞き逃したまま、自分に着せかけられた衣裳に気を取られた。

「それでは山田と私は同じ型の人間だということになるではありませんか」

「先生は奥様とよく似た方だったと思います」

急にそう言ったのが満智子さんだったので桂子さんは少し驚いた。陽子さんがすかさずその説を支持した。

「そうです。昔から、私たちはそう言い合っていたんです。お二人は完全に相似で兄妹みたいだって」

桂子さんは他人にはそんな風に見えたのかと意外だった。夫婦を演じているうちに互いに相手に似せ合う努力をしていたのかもしれないとは思ったが、ここで文子さんが母親の権威をもって断を下した。

「似ているのは信さんがあなたに合わせて下さったんですよ」

「そうだとすると、私にとっては余り名誉な話ではありませんね」

「桂子は何も変わっていませんよ。相手に合わせて踊っているけれど、昔の桂子のままです。信さんは桂子に合わせて随分変わりました。ほら、何とかいう体の色を変える動物があるじゃありませんか」

「カメレオンですか。皮膚の色も体温も変えるとすると、山田はまるで爬虫類《はちゅうるい》じゃありませんか」と言いながら、桂子さんは相変わらずこの母君が年に一度は凄《すご》みのあることを言い放つ能力を失っていないのに感心した。以前から母はあの人のことを桂子さんに合わせて変化する爬虫類的怪物のように見ていたのだと桂子さんは思った。

「しかし月並みなことを言わせていただくなら、山田さんが奥さんに合わせて変わったとすると、それはやはり山田さんが奥さんをそれだけ大切に思っていたということですよ」と橘さんが言った。

「なんだか勿体ないような助け舟が出たところで、お雑煮でもいかがですか」

やがて李さんが運んできたのは朱塗りの鉢で、蓋《ふた》を取ると透明なスープの中に餅とオックステールが沈み、胡椒《こしょう》の香りがする。

「珍しい雑煮ですね」と三島君が言う。橘さんがスープを口に入れて、

「ソルロンタンの味ですね」とうなずいた。

「実はそのつもりでした。牛のあばら骨の代わりにテールで作ってみたんですけど、アイディアは私で、ここまで煮こんだ腕は李さんです」と言ってから桂子さんは李さんにも座って一緒に食べるようにと合図をした。それから桂子さんは、髪を上げ、小さめの顔に形のいい耳を出

して、例の蒲公英の葉の小紋を着た李さんがエプロンを脱ぐのを待って、

「今年は李さんによいお相手が見つかりますように、この際皆様にも御協力をお願い申し上げます」と言った。李さんは耳の付け根をあからめながら素直にお辞儀をした。

「いい娘さんですな。古風にお見合いをさせてみたい娘さんだ」と宮沢氏が言うと、三島君が早速その言葉に飛びついて、

「お見合いなら今しているところですよ。正直なところ、李さんがこんなに綺麗な人だとは今まで気がつかなかった。身長のことさえ問題にならなければ、ぼくも立候補者の一人だと考えて下さい」

「余り軽々しいことをおっしゃると、李さんは怒りますよ。ほら、鋭い目で睨んで、瞋《しん》という字の感じで……」

「私、ちっとも怒ってなんかいません」と李さんは少し熱を帯びた大きな目を桂子さんに向けて笑った。

「なるほど、これは気がつかなかった」と橘さんも笑いながら言った。「三島さんは以前から李さんに並々ならぬ潜在的関心をお持ちだったというわけですか」

「迂闊《うかつ》にもそのことに今気がついたという次第でして」

「そういうことならこれから熟慮検討の上で、その気が確かなら正式に申し込みにいらっしゃ

い」と桂子さんは三島君に向かってにこやかに宣告した。

お開きになって客を玄関まで送っていく途中で、桂子さんは満智子さんに耳打ちするように言った。

「今日はほんとによくいらして下さったわ。ところで、近頃はアドリエンヌ・ムジュラからは解放されていますか」

「また危ないんです」と満智子さんは低い声で答えた。「本当はあれからずっとアドリエンヌ・ムジュラだったのかもしれません」

「それは大変ですね。そのうちにまたゆっくりとお話を伺いたいわ」と桂子さんは言った。

「今月一杯日本にいます。ロアジスにいらしていただけますか」と満智子さんは言って、花曇りの日の弱い日差しに似た微笑を浮かべた。その日時を約束して、桂子さんは満智子さんが他の客と一緒に帰っていくのを見送った。

アドリエンヌ・ムジュラ云々《うんぬん》と桂子さんが呼んでいるちょっとした事件が起こったのは十年前のことである。満智子さんが先生の信氏のことをひそかに思いつめて、ジュリアン・グリーンの『アドリエンヌ・ムジュラ』の主人公のように精神に異常を来たしそうになったというので姿を隠してしまった事件を、桂子さんと信氏、満智子さんと陽子さんの間ではそんな風に呼んでいた。それは満智子さんが自分を制して病気を治すという形で決着がついたことになっていたけれども、桂子さんはそれで満智子さんが白紙の状態に戻り、アドリエンヌ・ムジュラは消え失《う》せたとは思っていない。満智子さんはあれからもずっとアドリエンヌ・ムジュラとして生きてきたにちがいない。いや、そうでなければ面白くないではないかとまで桂子さんは力をこめて考える。別れ際に満智子さんが漏らした言葉はまさしくそのことを裏書きしていたではないか。桂子さんの頭の一角は冬の空にはふさわしからぬ積乱雲の塊に占領されたような具合で、疑惑や期待や好奇心で風雲急を告げる様相を呈した。

その数日後、桂子さんは旧臘《きゅうろう》から延期されていた不定期刊の雑誌『シュンポシオン』の編集会議を開いた。新年会を兼ねて桂子さんの家の「サルーン」に集まってもらったが、当初の予定では忘年会を兼ねて旧臘に集まることになっていたのである。多ければ年間五、六回開かれるこの編集会議は、忘年会や新年会という特別の場合以外はレストランかホテルの一室で行なわれる。それは同時に、掲載作品を最終的に決める会議でもある。『シュンポシオン』は掲載するにふさわしい作品が集まった場合に発行されるという性質の雑誌なのである。

桂子さんは、「最後の大物編集者」とこの業界で呼ばれている嘉治さんと相談して新しい方式の雑誌を始めてすでに七年になるが、それはかなりの注目を集め、若い世代を中心に支持されて、「文芸総合誌」としては破格の十万台の部数を維持している。大成功と言うべきであろうが、何しろ新鮮で潑剌《はつらつ》としてその名の通りに知的悦楽の水準の高い雑誌である。というのも、桂子さんの採ったやり方は、第一に既成の作家、評論家のものは載せないというもので、登場するのは無名の新人ばかりである。老大家、流行作家等々に平身低頭して法外な原稿料でつまらないものを書いてもらうのを止めたことがこの雑誌の鮮度の秘密である。第二に、桂子さんのところでは、最近雨後の筍《たけのこ》のように出てきた「＊＊賞」というのを設ける代わりに、締め切りなしで、応募してきた原稿を審査して、入賞作品に当たるものを『シュンポシオン』に載せる。したがって、掲載に値するものが集まらなければ雑誌は出ないということになる。第三に、掲載するにあたっては、この編集委員会で文章の欠陥を取り除くために、debugging つまり「虫取り」と称して徹底した添削を加える。この条件に同意しない人にはお引き取りを願うことになっている。第四に、掲載作品には破格の原稿料を支払う。その額は、短編の場合でも、大概の「＊＊賞」の賞金を上回る。

以上のような条件に従って応募してくれるのであれば、老大家でも誰でも『シュンポシオン』に登場するチャンスはある。ただし原稿を出しても断られる可能性もあることは言うまでもない。すでに注文を受けて書いている人がそんな条件を呑んでここに応募してくるはずはないので、結果としては既成作家のものは一切載らないことになる。それで文芸評論家たちは安心して批評し、言いたいことを言い、ケチをつけたければ存分につけることができる。評論家を元気づかせる性質の雑誌であるから、評論家は盛んに論じる。評判になる理由の一つもそこにある。

ところで、三島君は過去に数回原稿を送ってきて「打席に立ち」、その度に快打を放つという実績の持ち主である。そこで桂子さんは敬意を表して、以後打席に登場することを禁じ、編集委員に祭り上げてしまった。その後三島君は桂子さんのところでも他の出版社でもすでに十冊以上の本を出して既成作家の仲間入りをしている。

当初過激だというので一部では白い眼で見られたこのやり方も、三島君を筆頭に何人かのスーパー・ノヴァ的新鋭作家を世に送り出すことに成功したために、今では二、三の大出版社でもこの方式を真似て雑誌を作っているが、いずれも成功を収めていないのは、『シュンポシオン』の、嘉治さんを中心にした強力な覆面編集委員会の役割に関するノウハウを桂子さんが公開していないからである。他の雑誌では、相変わらず有名作家、評論家を選考委員に並べることに固執しているが、桂子さんたちはひそかにそれを嗤《わら》っているのである。

新年第一回の編集会議には全員の顔が揃った。

まもなく還暦を迎えようという長老格の嘉治さんは歴戦の老酋長《ろうしゅうちょう》の如き存在で、「チーフ」と呼ばれている。活字の藪をくぐりぬけてきた人間らしく無数の疵跡《きずあと》が顔中に残っているかのような風貌で、見るからに恐ろしげであるが、実は極端にシャイな人で、晴れがましいところに出たり有名な作家と直接会ったりすることを極力避けているから、この業界でも嘉治さんの顔をよく知らない人が多いのである。しかし頭の中身は若くて、思いがけない策がしばしばこの人の頭から飛び出す。

　酒井さんは二十代、宝田さんは三十代の編集者で、桂子さんと嘉治さんが一致してその能力を買っている。社外の編集委員は三人で、一人は森さんのところで思想史を専攻している大学院の学生の喜多君である。森さんが「スーパーコンピュータ」と呼んでいるだけあって、何についても知識と自分の意見を持っているという超秀才で、三島君と同じく『シュンポシオン』の常連応募者から編集委員に祭り上げられた人である。ただ一人の外国人は、英国人の作家のお嬢さんで、オックスフォードで西洋古典文学と日本語を学んでからこちらに来ているドーラ・カースルメインさん。この人は並の日本人の文学部学生の数十倍も日本の古典を読んでいる。編集委員の中ではもっとも頑固に古典主義的趣味を主張する人である。そして三島君はカースルメインさんに対抗してことごとに「脱パラダイム」的発想で会議を撹乱《かくらん》することに徹している。桂子さんも実は編集委員会に加わっていて、司会をするのである。

「本年も皆さん覆面をしたままで、面白い作品と才能のある人を見つけて下さい」という桂子さんの挨拶と乾杯からこの夜の会議兼酒宴は始まったが、肴《さかな》は小川さんの料理と最終候補に残った原稿のコピーである。昨年中に、桂子さん抜きで今回採用する作品については大体意見がまとまっていたらしいので、桂子さんは宝田さんからその報告を聞き、あとは新春の放談会風宴会になった。

これまで『シュンポシオン』では、作者のプロフィールを一切紹介しないという方針をとっていた。作者にも覆面をつけさせたままで通してきたのである。評論家は、年齢も男女の別も経歴もわからぬ作者の作品を読んで論じなければならないわけで、その中には高名な作家がペンネームを使って書いたものが紛れこんでいるかもしれないのである。この方針は桂子さんと嘉治さんの意地悪から堅持されてきたものであるが、最近になって宝田さん、カースルメインさん、それに三島君からもその方針を転換して、作者に関する情報を積極的に取るとともに読者にも提供するようにしてはどうか、という提案が出ているのである。

「この点では珍しくドーラさんと三島君の意見が一致しているんですね」と桂子さんがからかうと、三島君は肩を竦めてカースルメインさんと顔を見合わせてから、

「もともとぼくたちはひそかに同盟関係を結んでいるんですよ。その上でそれぞれの役割を演じてきたつもりですけどね」

「ドーラさんの理由は？」

「作者のバックグラウンドを提供するのは親切というものでしょう？　ほら、日本ではサービスが大切だと言いますね。これもサービスです、サービス」

「私は読者の関心を引くのと、応募が増えるのと、その二つの効果を狙っているんです」と宝

田さんが言った。「作者についてはこちらからも取材します。そして作者のプロフィールはテレビのCFにも入れ、もっと詳しい情報はブックセンターのデータベースからネットワークにも流します。その情報が欲しくてアクセスの労を惜しまない評論家には必要な情報が手に入る、というわけです。ただし従来通り『シュンポシオン』には作者の略歴等は載せない、というのが私の案です」

あとの人は新方針に反対はしない、という立場らしい。喜多君は度の強い眼鏡を掛けた宇宙人的な顔で、自分はこういう問題については判断しない、と言って澄ましている。

「それではこの際わが社もサービスに徹することにして、それなら中途半端なことはしないで作者のプロフィールは雑誌の方にも詳しく載せることにしましょう。そうなると特に宝田さんと酒井さんには面白いプロフィールを作っていただかなければならないので、お二人の仕事が増えることになります」

「実はこれまでも調べるだけは調べて興信所並の情報は握っていたんです」と嘉治さんがぽつりと言った。

その夜は遅くなったので、三島君とカースルメインさんが泊まっていった。三島君は桂子さんに、李さんと三十分ほどデートしてもよいかと訊《き》いたので、

「どうぞどうぞ、李さんさえよろしければ」と言っておいた。

一月にしては日差しの暖かい日が続いて下旬に入った頃、石のような曇天に太陽が隠れて、にわかに厳しい寒気がやってきた。満智子さんとロアジスで会う約束をしたのもそんな曇天の冷えこむ日の昼時で、桂子さんはロアジスの坂の下で車を降りると、サファイアフロストフォックスのロングコートを着て、ゆっくりと坂を上っていった。坂の上で右から来た道と交わるところがロアジスの石の門になっている。その右の方の道から満智子さんが歩いてくるのが見えた。黒いスワカラのベルト付きのコートを着て、両手をポケットに入れて、外国人の女性のような歩き方でゆっくりと近づいてくるが、桂子さんは門柱のかげで満智子さんの血の気のない月のように白い顔の不思議な空白を眺めていた。その姿全体に古い映画で見たフランス人の女優を思わせる風情がある。そして桂子さんを認めて驚いた時の大きな目の動きには桂子さん自身ひどく惹かれるものがあった。夫君の信氏も惹かれたにちがいない、と桂子さんは推測した。

満智子さんの招待であるが、気を配りながら待ち受けているのではなく、自分も客のように時間通りに現れるところがいかにも満智子さんらしい流儀である。店に入ると、満智子さんは別にきびしい顔をしているわけでもないのに、店の人間は女主人の登場で明らかに緊張している様子が見える。満智子さんは店の人間に対して殊更愛想よくもしないし、笑顔も見せない。

この独特の冷たさが桂子さんに言わせると「月的」なのである。名前からすれば桂子さんの方が月にゆかりのある「桂女」、つまり月の中に住む仙女を連想させるものがあるけれども、実際の桂子さんは「太陽的」だと自分でも思っている。

桂子さんはなぜか十年ほど前の夏、耕一君とここで会った時の太陽の氾濫する庭を思い出した。玄関のわきには異国風の赤い花をつけたデイゴの樹が燦然《さんぜん》として立っていたのが鮮やかに頭に浮かぶ。今は庭の様子も多少変わっているようで、桂子さんが案内された個室は椿の花が落ちている石庭に面していた。

「満智子さんとこのお店で差し向かいになるのはこれが初めてですね」

「はい」と満智子さんはうなずいて、とっておきの花曇りの空のような微笑を浮かべた。「初めてここへ来たのは先生に連れてきていただいた時です。その時に主人に見染められたようですけど」

「そのようでしたわね」と桂子さんも満智子さんのに近い微笑を浮かべた。「ところで星野さんはまたフランスですか」

「ええ。私がオックスフォードにいる間にやってきて、何度か会いました。私の部屋には泊まらずにホテルに泊まっていました。あの人と結婚しているのが不思議な感じですけど、店の人も直立不動の姿勢で奥様と呼んでくれますから、まだ夫婦であることは間違いないんですね」

満智子さんはいきなり核心にふれるような話をした。それもおよそ深刻さのない、例の花曇りの空と同じ調子の穏やかな話し方である。桂子さんはともかく満智子さんの話を十分聴いて愉《たの》しもうという態勢を整えた。

「あの人は料理にも興味を失ったようです。この店だけは持っていて、経営の方もきちんと手を抜かずにやっていますけど。砂漠のような人になってしまいました。私が原因だと思います」

「砂漠と月ですか」

「月？　私のことですか」

「この間からそんな気がしたんですよ。満智子さんは月型の人だって」

「そう言えば月は砂漠以上に荒涼としていますね」

「それもあるけれど、月の光は人を狂わせるというでしょう」

「そう言いますね。でも私の場合は月自身が狂っているということですから」

「満智子さんを狂わせたのはやはり山田ですか」

それには直接答えずに、満智子さんはかすかにうなずいてから、ソムリエの持ってきたワイン・リストを桂子さんに差し出した。

「何かお好みのものがあれば」

「お任せします」と桂子さんは言って、ソムリエにワイン・リストを返した。ソムリエが何やら講釈している間、桂子さんは満智子さんが次に言うことの方に気を取られてほとんど上の空だった。

「申訳ないことですけれど、先生が突然お亡くなりになって、私には解放感のようなものもあるんです」

ソムリエが下がると、満智子さんはまずそう言った。そしてそれを順序立てて説明しようとして、満智子さんはテーブルの上に出した白い手を組み合わせて無意識のうちに力をこめている。

「奥様は勿論柔道などはおやりになったことがないと思いますけれど、私はこれでも高校時代に柔道着を着て男子の生徒とも取っ組み合っていたことがあるんです」

「ちょっと想像しにくいことですね」

「見掛けによらず腕力も強いんです。で、その柔道に似た格闘技を、大学院に入ると精神のレベルでまたやり始めました。今度は先生がそのお相手です。先生の指導を受けるようになった時、私の方は月並みな師弟関係を想定して適当にやっていけるものと考えていましたけど、そうは行きませんでした。先生は本気で私を鍛え直して、プロの学者をつくろうとなさったんでしょう。容赦のない訓練を受けるうちに、私は精神的に完全に裸にされて、private part と言えるようなところも何も残らないほど先生に知り尽くされ、弱いところがあればそこを徹底的に直されました。それが言葉を使っての柔道だったんです」

「先生も裸になってお相手をしてくれましたか」

「それがわかるほどの余裕はありません。力量が違いすぎるので、多分先生は稽古着のままだったのだろうと思います。私の方は夢中になって稽古をつけていただく側ですから、先生のことはよくわかりません。いまだによくわからないままです。先生の体の動きが私の体に記憶されているというような、柔道の場合ならそうですけど、それと同じ感覚は今も残っています。でも、それはそれとして、先生はやはりわからない人間だと思います。人間に化けた神、というのか……例えばプシューケーにはエロースの正体がわからなかった、そういうわからなさです」

「エロースの正体を見とどけようとしたことは?」

「眠っている時の先生は土でできたゴーレムみたいでした。あれが正体だったとすると、先生のお体の方はもうかなり死に近づいていたのかもしれません……それを早くお知らせすべきでした。ただ、そんなことは奥様の方がもっとよく御存じのはずなので……」

話が佳境に入ったところで、現在のシェフの今井さんが挨拶にやってきた。

数年前から星野さんに代わってロアジスのシェフを務めている今井さんは、短髪小頭痩身《そうしん》で目の鋭い、タイかビルマあたりの僧侶を髣髴《ほうふつ》させる風貌の人である。これに対して星野さんの方は、小太りで、口髭を蓄え、緩んだ目もとに皮肉っぽい愛想笑いと自信とを浮かべた、いかにも「美食の芸術家」らしいタイプのシェフだった。あれから何冊か本も出しており、その中には桂子さんのところから出したフランス料理をめぐるエッセイ集もある。昔からフランス語は堪能だったし、洒落《しやれ》っ気のある文章の書ける人である。職人型の今井さんはおよそ違うタイプだったが、星野さんが見込んだ後輩だけあって腕前の方は確からしい。ただ、料理も店の空気も昔に比べて幾分生真面目な方に傾いているような気がする。

今井さんが下がったあと、桂子さんがそんな感想を述べたりしているうちに、折角佳境に入りかけていた話は空を行く雲のように行方も形もさだかでなくなった。そしてそこに再び現れた話題の雲は星野さんと満智子さんをめぐるものだった。星野さんはこのところヨーロッパに行ったきりで一体どうなっているのだろうか、というのはあちこちで耳にする声で、桂子さんもとりあえずその声を代弁して満智子さんに向けてみた。簡単には答えられないことだと見えて、満智子さんは顔を曇らせたまましばらく頭の中を整理しにかかっている様子だった。

「あちらで優雅に遊んでいらっしゃるのなら、そんな結構なことはありませんけど」

桂子さんは、それをかならずしも結構だとは見ない人たちの非難と羨望を含んだ好奇心には与《くみ》しないことを匂わせてそう言ったのであるが、満智子さんは軽く首を傾げて、

「今更修業だと言っても通用しないでしょうけど、あの人としては遊びながら勉強しているつもりだろうと思います。もっとも、何を勉強するのかと言われると困ってしまいます。料理の道を窮《きわ》めるというような真面目さとはとっくに縁を切っている人ですから」

「昔からその真面目でないところが星野さんの魅力でしたものね」と桂子さんも言った。「只今遊学中、それでいいじゃありませんか」

「問題はそんなあの人と私との関係はどうなっているかということらしいですね」と言ってから、満智子さんはテーブルの上の白い長い指を、印でも結ぶような具合にからませたりほどいたりした。その指の動きは獲物を弄《もてあそ》ぶ蜘蛛を連想させる。「白い蜘蛛」……にわかにこの観念が桂子さんの頭の中に足を広げてしっかりと棲みついた。蜘蛛は桂子さんのもっとも苦手とする動物である。

「人の噂では、離婚したとか離婚は時間の問題だとか、悪い方の話ばかりが広まっていて、学生たちも話題にしているようです」と満智子さんは白い蜘蛛の手を握りしめたまま笑った。

「中には今井さんがひそかに私を慕っていて、いずれ次の夫になる男性だとか……」

「慕うのは自由でしょうけど、でもあの人は満智子さんには御縁のない種類の人みたいですね」と桂子さんはいくらか大胆な説を持ち出してみた。

「私は男の人からお慕い申し上げますなんて言われると、居心地が悪くてその場で融《と》けてしまいそうです。奥様ならその感じはわかっていただけると思います」

「強《し》いて言えば私もその蛞蝓《なめくじ》的反応を示す方ですね。谷崎潤一郎のように、名前も順市に変えて、お慕い申し上げております、なんて書いてくる男性が現れたらどうでしょうか。好機とばかりに順市をこづきまわして愉しむかしら……やはり薄気味悪くて逃げ出しますね。残念ながらというべきか幸いというべきか、いまだにそんな経験だけはありませんけど」

「私の場合は、特定の男の『忍ぶ恋』を受けつけないというよりも、男そのものを受けつけないということで、もっと質《たち》の悪い病気なんです」

するとあなたはレスボスの島の女族なんですか、というようなことが口に出そうになるのを抑えて、桂子さんはとりあえずワインを満智子さんのグラスに注いだ。瓶を見て、食事の後半のワインがサンテミリオンの「シャトー・シュヴァル・ブラン」に変わっていたことに気がついた。もともと満智子さんは酔いの色が顔に出にくい質である。しかし今はいつになく瞼のあたりに「春色」が浮かんでいる。となれば自分の方はもっと濃い酔芙蓉《すいふよう》の顔になっているにちがいないと桂子さんは用心して、ワインの方は控え、好奇心を一段と研ぎ澄ました。ただしこういう問題についてこちらから畳みかけるようにして訊くわけにはいかない。

満智子さんは桂子さんをまっすぐに見ることを避けて、霞《かすみ》がかかったような目を宙に向けたまま、抑揚のない声で話を続けていた。その声の調子がいつのまにか微妙に変化して、どちらかと言えばハスキーな声に変わっていることに桂子さんは気づいた。ハスキーで、しかも妖しい艶《つや》を帯びた声である。

「河間の女の話を御存じでしょうか」

満智子さんは霞の膜を破って熱っぽい目を桂子さんに向けた。

「河漢の徐という男が幽霊の女と添い寝するようになって……という話ですか」

「それとは違います。私の言う『河間』のカンは漢ではなくて間の方です。こちらは淫乱な女の話です」

「ああ、すると柳宗元の有名な『河間伝』の方ですか」

満智子さんはうなずいて、それを知っているのなら話は早いというように、自分も要するにその河間の女と同じようなことになった、ただ違うところは、河間の女が淫婦に豹変し、その夫を讒言《ざんげん》によって殺してから若い男たちを相手に荒淫の限りを尽くしたという、その相手が自分の場合は男ではなくて女なのだと説明した。なるほど手っ取り早い説明ではある。桂子さんは感心したが、しかしその話の中身を実感するのに少なからぬ困難を覚えた。河間の女が性の悦びを知ったのは、謀《はか》られて色男に犯された時であるが、満智子さんの場合、レスボスの淫女への変身のきっかけとなったのはいかなる事件なのだろうか。星野さんと結婚する前から満智子さんはその種の性癖を持っていたのだろうか。例えば、大学時代に仲がよかった鷲山陽子さんともそういう関係があったのか。

「それはありませんでした」と満智子さんは否定した。「でも今思うとその傾向が早くから潜伏していたのかもしれません。あの頃、先生に対して、アベラールに対するエロイーズ的な感情と関心を抱いたのを除いては、ついぞ男性に興味を抱いたことがありませんでしたから」

河間の女は色男との情交によって俄然《がぜん》「開眼」するや、その男の肘《ひじ》に嚙みついて誓いを交わし、以後夫を嫌って顔を見る気にもなれず、避け通すのであるが、その色男の役を演じたのが信氏ではなかったか、と桂子さんは当然のことながら推理した。

「そんなはっきりした事件はありません」と満智子さんはややはっきりしない言い方をした。「でも星野に対する私の態度は、『河間伝』に『其《そ》の夫を視《み》るに忍びず、目を閉ぢて曰《いわ》く、吾病《われ》むこと甚《はなは》だしと』とありますけど、それに近いものになったことは事実です。で、私はそれからは愉しみを与えてくれる同性の相手を求め、星野は私を避けてヨーロッパへ行くことが多くなったというわけです」

桂子さんには依然として腑《ふ》に落ちないところがあった。男から女同士への切り換えが実際に起こるには何か異常な体験が必要ではないか、また最初の同性の相手はどこでどうやって見つけて「倮逐《らちく》して荒淫を為《な》す」というところまで進んだのだろうか。いずれも桂子さんの想像力を超えることである。

それに対して満智子さんは意外なことを無造作に漏らした。最初の相手は工藤さんだったというのである。桂子さんは驚いたが、「まさか」とは言わずに「なるほど」と呟いた。

「そして工藤さんとの仲は一番長くて、最近まで続いていました。先生が生きていらっしゃった間、ということになりますけど」

「工藤さんは山田の紹介だったんですね」

「先生からお聞きになっていたんですか」と満智子さんは逆に訊き返した。桂子さんは首を振って、

「山田はそういう面白い話はしない人でした」と言った。

「先生はよく訓練された内弟子を私にあてがって下さったということでしょう」

すると信氏は、工藤さんに対しても満智子さんに対しても、男としてではなくて純然たる教師として臨んだのだろうか。桂子さんはいささか混乱に陥った。ただ、ここで思い当たることもあった。というのは以前、耕一君の夫人だったまり子さんに対しても、信氏はその「蒙《もう》を啓《ひら》く」教師として、あるいは魚玄機に「中気真術」の修業をさせて「忽然《こつぜん》悟入する」ところまで導いた道士の如き役割を演じようとしたことがあったのを思い出したのである。信氏は満智子さんにもその方面の指導を行なったにちがいない。

「ではあなたが河間の女になるきっかけは、やはり先生の指導を受けて忽然悟入したことなの

ね」

「指導か治療か、とにかく先生に演奏していただいて私は初めて楽器らしく音楽を奏でることができました」と満智子さんは相変わらず霞のかかったような目をしたまま言った。「でも先生は男としてそれをして下さったのではないと思います。私はピアノで、先生はヴィルトゥオーソ兼調律師としてピアノを鳴らしただけです。このピアノはただの男にいじられたりのしかかられたりしても音楽を鳴らすことができません。それで、男の一人である星野がまず嫌《いや》になりました。先生でなければ蓋を開けられるのも嫌になりました。しかし先生は私が申し分なく鳴ることを会得すると、それ以上私を調律したり演奏したりする興味は失ったのか、代理の人として工藤さんを紹介して下さったというわけです」

桂子さんは満智子さんの話にいささか消化不良を起こしかけていた。異様な満腹感のようなものがある。あとでゆっくり反芻《はんすう》してみなければ、すべては生硬な言葉のまま体を通り抜けてしまいそうだった。そんなこともあって、桂子さんはデザートを選ぶ気力をなくしていた。満智子さんも桂子さんに付き合ってコーヒーだけにした。そして話の続きは二階の談話室か満智子さんの部屋で、ということになったが、桂子さんは断った。このロアジスには星野さん夫婦専用のホテル並の小部屋があるのだそうで、ただし滅多に使ったことはないというが、気のせいかその部屋に誘った時の満智子さんの目には妖しい光があるように思われた。あれは食欲を感じている目ではないかと桂子さんは警戒したのである。

そこでまた頭に浮かんだのが「白い蜘蛛」の観念である。桂子さんは、ベッドの上で白い蜘蛛に捕らえられ、銀色のうぶ毛の生えた何本もの足で抱きしめられるところを想像したとたんに、目の前にいる満智子さんが正体不明の白い怪物に見えてきた。蜘蛛のように軽くて脆《もろ》い、狂気という肉でできた妖怪がそこにいる。そう思うと桂子さんは尋常な気分ではいられなくなってきた。

「今日は少々飲み過ぎたようだわ」と言いながら桂子さんは両手で頰を押さえた。撤退の準備にかかったのである。満智子さんは立ち上がった時に少しよろめいた。その顔色はそれほど変わってはいなかったが、目の中が薔薇色に染まりかけている。部屋を出ようとして体が接して絡み合うようになった時、桂子さんはこの白い大きな蜘蛛が形を失って崩れ落ちてしまいそうな危険を感じたので、思わずその胴に腕を回した。自分がもっと酩酊《めいてい》していたら、このままもつれあって、ベッドのある部屋に入っていくことも大いにありそうに思われた。

しかし満智子さんは立ち直って会釈すると、意外に平静な声で、

「車をお呼びします」と言った。

第四章　寒梅暗香

その夜桂子さんは永別後初めて夢で夫君を見た。

生前でも夫君が夢に出てくるということはほとんどなかった。出てきても夢の中で論争の相手になる位で、楽しいことをした記憶はないのである。桂子さんは梅堯臣《ばいぎようしん》が再婚後二年して初めて先妻の夢を見たという詩を思い出した。つまり「二年夢に入らず、昨宵《さくしよう》顔色を見、中夕悲哀生ず」というのであるが、桂子さんの場合も、夢で夫君を見てある種の感慨を催した。夫君は満智子さんの話に出てきたことを夢の中でまさに行なっている。というより満智子さんから聞かされた話をもう一度組み立て、反芻しようとする努力がそんな悪夢となったらしい。

男は確かに夫君である。背中やお尻しか見えていないが、夢の中の桂子さんはそれを確信している。相手の女性は誰だかわからない。顔は見えているのに、ひどい乱視になったかのように鮮明な像を結ばない。それは満智子さんでも工藤さんでもない見知らぬ絵の中の女性のようだった。いつか見た、アンソニー・グリーンとかいう画家の、結婚記念日の自分たち夫婦を克明に描いた「私画《わたくしが》」的な絵がこの夢の下絵になっているのかもしれない。そう言えば、夢の画面もなぜかグリーンの絵と同じく不定形をしている。夫君とその相手の女性の動きも、画中の人物が無理に動いているのに似て、不自然にゆるやかで、なめらかさがない。その動く絵に題をつけるとすれば、「レッスン」である。夫君が満智子さんか誰かを相手にレッスンを行なっているのである。二人とも言葉は発しない。女性は堅い、苦痛に耐えるような表情をしている。その体の動きは関節を持った木製の人形を思わせる。夫君は人形の体にさまざまの術を施している。鍼《はり》か灸《きゆう》か整体術か、ともかく複雑な手順で行なわれる治療行為に似ている。夢を見ながら桂子さんはいささか退屈した。二時間以上もこの治療行為が続いたような気がする。しかしやがて女性患者の表情に変化が生じた。苦痛に耐える顔がいつのまにか快感に耐える顔に変わっていたのである。

そのような事態の進行は（あとになって桂子さんが思い当たったところによると）インド音楽の進行に酷似していた。例えば、シタールの即興演奏で最初はゆるやかなアーラープが、それからタブラが加わってガットが演奏され、次第に急速調になって頂上へと駆け上がっていく。そんな北インドの音楽を思わせる進行のうちに、女性患者は微細な痙攣《けいれん》のさざなみに全身を浸され、エクスタシーの表情に達する。そして体は突然毀《こわ》れた木の人形のようなもの、つまり人間の抜け殻《がら》に変わるのである。

この長い悪夢に疲れて桂子さんは目を覚ました。まだ夜の支配が残っている午前四時過ぎだったが、窓の外には白いものの気配があった。二重窓の内側の障子を引いてみると、月の光とも曙光《しょこう》ともつかぬ不思議な明るさの広がる庭に、白い花のようなものが音もなく舞い落ちている。桂子さんはぼんやりした頭で、天上の寒梅が散るのだと思いかけたが、それはただの雪だった。降りしきる雪の中を白い裸の女が二人こちらに歩いてくる幻影を桂子さんは見た。明らかに満智子さんと工藤さんだと確信したが、二人の歩行は前進でも後退でもなく、その姿は陽炎《かげろう》のようにゆらめくばかりでいつまでも近づいてこなかった。ただ、幻視や幻聴があるなら幻嗅《げんきゅう》ということもあるのだろうか、桂子さんはどこからかやってくる梅の香りを感じたのである。

雪の続きのその日は日曜日で、午前中に工藤さんが訪ねてくることになっていた。桂子さんの家付きの秘書としての仕事始めの日である。主たる仕事は例のBRAINの中身を整理することだったが、すでに桂子さんは、ディスクの内容のうちまだプリントされてなかった分はあれから自分でプリントしてしまったので、今後工藤さんにやってもらいたいのは、その膨大な印刷物の山を分類し、桂子さんが目を通した結果注がほしいと思われる箇所についてはしかるべき文献を調べて出典その他に関する注を付けるという仕事だった。桂子さんは夫君がBRAINに残したものを編集して出版するつもりだったのである。

工藤さんは旧臘《きゅうろう》に見た時よりも血色もよく、頬にいくらか丸みもついたようだった。

「最近偏頭痛の方は出ないんですか」と桂子さんはまず訊いたが、工藤さんは妙に恐縮した様子を見せて、

「近頃はよく睡眠をとるようにしていますから」と言い訳めいた調子で言った。

「山田の秘書は随分きつかったと思います。これからは無理をしていただく必要もないし、元気をつけて、いずれお嫁入りということでしょうね」

桂子さんは別に満智子さんから聞いた女同士の関係のことを頭に置いて皮肉を言ったつもりではなかった。むしろそんな厄介な性癖があればあるだけ、それを治療して結婚することを工藤さんのためにも本気で望んでいたのである。それにしても工藤さんは少々とんちんかんで、

「どなたかいい方を紹介して下さるんですか」というのがその反応だった。

「工藤さんさえその気になって下されば、いくらでも御紹介しますよ」と言ってから、桂子さんは差し当たり会社の独身の男性社員の顔をカードのように頭の中でざっとめくってみた。そして案外適当な相手がいないことに気がついた。

夫君の書斎まで案内していく間、工藤さんは初めての家に連れてこられた猫のように警戒と好奇心の目をらんらんと光らせて、目に写るものすべてを頭に焼きつけている様子だった。

「迷子になりそうですね。まるで旅館か料亭に来たみたいです」と工藤さんは子供じみた感想

を漏らした。「入江さんのお宅に伺った時も驚きましたけど。あちらはホテルか西洋のお城みたいでした」

「JAIの入江さんのお宅ですか」

「ええ。先生と一緒に。ニューメディア関係の審議会の件か何かで……」

「山田はあなたをいつも連れ歩いていたんですか」

「ある時期、生きた筆記道具としていろんな会合にお伴したことがあるんです。そこで私が携帯用のワープロでメモを取ったり、そのワープロを端末にしてBRAINから必要な情報を取ったりするわけです」

桂子さんも秘書を連れて出掛けることは多いが、さすがにそこまで進んだことを、それも人前でやって見せるほどの熱意はない。

「山田は見掛けによらずまめだったんですね」というのが桂子さんの感想だった。工藤さんは桂子さんが幾分シニカルに聞こえる言い方をしたことが不満らしかった。何しろ信氏は工藤さんにとって「神様」であり、いかがわしい術を伝授した師でもあったのだから、信氏の行動のスタイルは些細な点まで工藤さんの崇敬してやまぬところとなるらしい。しかしその信氏も今はこの世にいない。工藤さんの崇敬の対象は今や桂子さんに向かいはじめているふしもあった。桂子さんはふと、生まれたばかりの家鴨《あひる》の子が人間でも何でもあらぬものを親に見立てて尻を振り振りそのあとをつきまわる姿を連想した。

信氏が使っていた書斎で革のカウチに腰を下ろしたところへ李さんが牛乳に葉を入れて煮出した紅茶を持ってきた。以前夫君から、工藤さんのお好みがこの「ロイヤル・ミルク・ティー」なるスタイルの紅茶であることを聞いて知っていたのである。工藤さんは幼児のように喜んで、背を丸くして熱い紅茶を飲んだ。

「ところで突然ですけど」と桂子さんは李さんが下がると同時に尋ねた。「工藤さんは満智子さんとはどういうお知り合いですか」

この一言で工藤さんは激しい叱声《しっせい》とともに頭を叩かれた猫が耳を伏せて這《は》いつくばるのに似た反応を示した。桂子さんはこの思わぬ反応に気の毒になって、

「満智子さんは山田の教え子ですから私たちとは何かとお付き合いがありますけど、聞くところによれば、工藤さんとも以前から親しいお付き合いがあったとか……」と助け舟を出した。

「お姉さんのような方です。先生の一番のお弟子さんで、私には憧《あこが》れの人です」

工藤さんは昔の女学生のような言い方をした。

「満智子さんのように、大学の先生になりたかったんですか」

「夢のまた夢です。私なんか、とても駄目です。あんなに猛烈に勉強できるほどの頭も体力もありません。星野さんは大柄ですし、手足が長くてすごく力も強いんです」

「二人で柔道でもやってみたことがあるんですか。満智子さんは高校時代にやっていたそうですけど」

「そうらしいですね」と工藤さんは桂子さんの言葉の裏に生えている棘《とげ》にはまるで無頓着に言った。「そのせいか、体がとても柔らかいんです」

「ベッドの中でも、ですか」

ここに至って工藤さんの顔つきが変わった。頭の中でバリアが一挙に崩れて、その無残な崩壊ぶりが顔の造作にまでありありと現れたかのようだった。そしてこのあと工藤さんの顔はこの前のイタリア料理店での変化を繰り返した。つまり泣き顔になったのである。

「奥様って怖い方ですね」と工藤さんは涙の目を向けて言ったが、桂子さんはその目に甘えの色を見た。

「意地悪なことを言ったとしたら御免なさい」

皮肉の針を刺して探りを入れているという風にとられては困る。そう思った桂子さんは、この相手には小さい子供に物を言うような調子で、率直に、しかも即物的かつ具体的に話すことにした。

「いいですか、仕事の話の前にこんな話になって？　実は昨日満智子さんと久しぶりに食事をしました。星野さんのお店で御馳走になったんです。その時にいろいろと面白い話を聞かされました。満智子さんと山田のこと、満智子さんと星野さんとのこと、それにあなたと満智子さんとのことも伺いました。十分詳しく、とは言えません。それで昨夜はあれこれとてんぷらの衣をつけて話を膨らませているうちに興奮して眠れなくなりました。変な夢まで見ました。夢の中でもその話のディーテイルを補って完成しようと、必死になっていたんですね。今日は日曜日なのにまだ暗いうちから目が覚めました。外では雪が降っていて、雪の中を手をつないで歩いているあなたと満智子さんを見ました。二人とも裸で……というのはまあ私の頭の中の幻ですが、こんな話を聞かされると思い当たることがいろいろとあるでしょう？　少しずつで結構ですから、これから仕事の合間に聞かせて下さい」

「私、もともと身の上話をするのは好きな方なんです。でもこれまでそれを嫌がらずに聞いてくれた人と言えば、先生以外にありませんでした。身の上話って他人には退屈でしょうがないものらしいですね。それに、私の話は汚いことが多くて人に不愉快な思いをさせるでしょうし、特に奥様を傷つける恐れもありそうで……」

「私は滅多なことでは傷ついたりしません。お断りしておきますが、工藤さんや満智子さんと山田の間にどんなことがあったとしても傷つくようなことは絶対にありません。興味は人一倍そそられるでしょうけど、鬼の顔に変わったりもしません。生まれ付きジェラシーの中枢が毀れているみたいですから」

「満智子さんは奥様に何もかも話したんでしょうか」

「それは勿論、満智子さんが必要だと思い、話したいと思ったことだけでしょうね」

「満智子さんも私も先生からいろいろと教わりました」

「そのことは聞きました。私が知りたいのは、どんな風にして、ということですけど」

「とても口では説明できません」

「ではそれは追い追い伺うことにしましょう。満智子さんとは弟子同士で、『学んで時に之《これ》を習ふ、また悦《たの》しからずや』というのを実践なさったわけですね。習うとは実演することです」

「私たちは先生から是非実演してみるようにと言われたんです」

「お二人の演習を先生自ら実地に指導したことは?」

「それはありませんでした」と工藤さんはむきになって否定した。「先生はそこまで過保護ではありません」

「でしょうけれど、弟子たちが時にこれを習うのを見てその上達ぶりを知るのも愉しいものではないかと思います。先生は目の人で、目の愉しみにかけてはそれこそ目のない人間でしたから」

「そう言えば先生はいつも目を開けて物事を最後まで見届けて、御自分は少しも崩れたり舞い上がったりしないところがありました」

「天の一角から観察している目そのものでしょう？　で、あなたはそれを慈愛の眼差しという風に思いましたか」

「はい。本当にそうでした」

　桂子さんは首を傾げたくなったが、信氏が工藤さんにはそのように見えたということは事実として認めるほかなかった。桂子さんの解釈では、信氏の天の一角から観察するような目とは超然たるspectatorの目である。さらに言えば、信氏はそうやって目と化して見ることに、他人には窺い知れないひそかな愉しみを覚える人間である。房事については殊《こと》にそれが当てはまることを桂子さんは結婚後間もなく知った。つまり信氏の愉しみは桂子さんなら桂子さんが悦びに融《と》けていくのを見ることにあるので、相手をそこに導くためにはあらゆる手段を講じてサービスを尽くす。そのやり方は医者や鍼灸師の治療か全身美容のマッサージか、あるいは何かのインストラクターによる実地指導か、とにかくある種の専門家の一方的なサービス提供行為に似ているので、満智子さんや工藤さんの受け取り方も桂子さんには納得できる。ただ、この専門家はその仕事からひそかに愉しみを得ていたのではないか、というのが桂子さんの見方であり、もしもそうであったとして、それはいっこうに差し支えないことであるばかりか、むしろ慶ぶべきことであると桂子さんは思っている。他人が悦び、自分も別の種類の悦びを得るのであれば、そんな結構なことはないではないか。

この結論に達してからは房中の事について桂子さんと夫君の間では安定した流儀が確立された。それは桂子さんにとって、日常食事をとったり定期的に美容院やスポーツクラブに通ったりするのとは少し趣を異にする特別の御馳走のようなものになっていたので、お互いに相手の仕事の様子や体調を見ながら、「今日あたりいかが？」とどこかへ食事にでも誘うような調子で誘い合ってとりかかればよいことだった。どちらかと言えば、桂子さんの方が我がままを通していた傾向があって、自分の都合で断ることが多く、夫君の方は患者がやって来れば原則として断ることをしない医者の態度をとっていた。医者自身が病気の時は患者の方でも遠慮するので、結局は桂子さんの方が自分の都合で求めたい時に求めて信氏はいつでも応じるということになっていたのである。

この信氏の「来るものは拒まず」という姿勢が、相手によっては自ら獲物に向かっていくという姿勢に変わるものかどうか、桂子さんはそこのところに多少の興味を抱いていたけれども、長年の観察の結果では、信氏には次々に獲物を捕らえては食い散らすような性向はおよそなくて、自分は動かずに相手が治療なり指導なりを求めてきた時には応じるという姿勢を崩さなかったらしい。ただし求めてくれば誰にでも応じるというのでもなくて、かなり気難しく相手を選んでいたように見受けられる。今わかっている満智子さんにしても工藤さんにしても、それが選ばれるにふさわしい患者であり弟子であることを桂子さんは認めている。工藤さんの方は満智子さんに比べれば明らかに見劣りがする。しかし小柄でやや発育不全的で不思議な少女めいたところには満智子さんにはない独特の魅力がある。この二人のほかにも信氏の患者、弟子、信者等々は大勢いたのではないか。桂子さんはほとんどそれを確信しているが、自分も患者の一人として、医者に他の患者のことを根掘り葉掘り訊くわけには行かず、そこは夫君の職業上の秘密を尊重するというのが桂子さんの原則だった。

話がようやくBRAINの内容のことに入った時、前から工藤さんが言っていた、「鍵のかかったファイル」の存在が問題になった。桂子さんの想像では、それは信氏の「秘密の患者のリスト」や「カルテ」と関係しているのではないかと思われるのである。

「それを開ける『鍵』については勿論御存じないでしょうね」と桂子さんは念のために訊いてみたが、工藤さんはやはり知らないと言って、

「それは多分先生の手帳のどこかに控えてあるんじゃないかと思います」と付け加えた。

「手帳にはそれらしいものは見当たりませんでしたね。でもそれはいいんです。いずれJAIの人にお願いして、『鍵』なしでファイルが開くようにシステム・フロッピーのプログラムを作り変えてもらいますから。それより、あなたならそのファイルにはどんなことが書きこんであったと思いますか」

工藤さんは曖昧に笑って、答えなかった。答える気はないという笑い方である。

「私の想像では、本から女の人までいろんなものに対する評価や評言を書きこんだファイルのような気がします。『ミシュラン』の赤い本みたいなものですね。山田はああいうものを作るのが好きでしたから」

「でもそれを鍵付きにする必要があったんでしょうか」

「あなたや私のことも出てきて、星がいくつかついていたりついていなかったりすると、見られては具合が悪いじゃありませんか」

桂子さんはもっぱら房中での評価のことを念頭に置いて言ったが、工藤さんはそこまでは考えが及ばなかったらしい。

「私の想像では」と工藤さんは別の考えを披露した。「それには先生の confession のようなものが書いてあるという気がするんですけど。信仰のこととか、愛情の問題とか……」

桂子さんは一笑に付したかったが、工藤さんを傷つけることになりそうなので、黙っていることにした。もともと桂子さんは「地球空洞説」的な見方を信用しない。地球の中は実は空洞で、そこに別の世界があり別の生き物が棲んでいるという空想は、地球の表面に実際に現れてくることと平仄《ひょうそく》が合わない。ある種の人間は表面の言動とは無関係に、隠された信念の体系を持っていて、その人間の真なるものはもっぱらその内部の世界にあるといった考え方を桂子さんは笑止であり幼稚であると見るのである。夫君についても、その信念や物の考え方は火山の噴出物や地震のように外に現れているので、何の秘密もない。秘密があるとすれば、その大脳なりBRAINなりに持っている知識、情報の一部、それに桂子さんのいないところでの言動がそれに当たる。例えば、夫がひそかに愛人をつくったり変質者となって街を徘徊《はいかい》したり、はては秘密組織の一員やスパイであったりするのを妻が知らないという類《たぐい》の秘密ならば、世間にも例のあることだから、桂子さんもその可能性を認める。それはいわば、月の裏側がどうなっているかは見えないのでわからない、という性質の秘密である。桂子さんはBRAINの中にその種の興味ある秘密が保存されているのではないかと期待したのである。信仰を告白したのが秘密ファイルの中身だとすれば、そんなものは児戯に類する。かつて桂子さんが信氏の入信に憤慨したのは、信氏がひそかに宗教組織の一員になるという裏切りを犯したからである。しかしその後そこから脱退して、日常の言動に異常がなければ、信仰もないということになる。にもかかわらず、表面を糊塗《こと》して、実は胸中に孵化《ふか》するあてのない信仰の卵をひそかに抱いているなどと称することを、桂子さんは児戯だというのである。

二月に入って冬らしくない暖かい日が続いた。午後になると少し風の音が耳につくようになるが、空はすでに春の色を帯びて、日差しも暖かい。今年は梅の咲くのも早いだろうから、下旬から三月の初めにかけてどこかの梅林へ出掛けようかと二宮さんと相談しているうちに、一日雪が降り、それからはまた寒さが戻ってきた。しかし暦の上では春であるし、その寒さにも「春寒」の優しさがある。ところが二宮さんはいつになく風邪をこじらせて、二日、また三日と休みをとることが多くなった。そのうちに子供たちは学年末の試験になる。桂子さんは観梅は諦めて、毎日規則正しく社長の仕事に精を出し、体を動かし、夜は工藤さんの仕事の進み具合を見ながら、自分でもBRAINの相手をして過ごした。

夫君が残した断片は、分類した結果、広い意味で幻想文学の材料となるものがかなりの分量に上ることがわかった。信氏はそれをIMAGE・IDEA・EPISODEなどの項目にまとめてあったが、桂子さんは楽しみながら読んで、結局のところ、この種の断片は、加工すれば『列子』や『荘子』風の寓言《ぐうげん》集の形にまとまるのではないかと思いついた。事実、信氏は『列子』、『荘子』、『山海経』等々から各時代の志怪まで、中国のものからも奇怪な話を沢山集めている。特に冥界の話も含めて、UTOPIAという項目に分類できそうな話が系統的に集められている。中でも桂子さんが気に入ったのは、『列子』に出てくる「眠ってばかりいる人間の国」や「夏の禹《う》が道に迷ってたどりついたという終北の国」、「黄帝が夢に遊んだ華胥《かしょ》の国」等々の話である。

中には出典不明のものもある。それは恐らく信氏の空想にかかるものであろうが、桂子さんは例えば次のようなものに注目した。

★頭蓋骨《ずがいこつ》の中の空虚を覗くと、蜘蛛の巣にかかった埃《ほこり》のようなものが見える。よく見るとそれはきわめて小さな人間が行き来している都市国家である。

★私には「私は死んでいる」という意識がある。それは自分だけの世界に閉じこめられていることである。誰もやってこない。外からはいかなる情報も入ってこないので脳は蓄えられた情報だけを食べている。それが何兆年も続く。これが地獄である。

★脳梗塞（脳軟化症）になった私の脳は、崩れて立体的な厚みを失い、二次元のネットワークになってしまう。都市も崩れて平べったくなる。人間たちも厚さを失う。私の意識も厚さのない布のようになる。そこへ意識を食う獣が来て、長い舌で布を手繰りこむようにして、平面化した意識を食べてしまう。意識はなくなる。私はなくなるのである。それが最終的な安息である。

桂子さんはこうして夫君の意識の化石を眺めながら、化石の中から立ち上ってくる匂いのようなもの、揮発性の意識の残りのようなもののかすかな気配を感知しようとした。灰色の箱の形をしたBRAINの中には、実はまだ濃密な液状の意識の原油がかなりの量溜《た》まっていて、それを掘り当てさえすればいつでも意識は噴出するかのような錯覚に捕らえられる。しかしそんな意識がどこかに残っていたとしても、それは夫君の何だろうか。花が滅びたあとに残る香りのようなものにすぎないではないかと桂子さんは思う。

それから花を探して庭に出た。晴れ上がった冬空の高いところには大きな風が棲んでいるようだったが、石と樹木の多い庭のあちこちには日溜まりができている。この分では花は早いだろうと思った時、桂子さんの頭に「寒梅花を著《つ》けしや未《いま》だしや」という王維の詩が浮かんだ。しかし早咲きの紅梅が庭のどこにあったかを桂子さんはとっさに思い出せなくて、蓮池を回りながら梅の香りを探した。花のありかは暗香が教えてくれると王安石か誰かが言っていた通りに、一筋の香りを頼りに離れの横を抜けて裏庭に出ると、薄赤い梅が咲いていた。

第五章　春夜喜雨

　梅の時節に二日ばかり穏やかな雨が降った。梅雨の頃のような細雨である。桂子さんは「桂林荘」からの帰りの川沿いの道を走る車の中で、同乗している嘉治さんに、

「雪でなくてよかったわ」と言った。

「春雨にしては早過ぎるようですね」

「昨日は寒風、今日は雨……ところどころ梅の枝が籬《まがき》から伸びて、花が濡れているのを見ると、すでに開いた花はまだ開いてない花を羨む、というところでしょうか」

「誰かの詩ですか」

「広瀬旭荘です」

「社長の記憶力は先代譲りですね。私は近頃は詩も歌も俳句もなかなか記憶できません。特に漢字ばかりの詩は苦手です。『読み屋』としては困ったものですが」

「普段は暗記しているつもりもないのに、何かを見たりそのシチュエーションに出会ったりす

ると、頭の中の詩の断片が勝手に飛び出してくるんです。ところで」と桂子さんは運転手に道を指示してから、言った。「この辺で蒟蒻《こんにゃく》料理でもいかがかしら。嘉治さんの健康のためにも」

嘉治さんは年齢とともに着実に肥満を重ねている。時々桂子さんはからかって、「活字の精を吸収して太るのでしょう。その調子で体重をふやしていくと、トマス・アクィナスにも負けない体になりそうですよ」などと言う。嘉治さんはそう言われても、「日夜活字の大軍を相手に攻防を繰り返すにはそれなりの重量を必要とするものです」などと答えて平然としている。

「しかし折角ですから今日はその蒟蒻でもいただいて、昨夜から溜まっている毒素の掃除をするとしましょう」

嘉治さんにしてみれば、編集者本来の仕事を離れて、招待した作家たちをもてなしたりするのは大の苦手だった。それも今は売れて有名になっているというだけで、嘉治さん自身は少しも買っていない作家たちのお相手をするのであるから、本来ならその役は橋本さんが引き受けるはずだった。これも元は名編集者だったこの専務は、今は嘉治さんに言わせれば「立派なビジネスマン」になりきっている。その橋本さんが、ついこの間食道に異常があるというので、検査のため入院してしまった。桂子さんはひそかに癌ではないかと思っている。橋本さんがいなくなった時、会社の中に代わりうる余人は見当たらない。編集者としては大物の嘉治さんも、橋本専務の後継者にはなれそうにないし、それに第一嘉治さんに代わる編集者がいなくなるのはもっと困る。

桂子さんが懐石風のコースを注文すると、嘉治さんは案の定、蒟蒻のフランス料理風のコースに食指を動かしたけれども、桂子さんは軽く嘉治さんを睨んで、自分と同じものにさせた。雨の谷川を見ながら山廃《やまはい》吟醸らしい酒を酌《く》み、蕎麦のように仕立てた蒟蒻を食べていると、お誂《あつら》え向きに窓の外で鶯《うぐいす》が鳴いて、気のせいか雨の空も春めいて少し明るくなってきたようだった。夫君の死以来、桂子さんには内臓の一部が萎縮したような感覚が残り、重い病気の後の気分が続いていたけれども、今ようやく春に向かって体の中でもあちこちで蕾が膨らむ気配を感じた。それが春とともに新しいことを始める気力にもつながりそうだった。

「例の神野さんのお話、乗ってみることにします」

桂子さんは微笑を含んだ目を嘉治さんに向けると、ここ数日来頭の中で反芻していた問題の結論を口に出した。

神野氏はある出版社にいた人である。いくつかの雑誌を成功させて、この業界では名を知られている。嘉治さんの評言によれば、『ニューヨーク』を創刊したクレー・フェルカーのようなタイプの野心的な編集者であり有能な「ビジネスマン」でもある、というのだったが、その神野氏が最近独立して新しい雑誌を出すことになった。桂子さんに持ちかけた話は、それに投資しないかというものだった。条件次第では、その雑誌を桂子さんのところから出す形にしてもいいという。その雑誌は、「上流階級」と「エリート」に属する人々の生活のスタイル、ゴシップ、慶弔に関する情報、意見、人物紹介などを内容とするものだと聞いていた。桂子さんは「上流階級」と「エリート」という言葉に興味を惹かれた。もう一つ、桂子さんが耳を欹《そばだ》てたのは、有力な投資家の中に入江さんの名前があったことである。

「とにかく会ってみることにしましょう。ヤッピーみたいな方らしいから、どこかでパワーランチでもとりながらお話を聞くということになるのかしら」と桂子さんはこの話を持ってきた嘉治さんに言ったが、神野氏の方からは、夜の食事に招待したいと言ってきた。そこで桂子さんは番号付きの鴨《かも》料理を御馳走になりながら、神野氏の「哲学」と「事業計画」のあらましを聞くことになった。特に面白かったのはその明快で独断的な「哲学」だった。

「日本にも上流階級ってありますか」

「あります。ただし輪郭がはっきりしていません。その輪郭をわれわれの雑誌が作ろうというわけです」と神野氏は言った。ヤッピーだかジャッピーだか、確かにそれらしい若々しさは見られるけれども、年は桂子さんより少し上である。出版の世界には珍しいタイプの、嘉治さんの評言通りの「ビジネスマン」であり、広告代理店の人間のようでもあれば外国企業の顧問弁護士のようでもあった。見るからに有能そうで、何事についてもいやにはっきりと自分の意見を述べる。

桂子さんはちょっと考えてから、こう言った。

「すると、その雑誌は一種のクラブのようなものですか。つまり、まずは核になるメンバーが集まって出発して、その人たちの考え方やライフスタイルが明らかになるにつれて、それなら自分も、と思う人をメンバーの推薦で加えていく。神野さんの雑誌はこのクラブの会誌で、会員のほかにも準会員や入会志望者、高級野次馬といった人たちが読むものになる……」

「正確そのものです。失礼ですが、私のアイディアとターゲットがどういうチャネルでそこまで正確に伝わったのか、まことに不思議な位です」

「偶然でしょう。実は私もつねづね似たようなことは考えていました。いろいろな雑誌が出尽くして、今残っている盲点を探してみると、そんなところに行きつくしかないようですから。でも、神野さんのアイディアは神野さんのもので、敬服します。で、その『上流階級』ですけれど、その言葉はもともとは家柄の概念ですね。階級としては閨閥《けいばつ》の地下茎でつながって維持されると同時に、閨閥のネットワークが排他性を支える……」

「まさにその通りです。ですから、その意味での上流階級という蔓《つる》には、腐った実もうらなりもぶらさがっています。しかし私の考える『上流階級』というクラブでは、そのメンバーシップを個人ベースで考えたい。つまり家族会員制というものは認めないわけです。そうなると、このクラブは、生まれた時から所属が決まっている上流階級の概念とは別のものになります。

ということもありますし、当然予想できるジェラシーを刺激しないようにという配慮もあって、私は雑誌のどこにもこの上流階級という言葉は出さないつもりです。これはほかの、上流階級でない人間が使うべき言葉ですから」

「お話の中には『上流階級とエリート』という言葉が出てきましたけど」と桂子さんは言った。「その『と』とは and ですか or ですか。その辺の関係を説明していただけますかしら」

「日本語では『と』と言いますが、この場合は or です。上流であるか、エリートであるか、どちらかの要件を満たす人の集合、これが要するにわれわれのクラブのメンバーとなるわけです。私の言うエリートとは、それぞれの分野で目立つような業績を残すだけの能力を持った人間のことですから、メンバーシップの基準はメリトクラシーです。ただし、入会にはその人物に関する審査が必要で、フィールド賞をもらった人だからと言って自動的に会員になれるというわけではありません」

「要するに、その雑誌に紹介されるなり自分で書くなりして登場するということは、どこかでその審査が行なわれてクラブの会員になった、ということですね。その審査には編集兼発行人があたるんですか」

「そうです。勿論、投資家のみなさんには拒否権を認めます。投資家は自動的に最初の会員ですから」

「そうですか。私もお金を出せばその上流階級またはエリートのクラブに入会できるわけですね。でも私はそこでホステスでもやりながら見学させていただいた方がよさそうです」と言ってから、桂子さんは急に話題を変えた。「時に、このクラブの設立者で主宰者となる方は、入江さんではありませんか」

「入江さんとは古くからのお知り合いですか」と逆に神野氏が訊き返した。「山田さんに投資家に加わっていただいてはどうかという話は入江さんから出たんですが、その入江さんが、おっしゃるようにこのプロジェクトのパトロンです。入江さんが手を引いたら、このプロジェクトは恐らく蒸発してしまいます。私が今度の雑誌の計画を持ち込んだ時、入江さんは話を聞いてから、その場で引き受けて下さっただけでなくて、何本か強い線を書き加えて全体の輪郭を明確にして下さったのです。その時に入江さんがお使いになったキーワードがやはり『クラブ』でした。先程から、お二人の発想がよく似ているので、事前に打合せでもあったのかと、不思議に思っていたところです」

「お名前は存じ上げておりますけど、残念ながらまだお目にかかったことはありません」

「それも不思議ですね」と神野氏は不審そうに目を光らせた。「入江さんの方は、古くからお付き合いがあるような口調でしたが……」

「亡くなった主人の同級生だそうです」

「とにかく、入江さんとは是非一度お会いになって、御相談なさって下さい」

「投資家の一人に加えていただくことになればそうしますけど」桂子さんはわざと慎重に構えた。「社内の検討にも多少時間がかかりますから」

「山田さんのところは、こういうことはトップダウンで簡単にできるのかと思いましたが」

「それがなかなか。うちも立派なジャパニーズ・システムでして、根回しやら何やら、事前の儀式にはうるさいところがあります。父の代からの老臣、忠臣も残っていることですし」

桂子さんがやや言を左右にするような態度をとったのは、この舟に乗りこむ前に、神野氏の経歴や人脈について一応の調査をしておこうと思ったからである。それに入江さんについても、これはまた別の理由で、もう少し知っておく必要があるように思われた。

「最後に肝腎のことをお訊きしておかなければ」と桂子さんはデザートになってからこの雑誌の「プロフィタビリティ」についての見通しを尋ねた。この話が最後になったということは、本当は桂子さんの関心が実はそこに向いていなかったということでもあったが、神野氏にはそんな印象を与えまいとして、投資するかどうかは結局この雑誌が売れるかどうかにかかっている、という態度を見せたのだった。

「雑誌の仮の名を『ハイ・ライフ』としておきます。第一段階の目標は、随分大雑把な数字ですが、十万から五十万です。これが最終的に百万まで行くようなら、『ハイ・ライフ』の性格がおかしくなったものと見て、編集方針を変える必要がありますね」

「クラブの正会員が十万人程度、準会員を入れて五十万人、野次馬を入れて百万人、ということですか」

「入江さんは、正会員は一万で結構ということですが、数字を一桁《けた》ずつ切り下げたのでは、この商売は最初から成立しません。入江さんに文字通りのパトロンになっていただかない限り、ですね。入江さんにはどうやらその覚悟がおありのようです。しかし私としては、誰かの道楽のお手伝いをして報酬をもらうつもりはありません。今申し上げたような数字を狙って商売をするんです」

「私もその百万という数字には痺《しび》れました」と桂子さんは笑った。「今夜はいい夢を見てやすみます」

以上のような話をかいつまんで嘉治さんにしてから、桂子さんは、感想を求めた。

「なんだか摑みどころのない大きな話ですね」と言いながら嘉治さんは盃《さかずき》を置いて座り直した。

「そうです。何々プロジェクトというより、何々オペレーションとでも言うのか、ＪＣＩＡでも一枚かんだ陰謀めいた匂いもしますね」と桂子さんも応じて、頭の中では入江さんのことを考えていた。しかし嘉治さんは、

「神野氏の隠された狙いは多分、この仕事を通じて財界と政界に人脈を広げることにあるんじ

ゃないかな」と神野氏の方に関心を奪われている様子だった。

「でも、神野さんは何が目的ですか。ビジネスの世界の大物に成り上がることだけですか」

「そういう男ではないですか」

「そうだとすると、かなり単純な人ですね。実は私も会ってみてその単純なところがいささか気になりました。本当は、少々気に入らないんです。有能な人物ではあるけれど、付き合って面白いという人物ではありませんね。折角の鴨料理も、ビジネス・ランチ風になってしまって、男と女が夜の食事をするという雰囲気にはなりませんでした」

「そう言えば社長は花ざかりの御婦人でしたね」と嘉治さんも笑った。

「生憎《あいにく》のこの雨では、花の色は移りにけりな、ですが、それはともかく、神野さんはサイボーグみたいな人でした。それで、問題はそのサイボーグを動かしている人の方ですけど、入江さんはなぜ私に誘いをかけたのかしら、というのが私の悶々《もんもん》の種ですね」

「なるほど、そちらは興味津々の話ですね」

「でしょう？　ばかばかしい限りですけど、なぜかその、御婦人であるということを意識してしまいますね」

「そういうお話なら、橋本さんの方がいい聞き手になってくれますね。私はその方面のことはまるで駄目です。この面構《つらがま》えを御覧いただいただけでおわかりでしょう」

「まあその件については、夜に一人で悶々とすることにして」と桂子さんはふざけて言ってから、急に真面目な顔に戻った。「でも入江さんの隠された目的は何でしょう？　例えば上流階級に輪郭を与えるということが入江さんの投資の目的だとしたら、その目的の目的は何だろうか、と気になるわけです」

「そういう思想の持ち主かもしれませんね。階級主義者、とでもいうような」

「そんな主義者があるんですか」と桂子さんは目を丸くした。

「まだ少しは棲息《せいそく》しているかもしれませんよ。私なんか、まるで縁のない人間ですが、名門の方々はまた違う意識を持っているのでしょう。入江さんも名門で、『日本の名家』、『閨閥の研究』、『日本の上流』といった類の本にはかならず登場する方ですから」

「そうですか。それにしても無名門の人間には窺い知れないものがありますね。でも、根拠なしに想像するだけですけど、入江さんの場合はそれとも違うのではないかしら。少なくとも、レイシストや鯨主義者、緑主義者、自然食主義者のような鬱陶《うっとう》しい人たちとは違うでしょう」

「それは一度お会いになればわかりますよ。夜のお食事でもなさって」

「でもこちらから御招待するわけにはまいりませんものね」と桂子さんは大げさに溜め息をついてみせた。

それから二、三日後に入江さんの秘書から電話があって、桂子さんの都合を訊いてきた。日時だけを決めると、秘書は、改めて御案内を差し上げますと言ったが、その話し方には主人の気持ちを声の調子にこめて伝えようとするような、忠実な侍女を思わせるこまやかさがあって、桂子さんはふいにあるタイプの女性を連想した。昔、「無名庵」あるいは「ポリガミストの館」にいた林龍太氏の女たちのことである。そこから妄想の雲が広がって、この秘書は入江さんが特別に「調教」した女性ではないか、それに入江さんがあの「無名庵」を買い取ったことから想像すると、入江さんもポリガミストの龍太氏と同類の仲間だった可能性もある、「無名庵」と一緒に何人かの女性たちも譲り受けたのかもしれない……

桂子さんは頭を振って妄想の雲を消すと、

「デートの申し込みがきましたよ」と嘉治さんに伝えてから、社長室を出てスポーツクラブへ泳ぎに出掛けた。午後の面会の約束が急に取り消しになったりして三時間ほどの空白ができたので、こういう時は、体の調子がよければスポーツクラブと美容院を回ってくることにしているのである。

プールサイドに出た時、桂子さんは数人の若い女性のグループの中に自分のところの編集者の「ライムちゃん」が混じっていることを目ざとく見つけた。もう三十を過ぎているが、十三歳の少女のように心身ともに発育不全風で、誰もが一度見れば齧歯類の印象を抱く恩田来夢《らいむ》という女性である。作家たちに図々しくまつわりついて、何かと「サービス」をねだるというので評判の悪い編集者だった。桂子さんはできるだけ早い時期に馘《くび》にするつもりで、そのための作戦を橋本さんと練っていたところだったが、橋本さんの入院でその話は中断したままになっていた。桂子さんは「ライムちゃん」が勤務時間中にスポーツクラブや全身美容のサロンでその貧弱な体を「シェイプ・アップ」しようと努めていること自体をとやかく咎《とが》めるつもりは全然なかった。これは他の編集者でも同じことで、いい結果が出るように仕事をしてくれさえすれば、途中で何をしようと意に介することはない。しかしこの日は自分の方が先に見つけ、それに気づかずに傍若無人にしていた相手が、やがて桂子さんに気づいてこそこそ隠れるように姿を消したことで、桂子さんは猛然と闘志を燃やした。あれは絶対に馘にしてやるが、それもただ辞めさせるのではなく、最悪の男を生涯の伴侶に付けて、有頂天の気分で「結婚のための退職」をさせてやるべきだと思ったのである。そして思い出したのが、これも札付きの編集者で、現在出版の方にいる「ナイト君」こと不破無人君のことだった。このナイト君、またの名を「ネオネオ」とも呼ばれている。新人類の「新」の字がもう二つはつくほどの新人類だというわけであるが、こちらも非常識と無神経と生意気で通っていて、著者たちからしばしば苦情が来て忌避されている筆頭の方だった。ただ、一流大学を出ているだけのことはあって、頭は悪くないし、必要以上の自信も持っている。桂子さんはこの「ナイト君」をおだてあげて不動産部門の子会社の方に回すことを考えていた。

「ライムちゃん」と「ナイト君」の意表を突く組み合わせは社長室の連中を抱腹絶倒させたが、この縁組を実現するように労をとろうという人も、二人を結びつける秘策を案出してくれる人も現れなかった。

三月も半ばを過ぎた頃、桂子さんは「ナイト君」の不動産部門転出だけはどうにか実現した。「ライムちゃん」の方はとりあえず企画開発部に回してニューメディア担当の責任者に祭り上げた。著者たちとの接触の機会を減らすとともに、わけのわからない分野の仕事に戸惑って仕事を投げ出してくれるのを期待したのである。日頃ニューメディアなんかばかみたいと放言し、ワープロを始め、ＯＡ機器には一切手を触れたことがないと自慢していたことは桂子さんの耳にも届いていた。

庭の紅梅がまだ残っているうちに桃が咲いた。会社へ行く途中の、ある大学の塀に沿って、十数本の花桃が濃い桃色の花を重たいほど枝に並べて咲き誇っているところはいかにも中国的で、「江南の春」という風情だったが、この桃は四月に入っても依然として妖気を漂わせるような花を残して照り輝いていた。

そろそろ桜が満開を迎えようという頃、入江さんから花見の招待状が届いた。隷書《れいしょ》風の端正で面白味のある字は自筆らしかったが、それによると場所は入江さんの別荘で、少し遠いので当日午前十時頃お迎えに上がりますということだった。桂子さんはその別荘が例の「無名庵」であることをほとんど疑わなかった。

十年前、宮沢耕一君とそこへ出掛けた時のことを思い出して桂子さんはしばらく感慨に耽った。耕一君が『桃花源記』の中にでも出てきそうな店、と言った「無名庵」は、記憶の川を遡ると、桃花流水、ではないが花を浮かべて流れ去る疏水《そすい》のようなところを通って、銀杏《いちょう》や欅の大木に囲まれた寺の見える高台に出たところにあった。確かその日は雨が降っていた。車は春陰煙雨の中を静かに走った……今はその季節よりも少し前で、まだ桜の盛りである。「無名庵」の庭には桜があっただろうか。その記憶は定かではないけれども、入江さんの手紙には、染井吉野と山桜のほかに紅普賢《べにふげん》も鬱金《うこん》もありますと書いてあった。

しかし昔のことを思い出していると、あの時耕一君としたこと話したことが余りにも正確に再生できることに桂子さんは身の置きどころのないような心地がする。掌が汗ばんでくるのを感じた。慌てて頭を切り替えて、今度「無名庵」で入江さんとは何をどんな調子で話せばよいかを頭の中で「予習」してみることにした。いつになく堅くなっていて、会う前から上がりそうな予感がする。その緊張感の性質が、学生だった頃の、夫君とのお見合いに臨む時のそれに似ているような気がしたとたんに、桂子さんは今度の「お見合い」の相手について肝腎のことを知らなかったのを思い出した。

資料室に電話をかけて紳士録で調べさせると、家族は長男の俊氏、次男の剛氏、ただし剛氏の方は来栖《くるす》家の養子になっており、その下の妙子さんは政治家の息子と結婚している。ということよりも桂子さんが確かめたかったのは、入江さんの夫人が五年前に亡くなって、現在入江さんは独身だということだった。そのことはすでにどこかで聞いていたのかもしれない。入江さんの夫人という観念が最初から欠落していたのは、それはそれで正しかったのである。しかし夫人を失っている人となら気楽に「お見合い」ができるというものでもなくて、その逆もありうるのではないかと、桂子さんは少々混乱したあげく、今の自分には相手に夫人がいるかいないかは問題ではないという結論に達して落ち着くことができた。よく考えてみれば、今度のことは「お見合い」などとは関係がないのである。

桂子さんは約束の日の前の夜、急に思い出して猪股さんの部屋に電話をかけてみた。この人物が溜めこんでいる雑多な情報の中には、オカルト関係の下手物《げてもの》もあれば桂子さんの耳にも入ってこない出版業界の裏の情報もあったりする。猪股さんは珍しく部屋にいて、李さんに夜食を作ってもらいに出掛けるところだったと言った。

「勝手に李さんを使って申訳ないんですが」

「李さんさえよければどんな御馳走でも作ってもらえばいいわ」

「いや、どうせ犬か猫の餌程度のものでいいんですから」

「時に、入江さん、入江晃さんについて何か御存じではないかしら」

「ちょっとお待ち下さい。検索してみます」と猪股さんはわざと勿体ぶって間を取った。頭の中のファイルを探しているのである。「二、三ありますよ」

「食堂の方にでも行きましょうか」

「ぼくの部屋からは遠すぎて、往復するとくたびれます。それに実は、まもなく李さんが餌を届けてくれることになっているんです」

桂子さんはふと、猪股さんのところにすでに李さんが来ているのではないかという気がした。

「入江さんとは勿論会ったことはありません。知っているといっても、一つは十年ほど前に入江さんがあるジャズの雑誌の『ブルーノート』というコラムを担当して、珠野泉という女性風のペンネームで書いていたこと、もう一つは今でもクラシックの音楽雑誌の『今月の一枚』というコラムに、これは本名で書いているということ位です。ちなみに、泉というのは、その頃はまだ生きていた奥さんの名前ですね。タマノのタマが掌中の珠の『珠』になっていたのは、まあ、そういう意味をこめてのことでしょう。それから、入江さんは共和党系のシンクタンクにかなりの金を出しているそうです。その方面の人脈は大変広いと言われていますし、アメリカの前大統領や英独の前首相とも付き合いがあるようです。しかしこちらの方の情報や財界関係の情報はぼくが提供するまでもないでしょう」

「有難う。ついでに、その珠野泉氏のお好みについて覚えていたら教えて下さい」

「残念ながらぼくはジャズには関心がないものですから、『ブルーノート』に出てきた名前も何もちんぷんかんぷんで、まるで憶《おぼ》えていませんね。クラシックの方の好みは、基本的に『中抜き』です。つまり十九世紀ロマン派抜きです。メッセージのある音楽は受け付けない、と宣言していたことがありましたね」

「メッセージがあるものと言えば、ロックや演歌ですか。ジャズもメッセージがあるんじゃないかしら」

「しかしあれはインプロヴィゼーションがあるでしょう。そういうことについては三島君がぼくの十倍も詳しいと思いますよ」

「いつもの薀蓄《うんちく》を傾けてくれないところを見ると、そろそろ李さんが現れたようですね」

「御明察です」と猪股さんは照れ臭そうに言った。

今年は春の足取りが不安定で、「春陰雨を成し易く」というけれども、花の盛りに一日「雪を成す」寒さが戻ったりして、そのあとは花曇りの日が続いた。桜の花は案外丈夫にできていて、雪のあとも簡単に枝を離れる気配は見えない。

その土曜日は朝からよく晴れ上がっていたので、桂子さんは予定通り着物で出掛けることにした。十時過ぎに迎えの車が来た。前の時とは違う道を走っているのか、それともこの十年間に開発が進んで郊外の様子も一変したせいか、あの「無名庵」に向かっているはずだという桂子さんの確信は次第に怪しくなってきた。しかし車が川を見下ろす高台に出て、銀杏や欅の大樹の向こうにお寺の屋根が見えた時、桂子さんは、ああ、やはりここだったという安堵と懐かしさが一緒になって、目の中が熱くなるような感激に襲われた。

車が門を抜け、それからかなりの距離を走って玄関に着くと、着物の女の人が出迎えに現れたのも最初の時と同じだったが、前はその女の人が三人だった。今は一人で、その人が桂子さんを案内した。長い渡り廊下の両側には、手を尽くした庭というよりも、桃花源記の別世界の村にでも迷いこんだ気分にさせてくれる眺めがあって、この気分はあの頃と少しも変わっていない、と桂子さんは思った。

煙雨の日なら、遠くの丘陵に建ち並ぶ高層住宅群が「四百八十寺《しひやくはつしんじ》」の「多少の楼台」にも見立てられそうな、見晴らしのいい座敷に通されて、これも前に通された部屋だったかと記憶を確かめているところへ、着物姿の入江さんが現れた。

挨拶を交わして、桂子さんの方は当然、初めましてということになるのに、入江さんの方は雑踏の中で何度かお見掛けしました、ということだった。

「パーティの雑踏の中ですが、最初はお父さまと御一緒の時。あとはニューメディア関係か何かのパーティで二度ばかり。いずれもこちらで勝手にお見掛けして観賞させていただいたわけです」

「それでは私の方は分が悪いようです」

「まあ今日はあなたの番ですから、十分観察して下さい」と入江さんは笑って言ったが、桂子さんはこの人を今までに知っている誰かと比較してどのタイプかに分類することは即座に諦めた。かなりの長身で、しいて言えば竹のような人である。蘇軾《そしょく》が「無肉令人痩、無竹令人俗、人痩尚可肥、俗士不可医」と言ったあの竹で、王徽之《おうきし》の言う「此君《しくん》」である。

「ここは前にいらっしゃったことがあるでしょう?」

「十年ほど前のことですけど、桜が終わった頃でした」

「龍太さんがまだお元気な頃でしたね」

「この別荘にも女の人が大勢いました」

「私の場合はそんな余力もありませんから、龍太さんから引き継いでここにいてもらう女性はたった一人です。いずこも同じ人手不足です。いや、人材不足というのが正しいかもしれませんね」

庭に案内されて桜の下を歩きながら、桂子さんは風もほとんどないのに、狂ったように降り注ぐ落花を浴びて驚いた。何か仕掛けがあるのかと思ったほどである。昔来た時には、蛙《かえる》の大群を庭に放つという仕掛けがあって、桂子さんと耕一君は風呂の中でその鳴き声に驚いたもののだったが、龍太氏とは違ってこの入江さんにはそんなけれん味のある仕掛けをする趣味があるとは思えない。桂子さんは髪に桜の花びらが幾片かとどまるのを感じた。

「この桜は龍太さんの時からありましたかしら」

「これだけは私が植えたものです。庭も建物も、ほかはほとんど龍太氏の時のままにしてあります。特に、風呂から見える方の庭は、桃花源記の村の景色でなければならないというのが龍太氏の強硬な意見だったのを知っていますから」

座敷に戻って昼の食事になってから、入江さんは初めて神野氏の計画のことに触れた。

「お会いになったそうですね」

「はい。調査、検討した上で、ということにしてありますけど、あのお話には乗せていただくつもりでおります」

入江さんは、それは結構なことです、と応じてから、神野さんの人物について、high profileという言葉を持ち出した。

「八〇年代の初めに『ニューヨーカー』が作った言葉だそうですが、あるアメリカ人から教わった時、これはあの人にぴったりの言葉だと思ったものです。とにかく率直に物を言って、自分の立場、意見を明確に打ち出して、少々ぎらぎらするようなスタイルをとる。気が小さいだけに、そうやって頑張っているんですね。有能な人ですから、任せておいて大丈夫だと思いますが、真面目すぎるのだけが心配です。ああいうタイプの人は、自分自身に対する要求水準が高すぎるので、失敗すると簡単にこの世から退場してしまう恐れがあります」

というようなことから始めて、入江さんは古くからの付き合いがある仲のように何でも話し、桂子さんも釣られて笑いの多い話に終始した。

二時間ほど経って食事が終わりに近づいた頃、入江さんは酒気を帯びて陶然とした様子で、秘密の話をする時の意味深長な微笑を浮かべた目を桂子さんに向けた。それは今度の「クラブ」づくりの話と関係があるようでもあったが、もっと飛躍した、理解するのに特別の想像力を要する話で、入江さんの今後の人生設計に関する秘密構想でもあった。要するに、普通の言葉で言えば、入江さんは政界入りの意思があるらしい。それを入江さんは普通の言葉では言わず、high profile とはむしろ反対の low profile のスタイルで話したので、桂子さんはあとで家に帰ってから、その言葉を録音したものを頭の中で何度も再生しては、自分の解釈を組み立ててみなければならなかった。

そんなことをしてその夜が更けて、桂子さんは窓の外に雨の音を聞いた。春の雨らしい柔らかい音で、それは「春夜喜雨」という言葉通りに喜ばしい雨だった。

第六章　淡日微風

　染井吉野は花を落として新緑に変わったが、病院の塀に沿って並ぶ関山はいまだに重そうな花をつけて行く春の色をとどめていた。桂子さんにはその花の色が死を暗示するように思われた。死に化粧をした花の首が無数に咲いている光景……桂子さんは頭を振って妄想の画面を消した。

　専務の橋本さんは、その後桂子さんの予想通り食道癌であることが判明して、こちらの病院に移り、一週間後に手術を受けることになっている。その橋本さんを見舞いに行くのが桂子さんには少なからず気の重いことだった。とはいうものの、見舞いを兼ねて何かと相談したいのは桂子さんの方である。神野氏と入江さんに会った後では、どうしても橋本さんに話を聞いてもらう必要があった。

　橋本さんはパジャマ姿のまま明るい病室のベッドの上にあぐらをかいて本を読んでいた。読むというより、サイドテーブルの上に積上げた本を手に取っては鑑定しているという様子である。桂子さんの顔を見るや、橋本さんはいかにも嬉しそうに破顔一笑、という笑い方をした。

「星をつけていらっしゃったところですか」と桂子さんがからかうように言うと、

「思わぬ暇ができたもので、久しぶりに」と橋本さんは照れたような笑いを重ねた。

桂子さんの亡き父君は、読んだ本や作品に評点を与えていた。昔は上中下や一二三、戦後は五段階評価を採用したこともあったが、最後は○△×に落ち着いていた。父君の説明によれば、○は「一読に値する」、△は「読んでも読まなくてもよし」、×は「読まないがよし（時間の無駄）」ということだった。○は相当に高い評価らしく、滅多についていなかった。世間で大家の扱いをしている人のものにも、ほとんど△と×しかついていないのを見て桂子さんは考えこんだり我が意を得た思いになったりしたものだったが、桂子さんが採用し、橋本さんや嘉治さんも採用しているのは星を三つまでつけるミシュラン方式である。

それで桂子さんは挨拶代わりに、星のつくものがあったかと訊いてみた。

「このところ体力とともに活字に対する食欲も味覚も衰えたと見えて、ほとんどが鑑定不能ですな。読む気力がありません」

「手術をすればまた食欲も出ます」

「そう願いたいものですが、何しろ相手は癌ですから」

橋本さんは自然な調子でそう言ってから、桂子さんの困ったような目を見ると、医者にはっきりと言わせたのだと付け加えた。

「で、定石通り手術だけは受けますが、あとはできるだけ楽にしてあちらへ行きたい、放射線だ抗癌剤だと、体の方がぼろぼろになるまで癌と戦争するのは御免蒙《こうむ》りたい、と医者に宣言したところです」

「あちらへ行くと簡単におっしゃいますが、自分で扉を開けて出ていくのは困りますよ。橋本さんがいなくなると私はもうお手上げなんですから」

「扉が閉まっているなら窓もある、というようなことは、幸い考えたこともありません。扉なり窓なりを開けて出ていくべき理由が沢山あるような人間はどのみち小人だとエピクロスが言っていた。それに、これもエピクロスだったと思いますが、七転八倒するような苦痛は長続きはしないものだとも言っている。そこでこの間から、延々と続く苦痛とはどういうものかと、地獄のことなどを調べています。これに詳しい説明がありますが」と言いながら橋本さんは文庫本の『往生要集』を桂子さんに見せた。「実に愉快です。例えばこの叫喚地獄ですが、鉗《かなばさみ》を以《もっ》て口を開いてたぎれる銅を灌《そそ》ぎ、五臓を焼き爛《ただ》らして、下より直ちに出《いだ》す……とにかくどの地獄へ行っても、大体において鉄や銅がふんだんに使われていて、炎熱と汚物、体を切り刻む刃物といった道具立てで、怪鳥や鬼、または拷問係りの獄卒が控えている。そこで数十億年の間痛めつけられるが、その間、苦痛を味わうのだからちゃんと意識はあるし、体はいくら斬《き》られても裂かれても元通りに生えてくることになっているらしい。こんなことを繰り返して退屈しないのか、そのうち慣れてしまって苦痛を覚えなくなるのではないか、などと余計なことが心配になる。地獄とはとにかくおかしなところですよ。それにしても人間の想像力は案外貧困なものだと思いますね」

桂子さんは橋本さんの滑らかなおしゃべりに、かえっていつにない不安定な気持ちを読みとった。

「その地獄のことは、山田もよく調べて例のBRAINにノートを残してありました。でも山田は、天人五衰が愉快だと書いてありましたね。かの忉利天《とうりてん》の如きは、快楽極まりなしといえども、命終わる時に臨んで五衰の相現る、というので、羽衣が薄汚れる、脇の下から汗が出る、めまいがするといった具合でしょう。楽しい声も出なくなる……」

「酒も旨く飲めなくなる。天女眷族《けんぞく》もみな避けて近づかなくなる。普通の人間にとっても、こうして見捨てられて死んでいくことが、地獄よりよほど怖いんじゃありませんかね」

桂子さんはその間に持ってきた花を生けた。淡い朱鷺《とき》色をした珍しい形のチューリップが、白磁の花瓶から一斉に細い首を立てた。お礼を言ってそれを見ているうちに、橋本さんは昂《たか》ぶりかけた気持ちを鎮めたらしい。

「時に、今日は何のお話ですか。私の眼力に狂いがなければ、何かいいことがあったようなお顔ですが」

「面白い方と会いました」

「神野氏ですか」

「もう一人、こちらが本命で、入江さんです」

橋本さんは、桂子さんがかいつまんで説明する途中で、神野氏の後ろに入江さんがいて、今度の『ハイ・ライフ』とかいう雑誌の話もすべて入江さんの意思から発しているらしいことを察した。

「投資の話は、乗って結構だと思います。私もざっと調べてみましたが、まず大丈夫でしょう。神野という人物は無責任なことをするようなことはありません。あれでなかなかプライドの高い男です。しかしそれより、もう一つの話、本当はこちらが重要ですが、入江さんは何かおっしゃっていませんでしたか」

「随分と婉曲《えんきよく》話法でおっしゃったもので、こう翻訳していいものかどうか自信はありませんけど」と桂子さんは慎重に言葉を選びながら言った。「近い将来、入江さんは政界に移って、ダウニング街ならナンバー・テンに当たるところに入って何か楽しいことをしたい、という風におっしゃっていましたよ」

橋本さんは倒していた上半身を起こした。

「それはまた大変なことを考えているんですね。そうですか。今度津島の弟に会ったらそのことは訊いてみます。私の高校時代からの友人の弟のことですがね、この男が入江さんの秘書、というよりも執事みたいなことをやっているものですから。しかしこの話については今はノーコメントで通しておきましょう。私はまた、てっきりもう一つのお話が出たのかと思いました」

「何のお話ですか」

「もう先が長くないことだから、こちらは婉曲話法抜きで万事単刀直入に行きましょう。要するに、お嬢さんの再婚の話です」

「再婚の話ですか、私の」と桂子さんは機械的に繰り返した。

「そうです。入江さんはそれらしいことを漏らしませんでしたか」

「いろいろ楽しいお話は出ましたけど、そんな愉快な話題には及びませんでしたね。そもそものお話は橋本さんの勘か想像の産物ではないかしら」

「少なくとも推理の産物ではあります。さっき申し上げた津島の弟からそれとなく聞かされていたんです」

「でも私には黙ってらっしゃったわけですね」

「私としてはブレーキをかける理由はありません。かと言って、お嬢さんを激励して送り出すべきものでもない。まあ、成り行きにまかせるしかないと思いました」

「おかげで、私は何も知らないまま相手の館へお見合いに乗りこんだことになりました」

「で、結論はいかがですか」

「結論も何も、入江さんからの意思表示は何もありませんし、まさか橋本さんが橋渡しの役を引き受けていらっしゃるわけでもないでしょう?」

「少々話が飛躍しました。つまり、もしも入江さんからその意思表示があった時はどうなさるかということを伺っておきたかったのです。私にとっては最後の御奉公のチャンスかもしれませんのでね」

橋本さんはいやに古風な表現をした。父君の死後、橋本さん自身は番頭兼執事、そして残り三分の一位は「お嬢さんの父親代わり」のような気持ちでいてくれたのかもしれない、と桂子さんは思った。

「残念ながら、今は」と桂子さんは微笑を浮かべた目で橋本さんを見つめながら首を振った。

「今は、ですか」

「将来も、かもしれませんけど、ともかく、今は、です」

「私の希望を言わせていただくなら『ゴー』なんですがね。残念です。しかしこれをもって私の遺言とさせていただきます」

「大変な内容の遺言ですね。公証人を呼んで正式の遺言書でも作らせましょうか」と桂子さんは冗談を言った。

「お嬢さんはもう結婚ということは考えないんですか。実はそんな予感もしたことはしたのですが……」

「先のことはまだ決めない、というのが今の正確な気持ちです」

「その気持ちがさっきの話で少しは上向きにならないんですか」

「それが自分でも情けない位に冷静沈着で、いっこうに舞い上がりそうな気配がないんです」

実際、桂子さんはこの場ではその言葉の通りに妙に落ち着いていられた。何事にも驚かないというお得意の心身制御の術が功を奏したのだろうかと自分でも不思議に思いながら、一方ではこの無感動、無感覚は脳の中枢に重大な麻痺が生じている証拠ではないかという不安のさざなみが騒いでいる。

そのうちに橋本さんの奥さんが現れたので、しばらく世間話をしてから桂子さんは病室を辞した。別れ際に、橋本さんはベッドに起き直って、もう一度「入江さんの話はゴーですよ」と言った。桂子さんは思わず調子を合わせて指でＯＫのサインを出しそうになった。

今のところは心身に異常はないけれども、この晩春の午後の暖気では、これから夜にかけて神経のニクロム線が次第に熱を帯びるとともに、頭の中に熱気が溜まり、さまざまの妄念の塊が育ってくるにちがいないと桂子さんはほとんど確信した。車を一度会社の方に回して簡単な仕事を片付けたのちに家に向かう途中、高いところを走る高速道路の正面に、珍しくあかあかと熟した柿の色をした夕日が浮かんでいた。桂子さんはそれを見ながら反射的に額に手をやった。

その晩は珍しく子供たちも三人揃って食事をすることができる日で、御一緒にどうぞと工藤さんにも声をかけてあったので、二宮さん、李さんを加えて合計七人がキッチンの隣の食堂に集まってみると、貴君を除いて六人までが女性だという、ちょうど近頃の昼間のフランス料理店を思わせる雰囲気になった。キッチンの中にいる小川さんと見習い中の助手の石井君を加えても男は劣勢なので、貴君は、三島さんでも来てくれないものかと心待ちにしている様子だったが、こういう時に限って三島君は現れない。

「三島さんなら、三時頃こちらに現れて鱈《たら》入りのニョッキを注文して召し上がっていきましたよ」と小川さんが言った。

「あら、そうだったの」と智子さんは肩を竦めた。「三島さんはこの間イタリアへ行ってきてからそういうものばかり注文するのね」

「この時間だと猪股さんはいないわね」と桂子さんが二宮さんの方を向いて言った。

「あの人は自称B級グルメだそうで、この間は牛肉のブルギニオンを丼《どんぶり》の御飯にかけて食べていた」と貴君が言うと、二宮さんも、

「何でも丼物に仕立ててしまうんです。でも、小川さんには悪いけど、マデラソースの牛フィレ・ステーキ丼などはなかなか美味《おいし》かったわ」と言う。二宮さんは、三島君と猪股さんとでは、明らかに猪股さんが御贔屓である。桂子さんの観察では、昔の下宿屋のおばさんという調子で猪股さんをからかったり世話を焼いたりしているふしがある。

「でも、猪股さんの飲み物は相変わらず焼酎でしょう?」と桂子さんは訊いてみた。

「いいえ、最近はもっぱらシャンパンを召し上がります。鰻丼《うなどん》の時もシャンパン。あの方はほんとに端倪《たんげい》すべからざるグルメですよ」

「それなら水代わりにシャンパンをどんどん出して上げて下さい」

「B級グルメ向きのシャンパンなら沢山ありますから」と小川さんが言った。「しかしあの人はこの間いきなり、ここにはランソンのレッド・ラベルはないのか、なんて言い出しましてね」

「ヴィンテージものですか。そこは物知りだけあって注文はうるさいのね。まあ、それも仕入れておいて時々飲ませて上げて下さい」と桂子さんは小川さんに言った。

食事のあと、工藤さんを呼んで、夫君の使っていた書斎、今はBRAINを安置して工藤さん

が巫女を務めている部屋に移った。報告したいことがある、と工藤さんの方から言われていたのである。このところ桂子さんは、工藤さんとゆっくり話をするのを避けていたわけではないにしても、結果はそれに近いことになって、工藤さんはそうなればなるほど、冷たい主人の後を追う犬のような目で桂子さんを追い、しきりに話がしたそうな様子を見せていたので、この日は夜の時間をあけてお相手をすることに決めてあったのである。

ひどく神妙に構えている工藤さんと向かい合うと、間にグラスでもないと居心地が悪そうな気がして、

「ランソンの甘口でも持ってきてもらいましょうか」と桂子さんは言って、李さんを呼んで頼んだ。

「それ、シャンパンですか」

「ええ。私たちはこの際A級グルメの線で行きましょう。時に、工藤さんは何型グルメですか。つまり、フランス型、中国型、和食型、エスニック型、多国籍型……」

「私はどちらかと言えばイタリア型プラス日本型のC級グルメです」

「お酒の方は?」

「一人で飲む時は日本酒です。ほんの少ししか飲めませんけど」

工藤さんは意外なことを打ち明けた。

「お一人で晩酌をなさるの？」

「わびしい晩酌です。こんなこと、奥様だけに申し上げるんですけど」

「一人を楽しむのは結構なことじゃありませんか。ちょっとしたこつで、わびしくなくなります」と言いながら、桂子さんは工藤さんの結婚の相手を真剣に探していないことに多少後ろめたいものを感じた。それにしても桂子さんにはこの幼形成熟型の女性が自分の部屋で一人で酒を酌むところを想像することはむずかしかった。ベルグソンがキップリングの *Many Inventions* から引用している話に、インドの森に住むある山番は、その孤独の中にあって自分自身に対する尊敬を失わないように毎晩食事の時には燕尾服《えんびふく》を着たというのがあるけれども、工藤さんもその流儀で行けば一人きりの晩酌もわびしくないのだ、と桂子さんは考えてみた。あるいは李白に倣って「月下独酌」のように「独り酌んで相親しむ無し」でよいのかもしれない。しかし強《し》いて想像したところ、この齧歯類的可憐さのある工藤さんなら、毎度一人でこまごまとしたしぐさを重ねて独酌の儀式を完成しているのではないだろうかと思う。

「でもやはり晩酌はどなたかと差し向かいの方がいいんでしょう？」と桂子さんは月並みなことを訊いてみた。

「それはそうです。本当に、つくづくとそう思います。どんな人でもいいですから」

「酒を酌む相手は月でも影法師でも誰でもいいみたいなことをおっしゃるけど」と桂子さんは

つい意地の悪いことを言った。「工藤さんは案外自分の城を持っていて、誰とでも踊れない気むずかしい方ではないかしら」

「私はどんな人にでも合わせられると思っていますけど」

「ええ。ただしそれは相手があなたのまわりでうまく円を描いて動いてくれれば、の話でしょう。相手と呼吸を合わせてうまく踊れるという意味で誰でもいいというわけではないでしょう」

「それは確かに、人一倍不器用ですから」

「今になってみて、私自身も結局うまく踊れなかったような気がします。あの先生とですけどね」

「多分、先生に比べて奥様の方が動きが速すぎたのではないかと思います。リズムの違いと言いますか……フォー・ビートとエイト・ビートの違いみたいな」

「その点で言えば、私は自分の子供の頃のフォー・ビートが合っているし、十九世紀を飛ばして十八世紀のバロックが好みだというレトロ感覚の人間ですから、先生とは感覚が違いましたね。あの人は本質的に十九世紀で、ロマン派だったと思います。でもそんな違いは夫婦としてやっていけるかどうかとは何の関係もないことですけどね」

そう言いながら桂子さんは、猪股さんが入江さんを評して言った「中抜き」、十九世紀ロマン派と無縁の感覚の持ち主だということを明らかに意識した言い方をしていることに自分でも気がついていた。

「まあ、その場合は余りうまくは踊れませんけどね。でもお互いに横になってしまえば話は別ですから」

工藤さんは目を丸くして脅えたような顔になった。

桂子さんはシャンパンのグラスの後ろで、できるだけ単純な微笑を浮かべるように努めた。

「ごめんなさい。何か凄いことを言ったのかしら。あの人とは、ベッドに寝そべったり籐椅子《とういす》を並べて仰向けになったりしている限り調子が合った、ということで、別に凄いことを言ったつもりはないの。立って踊ると余りうまく行かなかったのは事実だとしても……」

工藤さんは、納得してもしなくても真剣にうなずく生徒の表情をした。しかしこのまま自分が教師の役を演じることになるのは居心地がよくないので、桂子さんはシャンパンを相手のグラスに注いだ。

「一人で飲んで、酔っぱらうことはない？」

「あります。何度かありました」と工藤さんは急にうきうきした調子になった。

「二人で酔っぱらってみましょうか」

「私、すぐ酒乱になりますけど」

工藤さんは珍しく大胆なことを言って桂子さんの顔に目を据えた。

「落語の『らくだ』の屑屋《くずや》みたいになって私を脅すんですか」

「その話は知りませんけど、私の場合、まずは体の蝶番《ちょうつがい》が外れて立てなくなること、からむこと、泣くこと、抱きつくこと……いろいろやるようです。何しろ自分では覚えがありませんから、それが酒乱の何よりの証拠ですよね」

「あなたには完全に負けそう。私は酒乱になったこともないし、第一、ほんとに酔ったらどうなるか、その経験もないわ」

「大丈夫です。奥様はセルフ・コントロールの完璧な方ですから」

「あなた、聞き捨てならぬことをおっしゃいましたね。私がそんな風に見えますか」と桂子さんはわざとからむように言った。「と、こんな具合にやるわけですか」

工藤さんはこれまでにないけたたましい笑い方をした。

「奥様のは初歩的です。本格的なからみというのは……」と言いかけて工藤さんは口を押さえた。「その前に厚かましいお願いですが、シャンパンではうまく酔えないみたいです。お酒を下さい。吟醸のとびきり辛口の冷やがあれば最高ですけど、まあ、何でもいいんです。普通の盃よりも、できれば底の厚い、クリスタルでない、ガラスの盃だといいんですけど」

「ほら、やっぱりあなたは注文が細かくてむずかしい人じゃありませんか」

二宮さんに訊いてみると、とびきりの辛口ではないが、吟醸の酒なら二、三冷やしてあるとのことだった。

「それではお手柔らかに。私の酒量はこの盃なら三杯までといったところかしら。五、六杯も飲めばめでたく酒乱になりそうですね」

「それは大丈夫です」と言った工藤さんの顔はすでにかなり上気して見える。「私のような酒乱と飲む相手は、呆れて酔えないで終わると言いますから」

「なかなか堂に入った手つきですね。その様子だとわびしい晩酌とは言えませんね。お茶の時の細かい手順みたいで、儀式的で優雅に見えます。でも独酌よりは私がお酌をして差し上げた方がいい感じになるようですね。これでも昔はよく父と飲んで、というより私は一方的にお酌をさせられて、その方の腕には自信がありました」

「どうも恐れ入ります。手の動きも姿も決まっていて、名人級のお酌ですね。でも、余り速いテンポで注がないで下さい」

「サラバンド位の感じで、ゆるやかに荘重に行きますか」というような話を交わしながら、桂子さんは時々工藤さんにお酌をしたが、工藤さんは一人で飲む癖がついているせいか、気を配って相手にお酌をする気のない人らしい。これも桂子さんにとってはわかってみると面白いことの一つだった。

「仕事の話になりますけど」と断ってから工藤さんはやがてBRAINの中身やそのアウトプットの整理の話に移った。やはり一番話したかったのはこのことだったらしい。

桂子さんは工藤さんが整理して印刷してくれたものにはほぼ全部目を通していた。

「どんな印象でしょうか、一言で言えば」

「一言は無理、三言位で言わせてもらえば、渾沌、混乱、困惑というところですね」と桂子さんは答えた。

「あのままでは本にはなりませんか」

「あのままではどうでしょうか。論文集ということならともかく……」

「私がもっときちんと整理してまとまりがつけばいいんですけど」

「そういうことではなくて、混乱、困惑とはもっぱら私の頭の中の状態を指して言ったものです。今のところ、細部の面白さはあるし、材料は豊富に集まっているけれど、これをどう並べてどんな絵にしていいのか見当がつきかねています。先生はその絵を示してくれなかったんですね。ある時期、さかんに雑誌に書いたり、それを気軽に本にまとめたりしていた頃のは、大変よくわかります。何しろ他人に読ませるために書いたものですから、膨らんだ紙風船のように表面だけで形をなして独立したものがそこにある、というわけで、その表面を見たり撫でまわしたりすることができる。でも、他人に見せる前の、自分の頭の中で発酵しかけている原料は、まだ膨らんでいないし形もない。だからこれはわからない。誰が綺麗《きれい》な紙風船にしてくれるのか、それが問題です」

「そうですね。それが問題ですね」

「誰かにこれを読んでもらって、ということはつまり、その人の頭を借りて仕込んで、それから分娩までやってもらわないと駄目です。レンタル子宮というのがあるそうですけど、レンタル・ブレーンを見つけなければ」

「私のでは駄目でしょうか」

「意欲だけは合格でしょうけど」と桂子さんははっきり物を言った。「その他の点では駄目です。勿論、私も駄目。私は意欲の点でも不合格です。三島さんのような頭脳なら、何か産み出してくれるかもしれませんけど、あの人にはそんな仕事をする義理も興味もないでしょうし、またそんなばかな仕事をしてもらうわけにもいきません」

「満智子さんならどうですか」

工藤さんは桂子さんの様子を窺う目をした。それが桂子さんにはいささか気に入らなかったが、

「まあ、その気にさえなってくれれば」と答えた。

「私が頼んでみます」

「でもどうですか。そう簡単な話ではなさそうですよ。満智子さんだって今更そんな仕事をする義理はないと言いますよ。あの人が先生を神様だと信じて、神様の言葉を書き記すためにこれからの人生を生きる、というようなことをするとは思えませんね。いかがですか」

「満智子さんが本当に愛していたのは先生だけです」

「そうでしょうか」

「すみません。ひどいことを口にしてしまいました」

「いいえ、そんなことは全然気にしません。何でも口に出してみて下さい」

「では続けますけど、満智子さんは最初から先生だけを愛していた、これは紛れもない事実です」

「先生と私もそれは知っていて、その事実を『アドリエンヌ・ムジュラ』現象と呼んでいました。満智子さんのもある種の愛だったということは認めましょう」

「ある種の愛、にすぎませんか」

「ある種の、というからにはそれこそある種の批評が入っているわけです。真の、とか、まことの、とかいうものは認めていませんから」

「すると私のも先生に対するある種の愛、ということになりますね」

「多分そうでしょう。私のもそうです。みんなそれでいいんです。あなたもそう考えれば気が楽になるんじゃないかしら」

「そういうのはニヒリストの考え方ではありませんか」

「私がニヒリストですか」

桂子さんは思いがけないラベルを貼られたのが不意に魔女よばわりされたような気分で、妙に嬉しくなった。そして、そんな気分も酔いのせいだろうけれどと思いながら、ひとまずそのニヒリストに乾杯しておくことにした。

「とにかく、ある種の愛がいくつかありました。というのではお気に召しませんか」

「私のは大したものではありませんからいいんです。でも満智子さんはそのために頭がおかしくなりかけています」

「だから満智子さんのは本物だとおっしゃるのだったら、私は賛成しませんね。もともと満智子さんの頭はおかしかったのです。おかしな頭からある種のおかしな愛が分泌されたというのが本当かもしれません」

「では私も少しばかり頭がおかしいんですね」

「かなりおかしいようですよ。で、そこが真由美さんの魅力じゃありませんか」

「はあ」と頼りない返事をして工藤さんは首を傾げている。大分酔いが回ってきたらしい。桂子さんはこの辺で今夜の本題に入っておかなければ、と思って、話をBRAINのことに戻した。

「ところで、いつかの『鍵のかかったファイル』ですけど、あれはうまく読めましたか」

工藤さんはにわかに憂《うれ》い顔に変わった。

「やっぱり鍵は見つかりませんか」

「そのことなんですけど、実は、鍵をかけてしまったのは私だったんです。すみません、嘘をついて」

「いいですよ、そんなこと。それより、その部分には面白いことがあるんですか」

「私にとってはとてもいやな、特に奥様にはお見せできないような記録が入っています」

「では私が予想した通りのものですね」と桂子さんは言いながら、ここでも工藤さんを脅かさない種類の、できるだけ単純に嬉しそうな微笑を浮かべるように努めた。「あの時あなたは手のこんだ攪乱《かくらん》戦法をとって、そこには先生の confession か何かが書き残されているのではないかとおっしゃったわね。でも私はそんなことはありそうにないと思いました。要するにそれは、女の子を食べ歩いた記録でしょう。ミシュラン式に星でもつけてありますか」

「星の代わりに○がついています。○は先生が御自分でおつけになったものです。私が苦痛だったのは、テープに録音されているその時の会話を文章にしてBRAINに入力する仕事をすることでした」

「相手は女子学生ですか」

「ほとんどがそうで、先生の大学の学生が多くて、ゼミの学生もいました」

「どんな調子ですか」

「さあ、それは」と工藤さんは言い淀《よど》んだが、桂子さんにもそれが簡単には答えられない質問であることはわかっていたので、

「あとで読ませていただくからいいわ」と鉾《ほこ》を収めると方向を転じた。「で、あなたの感じを伺いたいけど、先生のその熱心なコレクションは何のための、どういう性質のものだったのかしら。やはり布教活動か個人指導みたいな性質のものでしたか」

「データ収集のための調査活動というか、趣味のコレクションというか……でも先生はどんな場合もほんとに優しくて、まるでカウンセラーか心身症の治療をしているお医者さんのようでしたし……そうですね、私の印象として一つだけはっきりしているのは、この会話を録音したものを聞いた限りでは、女の子って、こういう時にはとても暗くなる、ということですね。時々妙に調子外れにはしゃぐ人もいましたけど、部屋で先生と二人きりになると、やがては暗い、低い調子でぼそぼそ言うだけになって、言葉が退行していくんですね。ですからどの女の子も精神科のお医者さんの前に座っている患者さんみたいな感じになります」

「その感じはよくわかります。それに教祖と信者の関係に似た要素もあるんでしょう」

「そんな風でもあります」と工藤さんはうなずいた。「信者が何か告白する、といってもそれ

はごく日常的なことで、神様が出てくるような次元の話とはまるで違いますけど、みんな自分について、誰にもしゃべらないようなつまらない、細々したことをとりとめもなく話したりする、そんな告白です。それからあとは、治療に入った時に、そこが痛い、そこはいい感じ、それはちょっと待って、などと言う、それは歯の治療でも受けているみたいな調子です。先生はそれを後で詳しくカルテに書きこもうとしたわけですね」

「で、そのカルテの整理はできましたか」

「それが実は……」

「真由美さんの実は、には実にぎくっとさせられますね。実はそんなものはなかった、ということですか」

「私、それを全部消したんです」

桂子さんはそのとたんに肩の力が一遍に抜けた、というしぐさをした。

「本当なら残念です」

「とんでもないことをしたと思います。でも私としてはこうするしかなかったんです」

「その辺のところは余り説得力がないようですね。ただ、私に見せたくないという気持ちならわからないでもありません。でもあなただけのものにして秘蔵しておきたいのなら、別に消さなくてもいいでしょう。私としては、またいつか、実は、と言ってそれを見せてもらえるのを楽しみにしたいわ」

「そんなことはできません。もう不可能なことです」

「結局、真由美さんは教祖のそばにいて、教祖のすべてを見ていた特権的な弟子だったということになりますね。あんなことはいやだとは言っても、教祖様の言動を逐一書きとめておくのが弟子の務めだったし、それが悦びでもあったと思いますけど……」

というような話のあたりから工藤さんが予告していた通りの「酒乱」ぶりが見られることになった。まずあのネオテニー的な妖精型の顔が崩れて形容しがたい相好《そうごう》に変わり、口は何やら呪いの言葉のようなものを吐きはじめ、それから雲行きが怪しくなって雨になり、顔中を洪水にしながら、最後は抱きついてくるという一連の手順を、工藤さんはかなり緩慢にではあったが滞りなく実行してみせたのである。

桂子さんは、ボクシングのクリンチのような姿勢で抱きついてきた工藤さんに押されて、自分は椅子に座って抱きとめるという姿勢に落ち着いた。そして跪《ひざまず》いて桂子さんの腹のあたりに顔を埋《うず》めている工藤さんの髪を撫で、背中を撫でてやることになったが、これは単なる酔女、それも相当な酩酊《めいてい》ぶりらしいと判断して、とにかくしかるべき部屋に運んで寝かしつけるのが急務だと思った。

「大丈夫ですか」と月並みなことを訊いてみたが、相手はだだをこねる子供のように頭を振りながら桂子さんの服を摑んだ手に一層力をこめている。それをようやく振りほどくと、桂子さんは李さんを呼んだ。こんな時には二宮さんの方が頼りになるけれども、すでに帰宅している時刻である。

「相当御酩酊の様子ですよ。二階の、前に私が書斎に使っていた部屋まで一緒に運んで下さい」

工藤さんは、一人で歩けると主張して、その通りに部屋まではどうにか一人で歩いたが、ベッドに倒れこんだところで正気を失った。李さんが初めての酔っぱらいの世話に困惑しているのを見て、桂子さんは李さんを帰し、工藤さんのセーター、ブラウスにスカートも脱がせた。ブラジャーも外した。桂子さんはその時裸になった工藤さんの胸が予想に反して形よく膨らんでいることに驚いた。見掛けによらず、発育不全的な体つきではなかったのである。それに肌のきめは細かくて、掌に吸いつくような感触が残った。こんな時に男は、例えば夫君ならどんなことを考えて何をするのだろうかと思ったが、とっさに、二つ並んだ白い小さい天体のようなものの頂点に光っている花の蕾に軽く唇をつけると、部屋を出た。自分が男を演じたような満足とともに、たちまち酔いが押し寄せてきた。

翌朝、桂子さんは秘書の秋月君に電話をして、この日の日程を全部キャンセルしてもらうことにした。

「完全な二日酔いにつき、本日は午後まで休養いたします、ということ。よろしくお願いします」

その時に入江さんからファックスで伝言が届いているということだったので、折り返しそれを送ってもらった。入江さんが関係しているシンクタンクの専務をしている人の履歴書にコメントがついたものである。この間の話の中で、橋本さんの後をどうするか頭が痛いという話も出て、適当な人を考えてみましょうと入江さんは言ってくれたのだったが、「先日お話したトレード要員のひとりです。御検討下さい」との伝言だった。

その日の昼前に、桂子さんは入江さんの無名庵からの帰りに見た、多摩川上流の河原まで一人で車を走らせた。何もない、ただ広々した河原で、何も考えないで寝そべってみたいと思ったのである。行ってみると、長い土手でジョギングをしている人のほかは釣糸を垂れている老人がいる位で、人影はほとんどない。石と枯れたままの葦《あし》と虎杖《いたどり》の群生の向こうに水が流れ、その先はまた河原、そして低い丘陵が続き、はるかに墓石のような建物が群がって生えている。この「残春野外」の眺望は、薄く霞んだ空からの光と軟らかい微風の中にある。石の上で陽炎が揺れている。遠くで列をなして走る車の音がかすかに唸りつづけているが、人語は聞こえない。

桂子さんはしばらく河原を歩きまわって、六如上人《りくにょしょうにん》の「蒲公英《たんぽぽ》老いて毬《まり》を作つて飛ぶ」というのがその通りであることを目に止めたり、虎杖の茎を折って、みずみずしい茎を嚙んで酸味を味わったりした後、斜めになった石垣に腰を下ろし、やがて仰向けになった。一人になれる場所はあっても、そこは考えたり音楽を聴いたりするところで、何も考えないで放心していられるわけではない。桂子さんはこの場所が気に入って、これからは時々「失踪」してここへやってくることにしようかと考える。考えたことはそれだけだった。入江さんのことも、工藤さんが消したという夫君の記録のことも、橋本さんのことも、ここでは頭を発熱させることがなかった。頭の中に薄日が差し込み、微風が通り抜けるに任せて、桂子さんは日が傾くまで河原にいた。

第七章　黄梅連雨

　あれから入江さんとあちこちの会合で一緒になることが多くなって、そのうちの何度かは簡単な挨拶を交わしたけれども、混み合っているパーティなどでは遠くからの目礼だけで済ませることもあった。しかし桂子さんにすればその方がかえって人知れず親しい仲にある者同士の「目くばせ」のように思われて、軽い興奮を誘われた。この日もお義理で顔を出したある政治家のパーティで入江さんを見かけたので例の目だけの挨拶を送ったら、向こうは目と指とで、「外へ出ませんか」という合図を送ってきた。そこでこちらも何食わぬ顔をして開始早々に抜け出す構えをとりながら、ふと、昔学生の頃に何度か授業を途中で抜け出した時のことを思い出した。ロビーに下りていく広い階段のところで入江さんが追いついてくると、桂子さんはまずそのことを言って、

「相変わらず、ちょっとしたスリルがありますね」と笑った。

「その方がまだお行儀がいいでしょう。堂々と机に顔を伏せて、鼾《いびき》までかいて眠る奴がいまし

たが、あれには思わずかっとする、とある先生が言っていた。しかし教室ならともかく、あの騒々しい会場では居眠りもできない。何でしょうかね、あの雰囲気は何かに似ている……」

「難民収容所の食事時」と桂子さんは独り言のように言った。

「なるほど。そう言えば体育館での炊き出し、という雰囲気でもある」

「実は炊き出しのおにぎりもまだ頂戴していないんです」

「私もです。それではこれから御案内するところでおにぎりでも出してもらいましょう」

この日桂子さんはパイジェロのモノトーンのパンツスーツを着ていた。鼠《ねずみ》色や鯖《さば》色の大群が蝟集《いしゅう》するところで女らしい色が目立つのは避けたいと思ったのである。

「久しぶりに男装の麗人という言葉を思い出しました。かえって意表を突かれて注目を集めますよ」

「大胆過ぎましたかしら」

「気がついた人は気になると見えて、みな麗人の方をちらちら見ていましたよ。ところで、私はその服から別のことを思いついたんです。これから御案内するのは、従来スカートをはいた人種をお招きしたことがないという特殊な習慣があるところでして」

「英国風のクラブですか」

「まあそんなところですが、本場の真似に徹しているわけでもなくて、実にいい加減なクラブです。名前もまだありません」

入江さんはホテルを出てから、裏通りの、つまりは運転手付きの車でホテルに乗りつけて来るような人たちに出会うことのなさそうな道を選んで歩いた。裏通りと言っても、初夏の夕闇の街を歩くのに気持ちのいいプラタナスの街路樹が並ぶ通りで、その古びた建物が多い一角の、褐色の煉瓦の壁とアーチ型の窓をもつ目立たないビルの前で入江さんは立ち止まった。銅板に彫りこまれた字を見ると、右書きで「和蘭ビルヂング」とある。桂子さんはそれを声に出して読んだ。

「オランダ・ビルヂング……間違いなく今世紀前半の建物ですね」

「縁があって私が引き取ったものです。この一部をクラブに使っています。建物の表へまわると入江記念財団というような表向きの名前が出ていて、クラブはその中に隠れているので、今のところ外からは見えないわけです。会員にしても、自分が知っている人が会員であることを知っているだけで全員の顔ぶれはわからない……」

「入江さんだけが全貌を御存じなんですね」

「まあ、そういう立場にありますが、とにかく、桂子さんはめったに顔を見せない古くからの会員、という顔をなさっていればよろしいわけです」

そう言いながら入江さんが十段ばかりの階段を上って黒ずんだ木のように見える鉄の扉の前

に立つと、そこにはノッカーもチャイムのボタンもないのに、ごく自然に扉が開いて、人品いやしからぬ初老の男が頭を下げて二人を迎えた。執事というものが今日本にいるとすればこれがまさしくその一人ではないかという印象を桂子さんが抱いたのは当たっていて、入江さんはこの人を執事の藤堂さんだと言って紹介した。藤堂さんは桂子さんに丁重に挨拶した。それが温かみと親しみのこもった丁重さだったので、桂子さんは思いがけない宝物でも拾ったような気分になった。その嬉しさをそのまま微笑にして、

「この国で執事と呼ばれる方にお目にかかるのはこれが初めてだと思います」と言うと、相手も細めた目から笑いをこぼしながら、

「名前は時代がかっていますが、どんな御注文でも承るのが仕事でして」と言う。

「これからこちらにはいつでもいらして下さい。藤堂さんがこの扉を開けてくれます」と入江さんが言った。

「何かパスワードでもあって、扉の前で唱えることになっているのでしょうか。もっとも、さっきは何もおっしゃらなかったようですけど」

「執事には神通力があって、扉の外にいる人が見えるようですね。見えれば入れるべき人かどうかを判断するのが執事の権限です。しかし念のため『オープン・セサミ！』とでも唱えてみて下さい」

天井の高いホールの階段やシャンデリアの様子は一世紀に近い時間がそこに滞留していることを感じさせて、いわば未生以前の記憶にある絵と出会うような懐かしさがあった。入江さんに案内されて階段を上り、談話室から食堂を覗いた時、桂子さんは今まで見てきた部屋が、以前自分のところで出した『日本の西洋館』という写真集に載っていた旧財閥本家の別邸に似ていることに気がついた。その話をすると入江さんはうなずいて、そのコピーをここに作ったのだと言う。

「コピーを作るのが好きでしてね。飾ってある絵も彫刻も大概コピーです。気に入ったものであればコピーで間に合わせておいても気になりませんが、気に入らないものはいくら本物でも欲しくない」

「私もその傾向があります。父からの『趣味の遺伝』かもしれません」

「漱石みたいな説ですね」と入江さんは笑って、廊下に出るとエレベーターの前に立った。これも昔どこかで見た真鍮《しんちゆう》パイプの扉が開閉する古風なもので、それで最上階まで上がったところにもう一つの小さい食堂があった。正八角形の、これも天井の高い部屋である。

「ここで炊き出しのおにぎりでも食べましょう」

「これもどこかで見た覚えがあります。確か、昔のステーション・ホテルの食堂のようです」

「そうです。正確なコピーではありませんが、かなり似ているでしょう。本物ならその窓から、発着する列車が見えたりするはずですが……」

そこへどの扉からともなく湧いて出たようにボーイが現れた。いつのまにか食事の準備は整っていたらしくて、ただちに別室から運ばれてくる。

「おにぎりは止めてイタリア料理にしました。そのお召しものに合わせて」と言いながら入江さんは桂子さんのパイジェロのスーツに指を向けた。

「これもミラノあたりのお店のコピーですか」と桂子さんは料理を指して言う。

「実はピエトロ・カルビ通りの何とかいう店の料理を二、三コピーさせました」

「そういえばあのあたりには会員制のクラブみたいないいお店がありました……と言っているうちに時間も場所もだんだん座標がずれておかしくなって、ミラノの真夜中にいるような気分です」

「私も別の人間になって別の世界に入りこんだような感じですよ。時々、タイムトンネルを抜けて別の世界に隠れてしまうのは面白い。そうするともう別の時間の中にいるから全然忙しくもない」

そんな雲隠れの時に当たるのが自分の場合はこの間河原で過ごした時間だったらしいと桂子さんは思った。これからはここに来れば簡単にその別の時間の流れに滑りこむことができそうで、桂子さんは隠れんぼの時に誰にも知られていない隠れ場所を確保した子供のように嬉しくなった。

それにしても入江さんは、桂子さんの何倍も忙しいはずなのになぜか忙しそうに見えない人である。亡くなった夫君もどちらかと言えば行動のリズムがゆったりしていて忙しそうには見えない人で、いわば頭の中の時計がいつもアンダンテ位で動いていることを思わせたが、入江さんの頭の中の時計はヴィヴァーチェかプレストの速さで動いていて、しかも表面にあらわれる言動は速さを感じさせない。それが能役者の動きを見るような優雅な力強さの秘密かもしれないと桂子さんは思う。いつのまにか入江さんと調子を合わせて速い踊りをひどく余裕をもって踊っている気分である。

「さっきのステーション・ホテルで思い出しましたが」と言って入江さんはごく自然に、今桂子さんの頭にある山田氏のことに話を移した。「実は三年ほど前、スコットランドで昔のステーション・ホテル風のホテルに泊まった時に偶然山田さんとお会いして、一緒に食事をしたことがありました。大学の同級生だったのもその時初めて知ったようなわけで、奇遇と言うべきでしょうが、何よりもそれが桂子さんの御主人だったことに驚きましたね」

「とおっしゃいますと、それ以前から私のことを御存じだったわけですか」

「何度かお見受けして気になりはじめたもので、ひそかに調べてはいたんですがね。それで山田先生の奥様だということはわかっていたんですが、御主人と実際に顔を合わせるというのは妙なものですね。正直に申し上げておきますと、その時私の方は桂子さんのことなんか全然知らないただの同級生として御主人と食事をしたんです」

「その時のことは山田からは聞いていません」と言って桂子さんは微妙な笑いの色を目のあたりに漂わせた。「入江さんのことは、ＪＡＩから提供していただいたBRAINが縁で、山田の死後初めて知ることになりました」

「私の方が手持ちの情報量の点で大分有利な立場にありますね」

「殿方は女に対して買手の立場ですから、ひそかに観察して品定めをなさるのは当然のことでしょう。見られる品物としては日頃から観念しています」

「私はそれほど慎重な買手ではないと思いますよ。大体が衝動買いに走る方なんですよ。ただ、それができない場合がある。例えば非売品とか、売約済みの品とかの場合」

「今は間違いなくfor saleです」と桂子さんは笑った。

「もう仮契約あたりまで漕ぎつけたつもりになっていますが、とんだ誤算ですか」

「誤算とはまるで縁のない方だと、こちらはこちらで決めてかかっていますけど」

「危ない思いこみかもしれませんね」

「それでは、私の方も入江さんのことをもっと知るようにしなければ」

「そうですとも。何でも質問して下さい」

「しからば」と桂子さんはわざと顔色を改めた。「その、昔山田とお会いになった時のことをお聞かせ下さい」

「御期待を裏切るかもしれませんが、あの時は桂子さんの話は全然出ませんでした。まあ、お互いに顔も知らなかった同級生同士の外国での奇遇ということですから、家族の話にまでは進まなかった。ただ、私がその二年ほど前に家内を亡くしていたという話だけはたまたましましたが。あとは非個人的雑談です。山田さんは文学の話もなさった。当時は十八世紀のイギリスの文学、思想から、表向きは比較文学へと仕事を変えたということでしたが、今後は仕事を道楽としてやることにしたい、と繰り返しておられた。この線でもう一度読みたいものを読みなおしてみたい、研究はもう沢山、自分が楽しいことしかやらない、天人ではないけれどもすでに五衰の兆候が現れているから、余り時間はないかもしれないが、とも言っておられた」

「そうですか。でもそれは入江さんが山田に吹きこんで下さった知恵ではありませんかしら」

「鋭い質問ですが、外れです」

「それで、入江さんから御覧になって、その五衰の兆候はいかがでしたか」

「はっきりした兆候は別になかったと思います。ただ、楽しいことだけをやりたいと言いながら、御本人は余り楽しそうではないのが気になりました」

「何が楽しいか、それがわからないまま、見つからないまま、死んでしまったのでしょう」

「そうだとすると、運の悪い方でしたね」

桂子さんは話が次第にこの場にふさわしくない方向に進んでいるのに気がついて、夫君の話は打切りにした。急に温かい水のようなものが目に湧いてきそうな気配がして桂子さんは慌てたが、その異変は「運の悪い人」という最終判決を桂子さん自身も受け入れたことに由来していた。思いがけないほど強く憐憫《れんびん》の情が動いたのである。そしてこの運の悪い人を夫君としていたということは桂子さんもまた運の悪い人だということでもあるから、夫君への憐憫の情はそのまま自分自身へも向かう性質のものだった。不覚にも涙をこぼしそうになったのは、自分を情けない、かわいそうだと思う自己憐憫の甘い味が、ほとんど生理的にその分泌腺《ぶんぴつせん》を刺激したからである。それが桂子さんにはわかっていたので、この涙は抑える必要があった。入江さんの前で涙に曇った目を見せてもいいという一大決心にはまだ到達していなかったし、ついに到達することにはならないかもしれないとも思った。亡き夫君との間ではその「ついに」は「ついに」のままに終わった。

それから一瞬のうちに桂子さんの頭はプレストの何百倍もの速さで動いて一つの結論に達した。BRAINの中身をいかに精細に調べてみても、もはや他人に読ませるに値する思想を生きものの形で取り出すことはできないだろう。材料を掻き集めて無理に再構成してみたところで、フランケンシュタイン的怪物しか作れないだろう。あの人の崩壊はおよそ十年前に始まり、ゆっくりと進行していたのが、あの突発的な脳の破壊のおかげでむしろ永久に停止したと考えた方がよい。十年前と言えば、夫君が例の入信騒ぎを起こして桂子さんとの間に「宗教戦争」が始まった時である。それはまもなく無期停戦の形で終息したものの、その時に感染した観念のウィルスのために、以後、夫君のアイデンティティ破壊症候群が進行した。その病状の一つに、何をしても楽しくない、むしろ自分であることが楽しくない、ということがあった。

しかし桂子さんの頭がそんな風に働いたのは、ボーイが運んできた珍しい料理に気を取られるまでのほんの数秒の間のことだった。

「これは間違いなく楽しくなりそうな料理ですね」と桂子さんが言い、ボーイはすかさず料理の説明をしようとしたが、入江さんがそれを手で制した。

「製造過程はわからない方がいい。材料位は自分の舌に推理させてやらなければ楽しくないじゃありませんか」

ボーイは不服顔で引き下がり、桂子さんは肩を竦めて笑ったが、料理の方は間違いなく舌を悦ばせてくれるものだった。

「スカンピと、これは……」

「いとよりでしょうか」と桂子さんが言った。「舌が感激します」

「舌が確かで感激できるのはいいですね。食べることの楽しみには、頭の感激と舌の感激と胃袋の感激と、三つのレベルがあります。今は胃袋の感激を知らない人が多い。次に舌も無感覚で、大体は頭で理屈をつけてうまいと納得することが多い。また年をとると自然にそうなる。私は辛《かろ》うじて胃袋の感激を知っている世代に属します。胃袋に食べ物が収まって、重いような熱いような満腹感とともに胃袋の感激が湧き上がってくる、という経験は桂子さんの世代にはもうないかもしれませんが」

「そうでもありません。子供の頃、水泳をやっていた時にはかつ丼を一気に平らげて、胃袋で感動したこともあります。今でもその胃袋は健在のようですから、実は物を食べるのが大概の男の人に負けないほど速いんです」

「それは結構です。それなら五衰のきざしもなさそうですね。今になって思えば、あの頃から山田さんは食べる速度も落ちて、頭で食べる段階に入っていたようです」

次の料理の時には、ボーイは先手を打って、「これはホロホロ鳥の……」と早口で説明にかかった。入江さんも今度は笑いながらうなずいていたが、食べはじめると、桂子さんに合わせることを意識したのか、これまでよりはいくらか速度が上がっているようで、桂子さんにはそれがほほえましかった。

エスプレッソを飲んでから、入江さんの案内で読書室と音楽室を見た。読書室というのは、木製の書棚に数万冊の本が並んだ書庫を中央にして、そのまわりに八室ばかりの書斎を配したもので、書斎にはそれぞれ壁の書架にかなりの本が並んでいて、これはある基準に従って分類されているらしく、ちょっと覗いてみたところ、ある書斎は例えば怪奇小説、幻想文学の部屋、という名前がつきそうだったし、また他の書斎は宇宙論の部屋、別の書斎は国際政治と外交史の部屋、という具合だった。古生物学、進化論から分子遺伝学までの、それも解説書から国際的な学術雑誌までが揃った部屋もあった。この書庫と書斎の迷宮を一日かけて遍歴すれば、出版という仕事に関する大きな見通しとさまざまのヒントが得られそうで、桂子さんは少なからず興奮した。

「この部屋は空いています。つまりまだ本が入っていません。よろしかったら桂子さんの専用の部屋にしますから、使って下さい。その代わり、というのも強引な話ですが、ここに入れる本を選んで下さい」

「有難うございます。こちらの窓は中庭風のルーフ・ガーデンに面していますし、机も椅子も優しいロココ調で、ランブイエ侯爵夫人でも使えばよさそうな部屋ですね。でも、どんな傾向の本を入れることにしましょうか」

「希望を言わせていただくなら、お父様が高い点数をつけられた本、それに桂子さんが三つ星をつけた本、ということになりますね」

「父のやっていたことを御存じだとは驚きました」

「林さんから教えていただいたんですよ」

「林啓三郎さん……ああ、それで龍太さんとも」と桂子さんはあの「無名庵」のことを頭に浮かべて納得した。

「それが龍太さんと知りあったのが先でして」と入江さんは訂正した。「それまでに林さんの本は大体読んではいたんですけどね」

それから入江さんは机の引き出しからその部屋の鍵を取り出して渡してくれた。桂子さんはその鍵を藤堂さんに預けておくことにした。

音楽室というのは、廊下を隔てて書庫と書斎とは対称になるような造りで、やはり中央のCDを集めた部屋のまわりに八室が配置されている。防音のための厚い壁と扉と二重窓をもった試聴室のような部屋であるが、中の様子は応接間風で、入江さんによれば、音楽でも話声でも、音が外に漏れるのが憚《はばか》られるような時に使う部屋だという。

「つまりもともとは密談用の小部屋ですが、一人で音楽を聴きたい時にも使えるようにしてあります」

その音楽の供給源として、中央の部屋に集められたCDのコレクションがある。見たところ、子供向きの歌やロック、歌謡曲、邦楽などがないことを別とすれば、大きなレコードショップに負けないほどの数が揃っていて、内外で発売されたものはすべて機械的にここに集めるという方針であるらしい。しかし入江さんは試聴室の一つに桂子さんを案内して、そこの木製キャビネットに入れられた特別のコレクションを見せてくれた。

「例えばここはギーゼキングですが、この人の演奏で録音が残っているものを全部集めて、コンピュータで音を整形手術したものです。ノイズは勿論完全に消えていますが、それだけではなくて現在のスタインウエイならスタインウエイでギーゼキングが弾いた音はこうなる、というのを試しに作らせてみたわけです。今のところ非売品です。お好きなのを持って帰って一度聴いてみて下さい」

「それでは、パデレフスキーやパハマン、ホフマン、ブゾーニなどのピアノ・ロールに残っているピアニストたちのも同じ方式でCDになさったんですか」

「やろうと思えばやれます。実は昔ロールの蒐集《しゅうしゅう》に凝っていたことがあって、ロールは沢山持っています。それからピアノコーダーという自動演奏メカニズムが面白くなって、プロセッサーというデジタル信号で制御する八十本の腕を持つロボットみたいなもので再生させたりして喜んでいたものですが、今はもう面倒になって、好きな演奏をいい音で聴けばいいということで、まずギーゼキングやリパッティあたりの録音をコンピュータ処理でCD化してみたわけです」

「今日はギーゼキングのバッハとドビュッシーをお借りします」と桂子さんは言った。

その時入江さんは部屋に入ってきた人に気がついて、

「とうとう邪魔者が現れました」と声を落として言った。

藤堂さんよりは若いが、これも入江さんに対する態度から見て執事か秘書のように思われる人が遠慮がちに立っている。そこの空間をやむをえず占めることになった事情を御賢察下さいという顔で、微笑を浮かべながら、入江さんが気がつくのを待っていた様子だった。

「執事の津島さんです」と入江さんは紹介した。「さっきの藤堂さんはこのクラブにいて動かない執事ですが、津島さんは秘書のように動きまわる執事です」

「ですからこちらへお迎えに上がったわけでして」と言って津島さんは桂子さんの方にも頭を下げた。「残念ながら、会長を連行させていただきます」

桂子さんはお土産のCDを抱えて、一緒にエレベーターで下りた。藤堂さんが扉を開けて丁重に送り出してくれたが、階段の下には桂子さんのための車も用意されていた。


梅雨に入ってから桂子さんは何度かクラブに行った。入江さんと会えることもあったし会えないこともあった。入江さんが来ている時は藤堂さんが「お見えでございます」とだけ言って入江さんのいるところへ案内してくれる。そうでない時に会員の誰かが来ていれば、藤堂さんが引き合わせてくれた。初対面の挨拶は互いに姓名を名乗るだけで、ただし名前も省略しないでかならずフルネームを名乗るのが決まりのようだったが、誰も肩書きは口にせず、名刺の交換もしない。とは言うものの、肩書きに関係した種類の話をしている人もいたし、桂子さんの会社のことを話題にする人もいたから、それならこちらも会員たちの肩書きは知っていた方がいいと思って、桂子さんは新しく紹介された人についてはあとで藤堂さんから聞きだして、頭の中に肩書きつきの名刺を揃えていった。予想通り財界の人が多かったが、官庁の人も政党の人もいた。

そのうちに気になりだしたのは、ほかにも女性の会員はいるのだろうかということだった。それなら藤堂さんに訊けばいい、ということにはならなくて、藤堂さんに訊いていいことは紹介された個々の人についてのことで、これは訊けば生きた紳士録のような調子で教えてくれたが、クラブの全貌をつかむことになる性質の情報は、藤堂さんにも入江さんにも求めないのがルールであるらしいと推測された。それで桂子さんは、自分のほかには女性の会員はいないのだろうかと気にかかりながら、その気がかりが、もっと正確に言えば、ほかに女性がいて顔を合わせることを欲しないという気持ちにほかならないことに気づいた。今のところ女性は自分しかいないとすれば、それはかえって気楽で居心地のいいもので、この特権的な立場をいつまでも維持したいという気持ちが働く。

二十人足らずの人と顔を合わせたところで、桂子さんが一種の帰納法で考えると、その平均年齢がほぼ入江さんの年齢になるこれらの男性会員は、桂子さんを、同じ会員仲間というよりも特別の会員、むしろ入江さんが主宰者でホストならその入江さんにつながる特別の存在、いずれは正式にホステスとなるかもしれない存在、という風に見ているふしがあった。その考慮が桂子さんに対する他の会員の態度に微妙なとまどいの陰を与えているようでもあった。男と女の距離の取り方とは別にそういうことが加わってくるために、男の会員たちは最初必要以上の距離をとっていたようだったが、そのうちに桂子さんの位置は次第に入江さんと結びつけられる形で安定した。ある事柄について入江さんはどう考えているだろうか、あるいはこのことを入江さんに伝えておいていただけないだろうか、といった話が桂子さんに持ちこまれるようになったのがそれをあらわしていて、桂子さんは内心困らないでもなかったが、できるだけさりげない顔でそんな注文に応じ、入江さんに伝えるべきものは伝えた。

それが桂子さんの役割の一つになってくると、クラブに足を運ぶ回数も自然に増えて、最初は週に一度程度だったのが、週に二度三度となり、梅雨が進むにつれて、なぜか雨の日は夕方からクラブに顔を出すのが習慣のようになった。シナの詩人が言う黄梅の時節で、特に朝から冥々《めいめい》として細雨来たるという天気の時は、梅雨冷えの空気の中をそのまま家に帰る気になれなくて、天井の高い、壁の厚い、古い煉瓦造りの「和蘭ビルヂング」の中で、読書室や音楽室で別の時間の流れを泳いでから家に帰るのが自然な気がする。そんな時にたまたま入江さんも姿を現して、例の最初に食事をした部屋で二人だけで食事をするようなことがあると、トスカーナのワインのせいだけではない酔いを残して家に帰ることになる。その酔いが少しずつ朝まで残り、午後も続いて、それが醒めないうちに次の酔いがほしくなる傾向が出てきた時、桂子さんはある種の中毒症が進行しているのではないかと思った。

扉を開けてくれる藤堂さんに、「なんだか雨女のようですね」と言いながら、桂子さんは入江さんに頼まれた仕事もしているという証拠に、その日は膨大な本のリストを渡した。

「お預かりします」と言って受け取ってから、藤堂さんは大事なことを伝えるという調子で声を落とした。「今夜、会長は二、三の方とお食事をなさいますが、山田さんにも是非出席していただきたいとのことで、御都合はいかがでしょうか」

桂子さんは少し緊張したが、このままの服装でよろしければ、と返事をして、「専用の部屋」になっているロココ調の書斎に上がっていった。

第八章　金烏碧空《きんうへきくう》

梅雨明けが近づいた頃、桂子さんは急遽ミュンヘンへ行くことになった。その旅行に工藤さんを連れていくことにしたのは、あのBRAINの中を掃除してゴミ屑と再生利用可能なものとを選《え》り分けるという辛気臭い仕事をやってもらった慰安旅行の意味があった。同時に出版部の塚本君も連れていくことにしたのは、表向きは、塚本君が独文出身で、しゃべる方でもいくらか役に立ちそうだからということだったが、しかしこの二人を組み合わせてお供に連れ出した裏の理由としては、国立大学出の秀才の誉れ高い塚本君が三十を過ぎてまだ独身であることを思い出した、ということがあった。工藤さんは無論あれから独身のままである。そのお相手に塚本君が最適だともお似合いだとも思ったわけではないけれども、とにかく二人を並べて様子を見るのも面白そうだという、かなりいい加減な思いつきを実行に移したのである。塚本君に対しては通訳兼渉外担当、工藤さんに対しては女秘書兼付き人を言い渡して、二人を並べて座らせ、桂子さんは一人で離れた席をとった。工藤さんは不安そうな顔をした。

「長時間のお見合いだと思ってもいいわよ」と桂子さんは笑いながら殊更不安を掻きたてるようなことを言った。「ただし塚本君には内緒」

ところで桂子さんの方の表向きの目的は、しばらく日本にいて今はミュンヘンに帰っている若い画家のレーベンバッハさんに会って、絵と散文詩の本を作る話をまとめることだった。このシリーズの最初の一冊は、日本の画家の湯浅暢彦さんとフランスの若い女流作家のイヴォンヌ・ビュケさんの組み合わせで出した。今度のレーベンバッハさんのは四冊目である。散文詩の方は三島君を予定しているが、肝腎の三島君は梅雨入りの頃にアメリカに行ってしまって目下連絡が取れない。そこで桂子さんがミュンヘンまで出向いて、というのはこの旅行のあくまでも表向きの理由で、レーベンバッハさんとの話はそれほど急を要するわけでもなかったし、テレビ電話で済ませてもよかった。桂子さんの人に言わない目的は、パリにいる耕一君に会うことだった。

「私はパリで一日雲隠れしてある人と会うことにしますから、あなた方はお二人で御自由に」

「それは社長の特別の人ですか」と工藤さんは無邪気な調子で言ったが、いつのまにか桂子さんのことを呼ぶのに「奥様」から「社長」になっている。

「男友だちの一人ですけどね。まあ、昔の恋人とでも現在の恋人とでも思っていて下さい」

塚本君はこの種の話には我関せずという風に、今頃珍しい白皙《はくせき》の哲学青年といった顔を堅くしている。これが搭乗の前のことで、桂子さんはこの二人が機内で肩を並べてどんな話ができるのかといささか心配になった。

水平飛行に入って、体が移動しているというよりもただ空高く浮かんでいる下を大地がひどく緩慢にスクロールされていくという感覚が定着するとともに、桂子さんは入江さんのことを考えはじめた。耕一君は言ってみれば朝になると昇ってくるに決まっている太陽のようなもので、そのことを今から考えてみる必要もなくて、ただ太陽に出会ってその光を浴びればよかった。それに対して入江さんとの最近の付き合いは、何段階もの記憶の嚢《ふくろ》に分かれて収まったまいまだに未消化で、それぞれを反芻してみる必要があった。要するに入江さんという人をまだ消化していないのだと桂子さんは認めた。尋常な酵素では消化できない人物のようにも思えてきたのである。

実はそんな意味のことを先に言いだしたのは入江さんの方だった。

「すると私は煮ても焼いても食えない金魚ですか」と桂子さんは笑ったが、そんな調子のやりとりができるようになってもなお、入江さんの方では想像力の消化液で桂子さんを溶かすに至らないということのようだった。

「骨が硬すぎて、というのでもないんですがね」

「端倪すべからざる女……」

「いや、素直で柔らかい魚ですよ。ただ、これまで長い間魚を食べなかったもので、消化液を分泌することを忘れていたのかもしれない」

「それはおあいこですね。私の方も長い間食べられることを忘れていたものですから」

しかしそれはここ一年ほどのことではなくて、本当は生まれた時からそうではなかったか、と桂子さんは思っていた。山田氏と結婚していた十数年間もその点では変わりはなかった。山田氏とは互いに食べるふりをして、時には貪《むさぼ》り合うふりまでしたこともあったが、ついに相手を食べることも消化することもない関係に終始してきたのだった。そのおかげで萎縮してしまった消化器官にとっては、入江さんのような文字通り長大な人物は、呑みこむことも嚙み砕くこともできず、おまけに謎の骨や危険な棘までありそうで、これはとても手に負える食べ物ではないと桂子さんは半ば観念していた。ところがその観念したところから、俄然《がぜん》食欲が湧き、好奇心も動きはじめたのである。

桂子さんが初めていわくありげな晩餐会に、突然招待されたのか、あるいは出席を要請されたのか、今になってみれば後者に幾分近い形で出席した時の顔ぶれは、桂子さんと入江さんを入れて六人で、そこでは「あちらの業界」の話はほとんど出なかった。その前から桂子さんは気がついていたが、入江さんは代議士などと政界の話をする時には「あちらの業界では」という言い方をしていて、最初の晩餐会でもその業界の人は二人含まれていたけれども、食卓にふさわしくない話題は出なかった。それは小さな同窓会の雰囲気で始まり、終わってみれば、桂子さんという新しい演奏者を迎えたアンサンブルが軽く音合わせをしたようなことになっていた。現に入江さんはこの五人組のことをMJQ、つまりモダン・ジャズ・クインテットと呼び、大学時代からの共通の趣味がジャズだという触れ込みだった。その中の二人は昔同好会で実際に楽器をやっていたというし、確かに五人ともマニアの水準に達していて、話がジャズのことになると桂子さんの知らない名前や話題が続々と出てきた。中でも入江さんは、猪股さんの情報によれば昔ある雑誌に「ブルーノート」というコラムを書いていたというだけあって、博覧強記の批評家でもあった。あとの四人が聴いているものは漏れなく聴いていてさらにその何倍も聴いているようで、ほかの人が知らない推奨盤が話題になると、入江さんはボーイにメモを渡して部屋に流すCDと曲を指示したりした。

このMJQの食卓での話題は桂子さんのところから出す予定の雑誌のことから出版業界のこと、メディア業界のこと、メットの最近の公演がつまらなかったこと、入江さんの反オペラ論、歌舞伎の話、フランスの某画家が歌舞伎と相撲の絵ばかり描いている話、アメリカの女性副大統領とソ連の書記長の「不倫」をめぐって流布《るふ》されている小話の紹介から冷凍保存精子の売買と「レンタル子宮」をめぐる生命倫理学会の混乱ぶりまで、とりとめもなく動きまわったが、その下を通奏低音のように流れているのはモダン・ジャズのことで、話が何度かそこに帰ったところからすると、このMJQはやはり入江さんの説明通り六〇年代にモダン・ジャズに熱中した人たちをメンバーにした五人組であるらしかった。

あとで入江さんからそれぞれの属する「業界」のことを聞いてみると、二人が政治の方の業界で、その一人は現在官房副長官、あとは大蔵省の人と新聞社の人ということだった。いつもあんな調子の話に終始しているとは思えなかったのでそのことを言ったら、入江さんも肩を竦めて、

「いつもはもっと下品な話も出ますが、今日のところは桂子さんもいらっしゃることだし、ある程度に自粛したんでしょう」と笑った。「みんなが少しずつ凄みのあるメイキャップをしてそれらしい演技をすれば、あれで『暗黒街の紳士たち』という映画のシーン位にはなるかもしれませんがね」

「すると私の役どころは、闇の帝王の情婦で『何々会の淋しき女王』あたりですか」

「三文映画ならね」

「それはともかくとして、私も商売をやっていて下品な話にはある程度慣れていますから、これからはどうぞ御遠慮なく」と桂子さんは言っておいた。

「気取っていてもいずれそういうことになりそうです。ただし、下品な話と言ってもお金の話とは次元の違う、地下の下水道の方の情報のやりとりで、これは堅気の商売をしている人から

みると、麻薬の取り引きみたいなものですから」

そんな風に入江さんは言ったけれども、その後のいくつかの会合でやりとりされる情報は、政治を始めとするいろいろな業界の誰かについてのエピソードの類《たぐい》で、大部分はその人物の笑える、または嗤うべき言動の断片を伝えるものである。桂子さんにはその背景なりコンテクストなりはわからないことが多いので笑えないこともあったが、入江さんはこの種の話を聞いてよく笑い、それも「嗤う」の方ではない笑い方をして楽しんだのち、入江さん独特の方式で頭のファイルに入れて保存しているらしい。桂子さんが驚嘆したのは、入江さんの頭は人間離れのした性能をもっているらしくて、何事も一度経験したことは正確に記憶していて、必要な場面で瞬時にしてそれをファイルから取り出してくるということで、桂子さんは自分が大して考えもせずに撒き散らしている言葉の中の片言隻句《へんげんせっく》も入江さんが忘れないでいることを考えて最初は緊張したが、そのうちに気にしなくなった。相手はコンピュータのようなものだから、と思うことにしたのである。

そのコンピュータ的記憶装置に人物に関する情報を蓄積することで入江さんは独特の人間研究をしているようでもあった。入江さんは、桂子さんが知る限りにおいて驚くほど広い人脈を内外にもつもっとも社交的な人だったが、その社交の目的は、結局人間観察と人間研究にあるのかもしれなかった。

「レッテルを貼らせていただくなら人間生態学者でモラリストというところでしょうかしら」

「モラルといっても確立された道徳の la morale の方にはいっこうに関心がなくて、le moral の方、あるいは人間の精神状態、品性、素行、習慣、風俗の方の、les mœurs に興味がある。その意味で私はモンテーニュの直系の子孫らしい」

「モンテーニュはボルドーの市長もやった人ですね」

「そうそう、それで私も隠遁《いんとん》生活に入る前に一度その方面の仕事をしてみようかという気になったわけですよ。観察しながら統治し、統治しながら観察すること、これが面白そうだと……」

「私もかつてサロンの女主人になって、ベッドの上に半身を起こして客を迎えるような生活をしてみたいと考えたことがあります。『エピクロスの館』に人を集めておしゃべりを楽しみながら人間を観察し、または『白い姦通《かんつう》』を楽しみながら人間を研究する。五十になればリベルタン的哲学者と文人の集まるサロンで連夜シュンポシオンを開く……」

「ニノン・ド・ランクロのように、ですか」

「こんな話、父の口癖を借りるなら、お笑い下さい、の最たるものですね」

「笑ってもいいですが、しかし一度真面目に考えてみたい話ではありますね。私も桂子さんのところから出た加賀さんの『サロンの歴史』は熟読しました。同じ加賀さんの『サロンの女性たち』もね。どちらも興奮させられる本でした。しかし桂子さん自身がニノンやタンサン侯爵夫人たちに関心をお持ちだとは思いつかなかった。このクラブを止めて『エピクロスの館』か『ソーの館』にするのもいいですよ」

「残念ながら、私にはヘタイラー的資質がまるで欠けているようですから、ニノンやタンサン侯爵夫人の真似はできそうにありません。これから五十になるまでいろいろとその方面の遍歴を重ねる必要がありますね。でもちゃんとしたサロンの女主人になるには、その前に旦那を見つけて侯爵夫人だか会長夫人だか大臣夫人だかになっておかなくては……」

「そのことなら私がお役に立ちますよ」

「未亡人のサロンというのではいけませんか。駄目ですね、やっぱり下品な感じですね」

「ヘタイラーらしき女性は別に取り揃えることもできますが」と入江さんも笑いながら言った。

「これまた下品な話になりますね。これではサロンにはなりませんね」

話しているうちにますます現実味のない話になってくることが桂子さんにもわかった。ここはフランスではないし、十七世紀から十九世紀までの貴族と大ブルジョアの生活の真似事を再現することなど、考えただけでも気が遠くなりそうだった。当分は成り行きにまかせることにして、クラブの中になぜかサロンの女主人でもなく主宰者の夫人でも愛人でもなくヘタイラーでもない女が一人いるという落ち着かない形のままで、桂子さんは入江さんの手伝いをすることにした。手伝いと言ってもその目的も仕事の内容もはっきりしているわけではなくて、こちらの都合でクラブに現れるのだから、言ってみればフレックス・タイムの手伝いなのである。入江さんも桂子さんを拘束するような注文はほとんど出さなかった。

それでもMJQのあと、別のグループとの晩餐会に出席する機会が何度かあったのは、この時期に入江さんがかなり無理をしてでもこの種の晩餐会を頻繁に開き、桂子さんをしかるべき範囲の人々に紹介しておくつもりがあったかららしい。次の晩餐会は入江さんによればバロック音楽の好きな連中を集めたものだという触れ込みで、この時もバッハからフランドル楽派の話にまで遡って繰り広げられる入江さんの博識のおかげでその触れ込みはどうにかもっともらしく聞こえたが、そのあとは水墨画同好者の集まり、コンピュータ通信に凝っている人間の集まり、ついにはロマン派嫌いを共通項とする連中の集まり、という風に苦しくなって、食卓でその話の中身もそれらしさはなくなってきたので、ある時入江さんは桂子さんに目くばせしてその種のお遊びを続けることは放棄してしまった。

要するに入江さんが桂子さんに出席を求めた一連の晩餐会は、桂子さんにこのクラブの主要なメンバーを紹介することを目的としたものであったらしい。反対に桂子さんの存在をメンバーに披露することの方は、それが仮に入江さんの目的であったとしてもなぜ目的になるのかは桂子さんにはよくわからないことだった。子供が手に入れた自慢の品物を仲間を集めて披露したがるような気持ちに入江さんがなるとも思えない。実際、入江さんは桂子さんのことを、その姓名を言って紹介するだけか、せいぜい、「美人には目ざといお歴々のことだから、もうどこかで見掛けて御存じかと思いますが」といった前置きをつけたりするだけで、それ以上のことは言わず、桂子さんの方も挨拶の際には自分の名刺の肩書きに出ていることしか言わなかった。晩餐会に出てくる人たちも桂子さんと入江さんの関係を訊くようなことはしない。桂子さんが古くからのメンバーで、こういう席に入江さんと並んで座っているのを当たり前のことのような顔で受け入れて、以前と同じ調子で、入江さんの言う「下品な話」も冗談も口にする。ということはそこには人品卑《いや》しい人は出てこないということだった。桂子さんは入江さんの選択眼に感心するとともに、改めてそのモラリスト的観察の徹底していることに感じ入ったのである。

「月並みなようですけど、このクラブで食事をする人たちは下品な話をしても下品にならない方ばかりですね」という桂子さんの感想に、入江さんは微笑してこんなことを言った。

「ここには紙に書いて貼り出された会則のようなものもありませんが、強いて言えば入会の基準は、他人を不愉快にしない作法を身につけていること、つまりはバカでないこと、それに他人に与えて喜ばれるものを何か一つ持っていることです」

「シナ流に言えば君子ですね」と桂子さんは言った。「例の業界にも君子の水準にある人はいるものですね」

「勿論います。ただ、本当に頭のいい人は払底していて、これが困るんです」

「堅気の商売をしている人ではどうですか」

「こちらの方には頭のいい人は比較的大勢います。官庁の方にもいますね。ただ豪傑となると少ない。信念と闘争力があれば豪傑ですが、例のやくざな業界の方には闘争力だけはあるという人間が集まっています」

「人材集めもなかなか大変ですね」と桂子さんは月並みだと思うことをもう一度言った。

「大変です。ただし私は仲間とか同志とかいうものを求めません。君子ばかりを集めると、これは当然『淡交』の会にしかならないわけですが、それでいいと思っています。同志を糾合して一旗挙げるとか、兵を募って戦をするとかいったスタイルは採らないんです。私のやり方はネットワークを作ることですが、このネットワークはハイアラーキーのある組織ではありません。お互いの関係は基本的にギヴ・アンド・テイク、交換です。お互いに相手にとっていいものを交換しましょう、ということです」

「Exchange は歓を交換する『交歓』でもあるということですね」

「おっしゃる通りです」と言って入江さんは嬉しそうにうなずいた。「その歓を交換する方の交歓ということが淡交的ネットワークのキーワードですね。このところやっているのも情報交歓の会です」

「で、このネットワークができあがれば、何を流すことになりますか。情報、指令……」

「それとお金」

「なるほど、肝腎のものを忘れていました。人がもらって一番喜ぶものですね」

「いずれ必要に応じてお金も流すことになります。流してみてどんなことが起こるか、これはなかなか面白いと思いますよ」

桂子さんは入江さんの流儀が呑みこめたので、冗談を言った。

「昔、電話のネットワークの向こう側から悪戯《いたずら》をして、『こちらは電話局ですが、只今から受話器に溜まっている埃を掃除するために圧搾《あっさく》空気を送りますので、しばらくそのままお待ち下さい』というのがありました。言われた方は真に受けていつまでも受話器を持って待機しているわけです。これで受話器の細かい孔《あな》から汚れた空気が本当に噴き出してきたら仰天するでしょうけど、光ファイバーのネットワークをお金が流れてきて端末機にざくざくと溜まっていくところを想像すると、なんとも笑いがとまりませんね」

「それは面白い光景ですね。せめてネットワークを流れてきたデジタル信号が端末のプリンターから刷り上がったお札になって出てくる位のことがないと面白くない」

「失礼しました、お金と聞いてつい夢中になってしまいました」と桂子さんは笑った。「お金と情報で人を動かすというのは正解だと思います」

「原理は簡単なんですが、ネットワークのどこに何をどれだけ流すかが問題です。そこは芸術です。ネットワークを使ってどうやって所期の目的を達成するか、これはゲームです。これから十年ほどかけてこのゲームをやってみようと思っているんですが、その助手のようなことをあなたにお願いしてみようかと最初は考えていました。しかし近頃は考え直しました。桂子さんが助手を勤めて下されば、マジシャンの横に美女の助手がいるような効果はある。ただ、そういう関係ではわれわれの間が交歓の仲にならない」

「共犯の関係……」

「でなければ、ビジネスのパートナー。いずれにしても桂子さんにはふさわしくない役柄を強要することになって申訳ない。今は桂子さんが楽しくて喜ばしいと思う限りで手の届くあたりにいてくれればいい、私の方はそれだけで嬉しい、というわけです」

桂子さんも実はそのあたりまで考えていたところだった。助手、共犯者、あるいはビジネス・パートナーになることは入江さんと結婚することを意味する。桂子さんはいくら考えてみても結論をそこまでもっていくことができないでいた。それを強要されてみたいという気持はありながら、実際に強要されては困るのである。決断を迫られるようなことにならなければ、このまま今の交歓と淡交の関係を続けていくことができる。桂子さんは、今は入江さんとの関係を長く続けていきたいという気持ちが強いことを改めて確認した。

パリに着いて耕一君のオフィスに連絡してみると、若いフランス人の女性が電話に出て、日本語で耕一君からの伝言を読みあげてくれた。急にCFの撮影の仕事でバーデンバーデンからシュヴァルツヴァルトの方に行かなければならなくなったこと、それでパリで会う予定を変更して、三日後に「黒い森」の真ん中で会うことにしたい、ホテルはとっておく、詳しいことは明日ミュンヘンのホテルに連絡する、といった内容である。フランス人だったが、この人のSchwarzwald の発音は綺麗だった。

「あなたがたは予定通り今夜はパリで泊まって、明日ミュンヘンにいらっしゃい。明後日の午後レーベンバッハさんのところに伺う約束になっているから、それに間に合えばいいんです」ということにして、桂子さんは知人の一人に連絡して、塚本君と工藤さんがしかるべき店で食事ができるように、あらかじめ頼んであった店のことを確かめた。

桂子さんは昇ってくるはずの太陽が予定通り昇ってこなかったことに軽い失望を覚えたけれども、自分で会社を作ってからの耕一君は以前と違ってスケジュールを自由に決める余地が大きくなったのかと思うとそうでもないことがわかった。しかしちょっとした齟齬《そご》が一人でいられる一日を生みだしてくれたのは悪いことではなかった。桂子さんはミュンヘンまで飛んで、美術館でも見てまわることにした。現在月刊女性雑誌で連載している「現代幻想絵画館」に載せる絵を物色しておくつもりもあった。

梅雨空の日本からヨーロッパに来てみると、空の色と空気の違いが感じられて、確かにあの梅雨寒の湿った空気はここにはない。お天気もよくて、木の多いミュンヘンの街では、カスターニャの大樹が鮮やかな緑の実をつけているのが気に入った。日本にいると日本の繊細で雑多な樹木がいいと思うけれども、ドイツに来ればドイツの大きくて独立性の強い木の姿がたちまち気に入ってしまうのである。あの樅《もみ》の木にしても、袖を思いきり広げ、垂らしたような枝ぶりを見せて、堂々と優雅に立っている姿が実にいいと思う。

それに引き換え、アルテ・ピナコテークやノイエ・ピナコテークなど、覗いてみた美術館の中の絵には感心できるものはほとんどなかった。入江さんではないが、気に入ったものなら複製でもいいからそばに置いて眺めたいと思うけれども、そうでない絵は一〇の何乗かの値がつくものでも有名なものでも全然欲しくない。十九世紀以前の絵では欲しいものはほとんどない。それ以前の、聖書に題材をとった絵などは見たいとも思わない。それは仏画、仏像も同じことで、桂子さんはそういうものをまず有難いという気持ちで見て打たれるということがない以上、一つの作品として見るしかなくて、その時には作品として見る意欲が湧いてこないのである。

例えばキリストの磔刑《たっけい》をテーマにしたような古い絵には異様な力の充実または労苦の投入の大

きさを感じてうんざりさせられるし、現代のものになると力の衰えに貧寒たるものを感じてしまう。桂子さんは、それが絵であり音楽であればとりあえずそれだけで感激して感情移入にとりかかれる型の人間ではなくて、好きになれないものを見たり聴いたりする意欲のない人間であることをここでも思い知らされることになった。それにしても、こうまで気難しくなり好きなものが少なくなってきたのは、早く言えば老化の兆候の一つにすぎないのではないかとも思う。

塚本君と工藤さんは新婚旅行中の夫婦のように上気した顔で、しかしいささか疲れた様子で、翌日の午後、桂子さんの泊まっているホテルに着いた。それでも二人は桂子さんの話を聞いて、何千人も集まるビアガーデンに出掛ける気を起こした。

「ビールはさすがに結構ですけど、大根やプリッツはお気に召すかどうか」と桂子さんは言った。

「社長はいらっしゃいませんか」と塚本君が誘うように言った。

「今夜はホテルで食事をして早くやすみます。昼間、面白くない絵をさんざん見てくたびれたものですから」

「初期のカンディンスキーを集めたギャラリーへもいらっしゃいましたか」

「ちゃんと行きました。可もなく不可もなく、ふうん、という感じですね。ただ、オランダの海辺を描いた絵を見て、これがレーベンバッハさんの『海辺の墓』に似ているのに気がつきました。多分レーベンさんの方がヒントを得たんでしょう。カンディンスキーの絵では墓石みたいな人が立っていますが、これがレーベンさんの絵では本物の墓石になっているんです。まあ、これは明日本人に訊いてみればわかります」

その翌日の午前中、レーベンバッハさんの家を訪ねる前に桂子さんは、「Englischer Garten でも行ってみますか」と二人を誘った。「このお天気だと面白いものが見られるかもしれませんから」

「何でしょう?」と工藤さんは気になるようだった。

「ドイツ人の裸ですよ」

行ってみると、六月の日差しが強くて、人々は着ているものを脱ぎ捨てて人工の川に飛び込んだり、日光浴をしたりしていた。入江さんの影響でモラリストの目で人間を観察することに熱心になったような気がする桂子さんではあるが、かつてどこかのアナウンサーが間違って「アカハダカハダカ」と読んだ「赤裸々」という言葉のままのドイツ人老若男女の全裸の体をしげしげと観察する気にはとてもなれないのである。観察すれば醜悪なものも見なければならない。

「よろしかったら、お二人もいかがですか。私はあちらのベンチで待っていますけど」

「とんでもないです」と工藤さんは首を振った。

「そうですか。前に一度、ここではありませんが、亡くなった主人とドイツに来た時に、郷に入っては郷に従えで、裸になってみたことがありますよ。みんながやっているところでやれば、怖くもなんともないものです」

「信じられません」

「ぼくは醜いものを太陽に曝《さら》さないというのが主義ですから」と塚本君は憮然として言った。


レーベンバッハさんのところで仕事を済ませ、みんなで街に出て食事をしてから、桂子さんは一足先にホテルに帰ってシュヴァルツヴァルト地方の地図を調べていた。そこへ耕一君からの電話があって、明朝九時にホテルまで迎えの車を回すということだった。BMWを運転して迎えに来たのは常木君という若い日本人の男である。フランス語はわかるが、ドイツ語も英語も駄目だというので、桂子さんは助手席に座り、時々地図を広げたり標識を読んだりしなければならなかった。「黒い森」にはあの袖を広げて垂らしたような樅の木が多い。この日もよく晴れて、空は澄んで高い。桂子さんは緯度の高い土地に来ているというよりも、標高の高い土地の、それも天に近い薄い空気の中を走っているような気がする。太陽ははっきりした輪郭で燃えている。それを金烏《きんう》と言うことを思い出した時、運転している常木君が、「あれです。あのホテルです」と言った。

第九章　羽化登仙

　ホテルの正面玄関まで迎えに出てきた耕一君は淡いサングラスをかけていて、桂子さんには一瞬知らない外国人のように思われた。それに相手がごく自然に腕を広げたので、桂子さんも自然に相手の型に合わせた結果、外国人同士がよくやるような再会を喜ぶ抱擁をやってみせることになった。それは桂子さんがあらかじめ頭の中で相手を太陽に譬《たと》え、熱い太陽を抱きしめるか熱い太陽に抱きしめられるか、といった形で漠然と期待していた劇的な再会とはおよそ違ったもので、抱擁が解かれたあと、今度は互いに相手の目を目で食べるように見つめ、次の瞬間激しく唇と唇が貪り合う、といった展開にもならないのが桂子さんには自然で安心できる形だった。本当に期待していたのはこういう再会だった、と桂子さんは改めて納得して、「お元気そうで安心したわ」と月並みな挨拶も平気でできた。すると耕一君も、「こちらの都合でこんなところまで呼び出して悪かったね」と言い、「いいえ、いつも自分の都合で呼び出すのはこちらの方ですから。でも、おかげさまでシュヴァルツヴァルトのドライブも悪くなかったわ」といった調子で、あとは、夫婦でも兄妹でもないがその両方でもあり、共犯者と言えば大袈裟になりすぎる関係にある人間同士の、昨日の続きのような会話の糸がなめらかに繰り出されていくことになる。

二人のこの関係については、運転をしてくれた常木君が、若い人らしい無遠慮さで、「山田さんと宮沢さんとはどういう関係なんですか」と尋ねた時に、桂子さんの方は大人が子供に物を言う時の調子で、「元恋人」の一言で済ませてしまったが、実際桂子さんとしてはそれ以上のことを説明する気にもなれなかったのである。

「元恋人、ですか」と相手は硬い声で繰り返した。

「まあ、そんなところですね。あとは御自由に想像力を働かせて楽しんで下さればいいわ」

常木君はそれきりこのことには触れずに黙ってしまった。その話をすると、耕一君は笑って、あれは若いのと半分外国人になりかけているのとで、日本語の語彙《ごい》が実に貧困な男だと言った。

「とは言うものの、ぼくも外国生活が長すぎて、どこへ行っても外国人に見えるような人間になりかけている」

「奥様を日本に残したままヨーロッパ中を走り回っているからですよ」

「今度の夏休みには二人の子供と一緒にパリへ来させることになっている」

桂子さんはそれを聞いて首をちぢめる亀のようなしぐさをした。

耕一君の別れた夫人のまり子さんの方はよく知っていたけれども、今の夫人にはまだ会ったことがなかった。夫人の方も桂子さんのことを知らないはずだと桂子さんは思っている。二度目はうまくできあがっているらしい夫婦プラス子供の核家族的トライアドに殊更衝撃を与えて歪めるようなことはしたくないと桂子さんは思っている。それには知らないことが第一だった。桂子さんとしては持ち前の好奇心を強く制して、耕一君の後ろにあるはずの家族をブラックボックスのままにしてあった。この態度は、妻子のある男の愛人が男の妻のことを意地でも口にしないという態度に表面上は似ていると桂子さん自身は気がついていたけれども、それについては苦笑して済ますほかなかった。大体、ここには世間で言う愛人関係につきものの、病的に増殖する感情の癌細胞もなければ金銭的な依存関係もない。つまりどこからみても桂子さんは愛人ではなくて、耕一君とは、気紛《きまぐ》れな軌道をもつ彗星《すいせい》同士が不定期に出会うのに似た関係である。出会えばその交歓の時は嬉しいが、普段は相手のことを忘れていられる。

昔、桂子さんは耕一君と定期預金をめぐる問答を交わしたことがある。「群蛙閤々《ぐんあこうこう》」の季節に初めて「無名庵」で交歓した時のことだったが、桂子さんは今でもその時のやりとりをかなり正確に覚えていた。確か、「あなたは私にとって、それがあると思うだけで安心できるけれど絶対に手を付けることのない定期預金みたいなものなの」というようなことを桂子さんが口にしたのがきっかけだった。「その定期預金の満期は私が死ぬ時。その時は全部下ろして持っていく」が、その金額は、と訊かれて、桂子さんは、失礼ながら大した金額ではない、三途《さんず》の川の渡し賃位、と答えて笑ったような気がする。今考えると、耕一君の存在は取っておきの定期預金というよりも、どこかの銀行につくった口座に残ったままますっかり忘れていた預金に似ている。その残高はかなりの額で、気がついた時はひどく嬉しくなる。そしてまた忘れてしまう。この十年間に何度か、それもほとんどはヨーロッパに来た時に会うだけだったが、そのたびに桂子さんは忘れていた預金の残高を通知されたような気分を味わっていた。

「お金の話にしてしまって失礼だけど」と桂子さんは感謝の光をたたえた目をして言った。「これはなんだか得をしたようで、悪い気分ではないの。しかもこうやって会うたびに引き出しているはずなのに、今度調べて見ると、やっぱり前と同じ額がちゃんと残っている。どうやら誰かさんがそれとなく入金してくれているみたいですね」

「石油か何かの推定埋蔵量と同じだね。あと二十年でなくなるようなことを言われていても、その二十年後に調べてみると依然として二十年分残っているというわけだ」

耕一君は桂子さんの感謝の赤外線に照れたのか、話を多少ずらした。

「ところでこのアウスレーゼもまだ残っているけど、お料理には少し甘すぎない？」と桂子さんも話をワインの方にそらした。

「田舎料理だから、ワインの方を合わせるのもむずかしいがね」と言いながら耕一君はワイン・リストを持ってこさせて、ムルソー・シャルムを指差した。桂子さんもうなずいたが、しばらくしてボーイが何食わぬ顔で持ってきたのは緑の瓶のモーゼルだった。耕一君がドイツ語で間違いを指摘すると、相手は無表情のまま引っ込んだ。

「鈍重なのか鈍重なふりをしているのか」と耕一君は厳しい顔をしたまま口元だけで笑った。

「あくまでもドイツのワインを飲ませる魂胆じゃないかしら」

「それならそれで見上げた根性だ」

「でも、こうして『黒い森』を見渡せるところで秘密会談を開くのもいいじゃありませんか。このホテルは森の Hof という名前らしいけど、Hof って中庭みたいな囲まれた土地とか百姓屋敷とかいうことですか」

「という意味もあるけど、古いホテルの名前によくついている言葉だ。例えばバーデンバーデンの Europäischer Hof とか。日本で言えば何々館というところかな」

「中が白木造り風になっているところが面白いわ」

「仕事で二、三回使ったことがある」

「そのお仕事の方は順調ですか」

「自分で会社をつくってみると、毎日が問題の連続だね。しかしつぶれないでどうにかやっているからには、まあ順調というべきだろう」

「中国流に言えば、『どうにか按排《あんばい》しています』ということね」

「manage to ということ?」

「そう。自分で商売するようになると、毎日按排主義でやるしかなくなるのね」

「銀行員と銀行家は大違いだし employee と employer は大違いだ。象みたいな会社を辞めて今の蟻みたいな会社をつくってみると、言ってみれば大国の国民の一人から、小さいなりに一国の元首になったような具合だね」

「そうなの。元首ともなると、いろんな人との付き合いが外交関係みたいになる。で、私たちの会談もどこかの小国同士の誰にも注目されないサミットということになりますね」

そう言いながら桂子さんは一国の元首同士が、あるいは国と国とが情を通じ、歓を尽くすというのはどういうことになるのだろうか、とあらぬことを考えて愉快になった。

「ところで、君の方はこのたび超大国と同盟関係を樹立したらしいね」

「入江さんのことなら、やっと儀礼的外交関係に入った程度。まだ互いに相手の国情もよく呑みこめてない段階ですから」

「この前パリに来たある人が、入江さんのことを山田桂子のパトロンだと言っていた。本当なら結構なことだと思うけど、その人の言い方には、勿論ちょっとした口臭があった」

「今のところそれが一番簡単な言い方でしょうけど、余り正確ではないわ」と桂子さんは言った。「この秋に出す雑誌についてはジョイント・ベンチャーで、表面は商売の形をとっているけれど、実質は入江さんがパトロンなの。ところが、そんな入江さんと外交関係ができてみると、世間では入江さんを私の旦那のように見たがるのね。その方が面白いし、わかりやすいということもあるんでしょう。でもこの点では入江さんは私の旦那でも何でもない。私も入江さんの愛人ではない、というのが正確なところです」

「複雑微妙な友好関係だね」

「同盟関係まではまだ行ってないの」

「入江さんらしくない不手際があったのかもしれない」

「この間のお話では、入江さんのことをかなり詳しく御存じなのね」

「その情報を提供するのが今回のサミットの主要課題というわけだね」

「よろしくお願いします」

　笑いながら桂子さんは深々と頭を下げた。

「入江さんと知り合ったのは、まだ前の会社にいた時のことで、東京から来た会長と一緒にロンドンで会って仕事の話をしたのが最初だった。細かいことは省略するけど、それからしばらくして、六、七年前にかなり面白いお付き合いをした。夏にふらっとヨーロッパに遊びに来た入江さんに誘われて、というのか、御指名を受けて、というのか、ぼくが案内役兼話相手みたいなことになって、ケルンのライン音楽祭を始め、あちこちの現代音楽を中心とした音楽祭、それからハーグのノースシー・ジャズ・フェスティヴァル、ベルリン、モントルー、ニースなどのジャズ・フェスティヴァルを聴いて回り、かたっぱしから美術館を覗いて回るという三週間の強行軍をしたことがある。運転手はぼくがやったが、入江さんも時々交代してくれた。あとで考えると、放浪に近いね。これは入江さんが若い頃アメリカとヨーロッパでやっていたスタイルらしい。しかしその時に驚いたことの一つは、あの人の顔の広さだ。会社関係や政府関係の人脈はともかくとして、小さい町の市長、美術館長、美術評論家、シェフ、ピアニスト、ジャズメン、レコード会社の人……それに恐ろしく記憶力がよくて、土地についても歴史についても知らないことはないという人だ。だから、あの時も案内していただいたのは実はぼくの方だったような気がする」

「でも、入江さんは耕一さんになぜ白羽の矢を立てたのかしら」

「正解はこれしかない。つまり、君を射るためにぼくに近づいた、ということ」

「あなたが馬だったんですか」と言ってから桂子さんは溜め息を洩らした。何という回りくどいことを、という感想もあったけれども、まずは素直に感心したのである。

「君に関心以上のものをお持ちだったことは間違いない。何しろ、日に何度か君のことを訊かれたからね。特に夜になると、結構なワインを飲みながら、君のことを話題にするのが楽しみのようだった」

「私たちのことはどこまでお話したの?」

「ほぼ全部だね」

「全部ですか」

「ぼくたちの関係がincestになるかもしれないという例の一件はばかばかしいから話してない。昔のswappingのことも話してない。『無名庵』以後のことは向こうが知っているらしいから、こちらからは特に話す必要もなかった」

「それでは何も話してないことになるじゃありませんか」

「そんなことはない」と耕一君はワイングラスを唇にあてて、一瞬頭の中をまとめる顔をした。

「そもそも、入江さんが君のことでぼくに狙いを付けてきたのは、『無名庵』の林龍太さんからかなりの情報をもらってのことにちがいない。だから、隠しても意味のないことは全部話した。元恋人同士だったこと、『諸般の事情』から結婚はしなかったが、それ以後も不定期にパートタイムの恋人同士になる関係であること、それからこれはぼくの方の態度の表明ということになるけれども、この関係は将来も変化なく続くだろうということ、ただしそのことがあるために、どちらかの身の振り方が制約されて、例えばぼくが今後離婚、再婚するとか、君が離婚、再婚するとか、別の愛人関係ができるとか、そんな場合に互いに縛り合うことはない。それぞれ自由にしたいことをする。とはいうものの、ぼくたちはある種の共犯者の関係でもあるので、一方が特別のことをするにあたっては、相談や情報交換は多分することになるだろう。そして、相手の決定をかならず全面的に支持するだろう……そんなことを話しておいた」

「パーフェクトです」と言って桂子さんは嬉しそうにグラスを挙げた。「私も耕一さんとのことをほかの女の人に説明しなければならない時はその通りに言うわ。模範答案として頭に入れておきます」

「入江さんはぼくたちのこういう関係がなかなか理解できなかったようだ。いや、あの人のことだから、理解できないふりをして、少し酩酊してくると、何度でもそのことを話題にしては、ほとんど根掘り葉掘りという調子で、いろんな角度から何百もの質問を浴びせてきた。『君たちは現在の結婚を解消して、互いに配偶者をswapして、君たちで夫婦になるつもりはないのか』という質問までされたのには驚いたね。まり子と一緒の時だったら、その質問はなかなか適切で、検討に値するものだった。あの人は並の人ではない」

「入江さんとの間にそんな面白いやりとりがあったことをもっと早く知らせて下さらなかったのは？」

「他意はございませんが」と耕一君はふざけて恐縮した様子をして見せた。「少々怠慢だったかもしれませんね。ただし君の身に危険が迫っているわけではないし、入江さんがそれからどんなアプローチをするか、お手並みを拝見しようという楽しみもあった。結局、あの人も、君の御主人が亡くなるまでは、行動に踏み切れなかったようだ。ぼくとしては、ちょっと失望した。あの人は、SOI、つまりstrategic offense initiativeを自由に構想して実行に移す条件も手段も豊富にもっていた。それなのに君が未亡人になるという、予想外の新局面が展開するまで何もしなかった。せいぜい、御主人の山田さんに近づいて、あのBRAINとかいうコンピュータを提供したりした位だ。あれはトロイの木馬みたいなものだったのか、どうもぼくにはよくわからない」

「なかなか辛辣な批評だと思います。私としましては、入江さんのために少しは弁護してさしあげなければならないような気持ちも動きますけど、まあ概《おおむ》ねあなたの観察と批評は正しいわ」

「しかしこれはあくまでもぼくの見方だ。あの人はもう一つか二つ次元の多い世界に属する人だから、こちらには理解不可能なほど高度な戦略構想を組み立てているのかもしれない。ぼくは三週間付き合ってみて、あの人が好きになった反面、恐ろしい、不気味だという印象も拭いきれない」

「右に同じです」と桂子さんも言った。「あの方は異星人的でしょう? スーパーコンピュータみたいに頭が働く人だけど、計算ずくで動いているようには見えないし、意外に天真爛漫な動きをするところが好きなの。でも、どんなに動いても、あの方は月で、私に見せているのはいつも同じ面だけで、裏の面は見えないようになっている。これは見事なコンピュータ制御というものかしら」

「そのことなら、相手も君のことを同じように見ているかもしれないね。お互いさまだよ」

「私って、そうですか」

「裏なんてもともと存在しない、というのが君の公式の立場だったかな。それならこの際それを再確認しておくとして、改めて訊くけど、入江さんの方はいまだに先制攻撃もかけてこないんだね？」

「来ません。どうやらＳＯＩからＳＤＩに戦略を切り換えたのかもしれないわ」

「それなら評論をさせてもらおう。入江さんは二度にわたってミスを犯したらしい。一つはぼくといろいろ話した後、君の前に現れてプロポーズをする、という行動をとらなかったこと。二つめは山田さんが亡くなってから君の前に現れた時、いきなりプロポーズしてその場で君の承諾を取りつける電撃作戦を実行しなかったこと」

「ちょっと待って」と桂子さんは笑いながら間を取って呼吸を整えた。「その二つの作戦は確かに面白いけど、肝腎の私がどう出るかわからないじゃありませんか」

「それはそうだ。しかし君からイエスの返事を引き出すにはそうするのが一番だと思うけどね。

ぼくとしては入江さんに、この電撃作戦が有効だということをかなりはっきりと匂わせておいたつもりだが、残念だね。第一回の時は、まだ御主人のいる君に攻撃をかけるわけだから、これはまあ侵略戦争になる。今回のチャンスは、言ってみれば山田桂子という国が突然政権不在となった状態だから、ぬけぬけと、かつ堂々と友好的進駐をやってのければよかった」

耕一君はそう言ってから、後輩の精神科の医者で、美人の女流フルート奏者と初対面で食事をしてその場でプロポーズをして、食事が終わった時には承諾を取り付けるという破天荒な芸当をやってのけた男の例を話した。

「素敵な話ね」と桂子さんも感心した。「そのフルート奏者は、私も知っている南いつ子さんのことだと思うけど、それでは今の御主人の神谷さんがその電撃作戦の遂行者ね。でも、この場合は相手がいつ子さんだからこそ成功したんじゃないかしら。いつ子さんなら、申し込みを夢見心地で聞き流してにこにこしながら食事をして、『さて、先程の件ですけど、私は結構ですから、お受けしたいのですけど』という調子でやれる人です。入江さんと『無名庵』で最初にお会いした時、神谷流で攻めてきたら、私もいつ子さんと同じようにその場で『はい』と答えたかもしれない」

「そんな展開を期待していたんだけどね」

「するとあなたはあくまでも私と入江さんが同盟関係に入ることをお望みなの？」

「その方が面白いし、君にとってもいいことだと、公平な元恋人としては判断するわけだ。それで不利益を蒙《こうむ》る人は誰もいない。貴君と智子さんたちには感情の問題が残るが、これはそれこそなんとか『按排』できる問題だと思う」

「入江さんと私が同盟関係を結んだとして、あなたと私の秘密条約はどうなりますか」

「勿論、そのまま存続する。少なくともぼくの方には破棄する理由はない」

「私が破棄したいと言ったら?」

「それは困った質問だ。君を殺しに行くかもしれない」

そう言った時の耕一君は笑っていたが、目の奥に笑っていない核が見えたような気がして、桂子さんはそのことにしばらくの間こだわった。

「そんな答では私も困ってしまうわ。本当は私の方には秘密条約破棄の理由も必要もありませんけど。入江さんはその点についてなにか言っていたかしら」

「それなんだがね。実はぼくの方から、『そうなったら桂子さんとぼくの間の関係はどうしますか。このままでいいですか』と訊いてみたものだ。『それは困った質問です』というのが入江さんの最初の反応だった。『仮定法では考えたくありませんね。考える必要が生じてから考えるとしましょう。その時の結論次第ではあなたを抹殺しにいくかもしれない』というのが入江さんの反応。さっき君に言ったのは、この入江さんの言い方のコピーだ」

「やれやれ、国と国との関係は何とも面倒で恐ろしいものですね」

桂子さんは大袈裟に溜め息をついた。

「しかし、結局のところ、入江さんは君に対して決定的な行動をとるのだろうか」

「とるとわかっていたら、こんなところで急遽秘密サミットを開催することもなかったんです」

「それはそうだ。君は申し込みを承諾して、あとでぼくに報告するだけでいいんだから」

「同盟を結ぶことはイエスですけど、その中身についてはいろいろと交渉して煮詰める必要があります。でもこれはあなたに相談できることでもないし、今はとにかく相手の出方を待つだけ。期待しないで待つ。これは実に楽しいことですよ。このこつを覚えてしまうと、何かいいことが起これば青天の霹靂《へきれき》ということになって、即、無心で対処できます」

「それでいいだろうけど、君の方から先制攻撃をかけてみる手はないものか……」と耕一君は腕を組んだ。

「無理でしょう、何しろあちらは超大国でこちらは弱小国ですから」と桂子さんは笑った。

「普通なら私の方は朝貢外交で臨むべき立場なのに、今のところは『日出《い》づる処《ところ》の天子』というつもりでやっている。あちらさまは勝手が違って戸惑っているんでしょう」

「ぼくの観測では、むしろあちらが盛んに御機嫌を伺っているところじゃないかと思うね。カエサルもクレオパトラには手を焼いているわけだ」

「カエサルと言えば、あの方は今世紀中にわが国のカエサルみたいなものになることを考えているようですよ」

「それは初めて聞く話だ」

「ここだけの話」

「幸い近くのテーブルには日本語のわかりそうな客はいない。それで、君はその件についてはどう思う?」

「もともと政治家と宗教関係の人は大嫌い」

「誰かが名言を吐いていた。『宗教は人類の性病である。政治は人類の癌である』。モンテルランだったかな」

「フランス人らしい名言だわ。大臣になるよりコキュになった方がましだ、と言ったのもフランス人でしょう? その方が任期が長いし、議会の審議、séances に立ち会う義務もないからだって」

「なるほどね。不倫の現場も séances なんだ」

「でも、入江さんが大臣なり政治家になるのは面白そうだわ。どうせコキュにはなれそうにない人だとすると、そちらの業界に入ってみるのも悪くないような気がする」

「入江さんは抜群に話が巧い。よいリーダーは話が巧くなくてはいけないそうだけど、入江さんはその点では天下一品だろう」

「でも女を口説くのはその割にはお上手ではなさそうですよ。あのタレーランみたいに、舌先だけで御婦人方を陶然とさせる域には達してないようよ」

「No one is perfect.」と耕一君は言った。「それにしても、なぜだろう、入江さんがあちらの業界に進出する気になったのは」

「それが面白いと思っているからでしょう」

「確かに、金儲けのゲームがあの人にとって面白いとは思えない」

「でしょう？　お金の面白い使い方を考えて、消去法で消していけば、結局政治で使うしかない、ということになったようです。最近の入江さんはそちらの準備や計画に忙しくて、私に対するＳＯＩを発動するだけの余裕もないいんじゃないかしら」

「それで突然思い出した」と耕一君は悪戯にとりかかる前の子供のような表情を見せた。「宇多上皇の若い頃の日記に、乱国の主として、日夜愚慮を致さざるなし、いろいろと頭を使っていると精神も疲れ果てて、玉茎発せず、まるで老人のようだ、というのがある。入江さんも今からそんな具合かもしれない。この上皇の場合は、左大臣がロイヤル・ゼリーみたいなものを調合して勧めたら効果があったという話。これ、最近読んだ本に出ていたけどね」

「とてもいい話ですね。私もロイヤル・ゼリーかフィルトルでも進呈してみましょう」

「そのフィルトルって何？」

「媚薬。イズーがトリスタンに飲ませた強力無比の媚薬」と言いながら桂子さんは、そんなものを入江さんに進呈したとしてどのような事態が展開するかということよりも、先程の「玉茎発せず」という言葉に刺激を受けて、何やら瞼まで赤くなっているのではないかと、ほとんど上の空でしゃべっていた。そしてなぜかその「玉茎」が、今日の前にいる耕一君と結びついてしまうことがまた刺激になる。桂子さんはそれを酔いのせいにした。これ以上酔いがまわると頭の中にそのなまなましい肉の塔が生えてきそうで、そうなると収拾がつかないと思った。それで、「そろそろやすみましょうか」という言葉が出た。

「あとで君の部屋へ行く」と耕一君が言った。「ある男が夜もすがら水鶏《くいな》みたいに戸を叩いたけれど開けてもらえなかった、という話があった。あれは困るね」

「そんな目に遭ったのは道長さんでしょう」

「道長は豪傑だった。あの人はどんな時でも玉茎発せずというようなことはなかったんじゃないかな。紫式部を相手にきわどい冗談を言い合ったあげく、夜中に戸を叩くような余裕もあったらしい。大した豪傑だ」

「でもおかげで紫式部は道長公の妾と書かれたんですよ」

「道長の愛人扱いなら悪くないだろう」

「紫式部は本当は戸を開けたんです。そのことを人に知られるべく計算してあんなことを日記に書いたにちがいないわ」

「すると紫式部は大変な悪人だということになる」

「私は悪人より愛人の方がいいわ」と桂子さんは意味不明のことを言いながら自分の部屋の前に来ていた。そして軽やかに手を振ってから戸を開けた。耕一君はその時一緒に部屋に入ってきた。


夜の間のことは黒い闇の卵白のような塊に包まれた夢のようで、それは朝の光に当たるとたちまち融《と》けてしまう。その名残りの跡は体のあちこちにもシーツにもかすかに残っているが、頭の中に残っているのは、闇の卵に閉じこめられたまま天上高く昇ってまた降りてきたような曖昧な記憶だけである。こんな時に、自分の横に裸の男の体が眠っているのを見たら、死体を発見したような驚きだろうと思いながら、桂子さんは部屋の中にその死体が見当たらないことを確かめて、浴室に入った。

見渡す限り樅の木ばかりの「黒い森」の斜面を眺めながら朝の食事をしていると、ボーイが何か言いに来た。

「常木君がもう迎えに来てくれたようだ。ストラスブールまで車で送ってもらうことにして、あとはパリまでのエア・インターの切符が用意してある。一時間後にここを出発すればいいが、慌《あわ》ただしいね」

「いいえ、この十八時間のことはほんとにmerci!です。ほとんど、あの昔言ったことがある呪文をまた言いたい位。言ってみましょうか」

「あれはもういいいよ」と耕一君は照れて手を振った。

「時に、例の口座の預金、今回は沢山引き出して使いましたから、しばらくは引き出せませんね」

「そうでもないよ。早速また入金していつでも使えるようにしておいた」

「有難う」

それからロビーに下りていくと、常木君が待っていた。今度は軽快なシトロエンで送ってくれるようで、これは常木君の車らしい。桂子さんは車の中で、「昨日の続きの話ですけど」と断ってから、「元恋人」の意味をいくらかわかりやすく説明してみたのは常木君に対するサービスのつもりでもあった。

「パートタイムの恋人、ということにしておきましょうか」

「はあ。その方だとよくわかりますね」と常木君は真面目な調子で言った。

「で、そのパートタイム・ジョブを昨夜済ませたので、今はまた元恋人の状態に戻ったわけです」

常木君はわかったかどうかよくわからない返事をした。

パリで塚本君、工藤さんと落ち合って、翌日の便で帰ることになったのは予定通りである。機内で工藤さんが隣の席に話をしに来た。

「いかがでしたか」と報告を促すと、工藤さんは不思議な笑い方をした。普通の人なら「にやにやした」というところだけれども、この人の場合はそういう形容ではいかにも不適切になる。

「まだ結論は出ないんですけど」と工藤さんは曖昧な言い方をしたので、桂子さんは思わず気の短い訊き方をした。

「結婚することになりそうですか」

「それはまあ何とか……」と工藤さんは意外に自信ありげに答えた。

「それは何よりの収穫だわ」

「おかげさまで。でもそれより、社長の方はいかがでしたか。雲隠れされていた間、私たち心配してたんです」

「万事うまく行きましたよ」

「実はこのまま行方知れずになって、私たちが置き去りにされるのではないかと……」

「そんな心配ですか。私はそれほど薄情なことはしませんよ」と笑ってから、桂子さんは好奇心に誘われて工藤さんと塚本君とのことを少しずつ訊き出してみた。二人は行くところまで行きついたらしい。工藤さんによれば、塚本君はやはり経験の浅い人らしかった。というのは工藤さんの体裁を繕った言い方で、桂子さんはただちにそれを「未経験」ということだと解した。何しろ、工藤さんはその道のことについては「亡き先生」の指導よろしきを得て、多少の心得があるようだから、塚本君をリードして事を成就すればよいのである。工藤さんもやや得意げにそのことを肯定した。

「あなたなら羽化登仙の術を心得ているでしょうから」

「ウカトウセン？　むずかしい言葉ですね」

「羽が生えて天上の仙界に登っていくようなエクスタシーですけどね」

「男の人は簡単にそうなるんでしょう？」

「そうですか。私は自分がそうなる方だから、相手のことはよくわからないわ」

「そうですか」と工藤さんはちょっと考えこんでから、「失礼しました」と言って、塚本君の隣の席に戻っていった。

第十章　蓮花碧傘《れんげへきさん》

ヨーロッパから梅雨明けの東京に帰ると、その暑さは、「南州の溽暑《じょくしょ》酔うて酒の如《ごと》し」というほどではないにしても、午後ともなれば空を支配している「炎官」だか「赤帝」だかを避けて、大きな寺の深い庇《ひさし》の奥で午睡でもしたい気分だった。旅行の疲れと暑さ負けとで、桂子さんはいつになく食が細って夏痩《なつや》せの経験をしそうだった。

「夏痩せと言えば、これでも私は強制的に夏痩せすべく、目下節食に努めているところです」

と嘉治さんはそのトマス・アクィナス的巨腹を叩いてみせた。

「結構なことですね。是非とも夏痩せして下さい。でも私のは非自発的夏痩せで、夏ばてを伴っているようですから、今日の午後から日曜日にかけて家で休養させていただきます。女も不惑を迎えると無理が利かなくなりますね」

「御婦人に不惑ということはないんじゃありませんか」

「私はここでは男みたいなものだから、不惑もあるし、まもなく男の厄年もやってくるものと覚悟しているんですけどね」と言いながら桂子さんは決裁の書類に目を通し、サインの必要なものにはサインをした。

「これで早退できそうですから、昼はパスタでもいただいて、嘉治さんのお話はその時に伺うことにしましょう」

「坂下のリストランテですか。その分だと食欲の方は大丈夫のようですね」

「私の胃袋はどんなに食欲がない時でもパスタとトマト味の料理だけは何とか食べられるようにできているんです」

夜の小宴会用の部屋を使わせてもらったので、食事の方も少々本格的になってしまったが、桂子さんは最初からそのつもりだった。久しぶりに嘉治さんとゆっくり話したかったし、嘉治さんもその機会を待っていた様子だった。

これまで年間五、六回は出していた『シュンポシオン』が今年は二月に出て以来、まだ次が出せないでいる。桂子さんはこのところその編集会議には出席しないで嘉治さんや三島君、ドーラさんたちに任せてあったけれども、三島君はアメリカに行き、ドーラさんは一時イギリスに帰ったので、その穴埋めというより編集委員の追加というつもりで、中国文学研究者で作家の内藤典子さんとアメリカ人の江戸文学研究家のマックス・ホランダー氏を加えた。

内藤さんは桂子さんの父君が高く評価していた人で、今は大学教授をしながら、時々「志怪」風の小説や幻想小説を書いている。そちらの方も評判が高くなったが、ある時大きな賞を受けることを辞退してからは出版の業界では要注意の変わり者と目されている。「狂狷《きょうけん》の人」で通っていたのに、父君の死後桂子さんが会ってみると、実に物静かにゆっくりとしゃべる中年の婦人だった。この「レント」で「アッファービレ」という調子の話し方には、かつて桂子さんの家にいた三輪さんを思い出させるものがあったが、三輪さんがクラナッハ描くところの婦人の風貌をもっていたのに対して、内藤さんには見るからに賢者の風があった。

ホランダー氏の方は最近本居宣長否定論を書いて、日本型ナショナリズムの思考方法の歪みを辛辣に分析してみせたことで一部では悪名が高い。その中でホランダー氏は宣長を始め日本で一部の人たちが神様扱いしているような学者、作家たちの評価の、絶対値はそのままにして符号を負に変えるという「暴挙」をあっさりとやってのけたのである。それを暴挙と怒る人があれば、「快挙」と見て快哉《かいさい》を叫ぶ人も出る。しかし桂子さんは、ホランダー氏は当たり前のことを当たり前に言っただけだと思っている。この人も、会ってみると温厚な紳士である。慎重な精神科医のような構えで人間をよく観察している。そしておかしいものをおかしいと診断する。その点では内藤さんもホランダー氏の診断を支持していて、「正常な人なら誰でもあの方がおっしゃったのと同じことを思っているのと違いますか」という感想を漏らした。

その二人が加わってから『シュンポシオン』に載せるに値するものがにわかに払底するよう

な結果になったのは二人の考え方に関係があるのか、それとも偶然のことなのか、桂子さんは嘉治さんにまずその点を訊いてみた。

「あのお二人がなかなか厳しいのは事実ですが、それとは別に、昨年あたりから、応募作品は増えたけれども、概して無難ではあるが光るものはまるでない、という傾向が次第にはっきりしてきたんですね。最後に十篇ほど残してみても、これを活字にして提供することにどれだけの意味があるのか、ないのではありませんか、と内藤さんはおっしゃるんです。私も同感ですね」

「チャンスと別格の原稿料の魅力だけではスーパー・ノヴァは出現しないんですね」

「超新星ですか。出てもまあ半世紀に一度位のものでしょう。今一生懸命掻き集めているのは、せいぜいスターダストですな」

「宇宙塵《じん》ですか」と桂子さんも口元だけで笑った。「みなさんの意見では、どこが駄目で光らないんですか」

「星になって光ろうという志がないからでしょう。最初から自分は並の人間だと決めてかかっていて、並の小説の枠の中で人より少しいいもの、変わったものを書く、ということしか考えていない。それで凡庸さの中に居座って、実に素直に書いている。この貧困さには耐えられない、とホランダーさんは言っていましたがね」

「いつだったか、内藤さんもおっしゃっていましたね。近頃の文学青年、文学少女は文学的な育ちが悪い、いいものを余り食べていないらしい、贅沢を知らない、だから自分という材料を素直に出しさえすれば大人は喜んでくれる、という子供のレベルで書いている、お手本なしに平気で書いている、こういう文学的養分とも伝統の土壌とも関係のない作文は文学以前です、とか」

「あの方も筋金入りの古典主義者ですから」と嘉治さんは笑った。「学生の試験ならともかく、文学以前のものに相対評価で点数をつけてみても仕方がない、と匙《さじ》を投げていらっしゃる」

「父がよく言っていたように、『要するに才能』ですね。父は努力という胡散臭《うさんくさ》い言葉を避けて使いませんでした。凡庸指向の人を育ててみる努力も無駄、本人に努力を強いるのもお気の毒、というわけで、結局のところ、今の時代では一級の才能のある人は、文学を消費する側にはいても、作る側には回ってこないんでしょう。それは山田も繰り返し言っていました。大学の文学部では、せいぜい消費者教育ができればいい、生産者になれる人はめったにいない、意欲はあっても能力がない……今の世の中で、特別の能力に恵まれている人はそれを別の方面に使う。だから能力も貧困で、文学的育ちも貧困な人が、文学という吹き溜《だ》まりに吹き寄せられてくる。消費者の泣き所をくすぐって泣かせるだけの才能をもった人なら何人かいるけれど、そういう人はその才能をもっぱら商才として使っている……情けない話になりましたね」

「情けない話です。外部の人には余り聞かれたくない話ですな。消費者の方は舌が肥えてきたが、食べる人ばかりで作る人が払底している」

「嘉治さんも、そろそろ鑑定する人を止めて作る人に回る時が来たのではないかしら」

「とんでもないことです」と嘉治さんはむきになって首を振った。「作る方の才能がないから味見ばかりしていて、その結果が御覧の通りの肥満ですよ」

「お気の毒ですね。味見が過食にならないように、ローマ人に倣って食べたものを吐くための羽でも使う必要がありますね。でも、嘉治さんには、これから雑誌の方は楽をしていただいて、本の方でいい原稿を掘り出していただくつもりでおります。『シュンポシオン』は今年一杯で止めてもいいんです。その代わり、才能のある新しい人を見つけて本を出しましょう」

「半世紀に一度のスーパー・ノヴァを待つんですか」

「スターダストではない、ちゃんと自分で光る星なら結構です。二年に一人位は見つかるでしょう。で、それ以外は普通の消費者を相手に手堅く商売をしましょう」

「結局はそういうところに落ち着きますね。ところで、先日ヨーロッパへいらっしゃる前に伺ったお話、二つともうまく行きそうです」

その話とは、『シュンポシオン』の発行を無期限停止にするか、あるいは廃刊にするかということになるその前にスカンク並に強力な衝撃的ガス銃を放っておこうというので、一つは内藤さんとホランダー氏、もう一つはカースルメインさんと三島君の組み合わせで、「悪口　日本文学史」を出すことにしたい、という桂子さんの計画のことである。これは文学の祭壇に祭られているものと店頭に並べられているものを点検して、間違って過大評価されているもの、間違ってよく売れているものについてはその間違いを指摘し、逆に過小評価されているものや売れていないけれども高く評価すべきものがあればしかるべき位置に並べ変えよう、という目的で行なう対談、討論を本にまとめるものだった。予定している二組のうち、内藤さんとホランダー氏の方は、比較文学の立場から鳥瞰《ちょうかん》して田舎者の思い込みと自己満足を排した評価を下すのが狙いなら、若い二人の組には、好みの相反する二人が好きか嫌いかを基準にして激論を展開するのを期待している。そこで検討されるべき材料は、嘉治さんを中心にして、『シュンポシオン』の編集委員たちが取り揃えることになっている。「それにしても、このスカンクの最後っ屁《べ》で、わが社も総スカンを食いますね。やられた連中はわれわれを呪い殺しにかかるでしょうね」

「本は神野さんのところから出すということで話がついています」

「なるほど。顔は『ハイ・ライフ』の読者層に向け、お尻は大衆に向けて、というわけですな」

「余りお上品な姿勢ではありませんけどね」と桂子さんは肩を竦めて笑った。「最初は人目を惹《ひ》くためにもやむをえないでしょう。でも中身は下品なわけではないわ。レベルの高いものになりますよ」

この「悪口」シリーズは、「日本文学史」のあと、音楽史、美術史、哲学史、中国史、宗教史、日本政治史、合戦史などを、適当な人がいる限り出していきたいと桂子さんは考えている。

「それで、神野氏は有毒出版物の方を専門に引き受けてくれるんですか」

「大変乗り気です。神野さんは、笑いと嗤いのあるものを出したい、その秘密製造元をうちに任せて、発売元を引き受けようというわけです」

「著者は覆面にするんですか」

「そこのところは考慮中です。どっちがいいかしら。神様や大作家の悪口を言いあうわけですから、能のお面のようなものをつけた方がかえって面白いんですけどね」

「相変わらず、悪戯がお好きですね。前社長はもう少し小心で真面目でした」

「私も商売の方ではいたって気が小さいので、社屋がいくつも建つような大当たりを狙う気持ちはさらさらなくて、損をしない程度にやっていくことしか考えてないんですけどね」と桂子さんは言って、嘉治さんを社の方に送りとどけると、自分はそのまま車で家に向かった。

その後で社長室に入江さんから電話があったらしい。桂子さんが早めに帰宅したことを聞いた入江さんが、明日の午後にでもお見舞いに伺いたいと言ったのを、秘書の秋月君が早速車中の桂子さんに電話で知らせてきた。

考えてみると、ヨーロッパから帰った翌日にクラブで顔を合わせて簡単な挨拶をしたきり、入江さんとは会う機会がなかった。入江さんはまもなくアメリカに行って、一月ほど大きな仕事をしてくるとかで、いつになく忙しそうにしていたし、桂子さんの方も、ゆっくり話をした際、耕一君のことでも話題に出ると具合が悪いような気がしたので、入江さんと会う機会がしばらくなかったことをどちらかと言えばよしとしていた。その入江さんが初めて家に訪ねてくるということになると、それまでに頭の中を片付けてこちらの基本戦略を固めておかなければ、と思った。しかし思っただけでそれを実行する気力がなくなったのは、家に着くと急に関節にだるさを覚えたからだった。発熱性の毒素が全身に回っているようで、事実微熱があり、桂子さんは子供たちや二宮さんと食事を済ませると、自分の部屋に籠もって横になった。そして入江さんをどんな風にして迎えるかを思いめぐらしているうちに、頭は堂々巡りを始めて働かなくなり、そのまま浅い夢に浸されて、埋立地や運河のあたりの生ぬるい水に浮かんで行き場のない水死体にでもなったような感覚が朝まで続いた。その夢の中に、以前考えたことが出てきたりした。それは十七世紀のフランスのサロンの女主人がベッドの中にいて客に応対したように、自分もここでこのまま客を迎えるのはどうだろうかというとりとめもない空想だったが、それがまた夢に登場して、桂子さんはそのようにして入江さんを迎えている夢をみた。滑稽《こっけい》なことに、入江さんは十七世紀のヨーロッパの貴族のような扮装をしていた。

「そろそろ三伏《さんぷく》ですね。今日も暑くなりそうです」

いつもより少し遅く起きてきた桂子さんに二宮さんがそう言った。

「今日が中伏あたりですか」

「正確にはわかりませんけど、今頃がそうでしょう」と言ってから、二宮さんは白人風の口を閉じたまま横に伸ばして意味深長な笑い方をした。「それにしても、あのお殿様みたいな方、この三伏の炎暑の中をわざわざお見舞いに来て下さるそうですね」

「私は暑気当たりで休んでいることになっています」と桂子さんは言ってから訊き返した。

「二宮さんは入江さんを御存じですか」

「本物とは今日お目にかかりますよ。山田先生の元御学友でしょう?」

その言い方がおかしかったので、桂子さんは笑った。

「それはそうと、サルーンの方はこのところ人の出入りが激しくて大衆食堂の雰囲気になっていますから、今日は奥の『蓮池の間』にしてはいかがですか」

「私もそれがいいと思っていました。それから納戸《なんど》へ行って絽《ろ》の着物を見繕《みつくろ》っておいて下さい」

蓮池に面した十畳の部屋は、昔、両親がまだこの家にいた頃は、茶会の後や客を招いての酒宴によく使っていたが、最近は二宮さん言うところのサルーンの方に人が集まるのでこちらはめったに使う機会もなく、人の匂いも消えて、どこか古いお寺の一室を思わせる空気が籠もっている。これが春の花の時節だったら、八重咲きの関山の見える「赤い桜の間」に通ってもらうところだったのに、と桂子さんは思った。そちらの六畳の間には、艶陽《えんよう》の時節の土曜の黄昏《たそがれ》時や日曜の午後などには父君が赤い関山を肴に独酌《どくしゃく》で飲んでいる姿があって、それを見かけた桂子さんがお相手をしたものだった。

入江さんを「蓮池の間」に案内して掘炬燵の上の広い座卓を隔てて向かいあった時、桂子さんは入江さんが父君の不在でできた穴をいくらか埋めているような気がした。もっとも今の入江さんはあの頃の、急死した年の父君よりは大分若くて、考えてみれば昨年まで生きていた夫君と同い年だった。桂子さんは意識してこの微妙な感覚のずれを調整した。入江さんは父の代わりになる人ではなくて、夫の代わりになるかもしれない人である。

「やつれた病人の姿ではありませんね」と入江さんは桂子さんの着物姿を見て言った。「いくらか血の気が薄いのは白い蓮の花というところですね」

「あの池の蓮はもう少し血色がいいようです」

「しかしこちらの一輪は俗界のものとは思えませんね」

「花の妖怪というところですか」

「それで思い出しましたが」と入江さんは嬉しそうな顔をした。「唐の頃の怪談に、ある男が白い衣裳の美女と知り合って親しくなり、連日のように逢引きをして雲雨の愉しみを重ねる話があります。男は女に玉環を贈る。ある日、庭の蓮の花を見ていると、花の内側に何か光るものがある。それは女に与えた玉環だった。女は蓮の精だったわけです」

「男は怖くなって蓮を折ってしまう……」

「そうです。女はそれっきり姿を現わさなくなった」

「殿方は案外軽率ですね。その蓮というのは、中国語では lián ですから憐憫の憐に通じます。その男は恋人の首を折ってしまったんですね」

「私はこれでも妖怪趣味があるんですよ。蓮の花の妖怪となら一緒に暮らしたい」

「そういう方のところには、蓮の花から liánzǐ、つまり蓮の実が届くかもしれません。liánzǐ は憐子《れんし》に通じますから蓮の花はそれでその人に想いを打ち明けたことになります」

「なるほどね」と入江さんはうなずきながら桂子さんの顔を見つめた。「いい勉強をさせてもらいました。ところで並頭の蓮というのを御存じですか」

「一つの萼《がく》に二輪の花がついた、一種の奇形でしょう?」

「そうです。これにも勿論寓意《ぐうい》があるんですが、恋人同士が頭を並べて、ということのようです。なかなか綺麗なイメージじゃありませんか。いかがですか」

桂子さんは首筋から頬にかけて血が上るのを覚えた。

「並頭の蓮ですか……ほんとに綺麗な言葉を見つけていらっしゃったんですね」

「蓮池の見える部屋だったもので偶然思いついたんですよ。そうでなかった時はどんな言葉を使うことになったのか見当もつきませんが、とにかく私の欲しいものはその並頭の蓮です」

「御所望とあれば」と桂子さんは血の色が瞼にまで広がるのを感じながらうなずいた。入江さんが遠くに座っている見知らぬ人の胸像のように見えた。強力な固形燃料に似た言葉が頭に打ちこまれて発火したのがわかった。

「そうですか。それで今日の用件は終わりました。いや、これも用件の続きですが、来月、東京に帰ったら御案内を差し上げますから、一度私のうちに遊びにいらして下さい。殺風景なビルで、こういう見事な蓮池はありませんが、ビルの一角に父が残したギャラリーと骨董品が少々あります」

「西洋のお城みたいだと、ある人が言っていました」

李さんがちょうどよい頃合いで酒肴《しゅこう》を運んできた。桂子さんは入江さんの左隣を指して、

「しばらくそこにいてお酌をして差し上げて下さい」と言った。「何しろこの座卓が広大なもので、私の方からは手が届かないわ」

入江さんは李さんの名前を聞いて、

「由緒のありそうな名前ですね」と言った。「確か、昔の女流詞人にそんな名前の人がいた」

「宋の李清照ですね。父の選んだ『名詩三百首』には勿論ゴンベンに司《つかさ》の方の詞は入っていませんけど、李清照の詞は好きだったようです」

「そう言えば、そこに見えている本がそうではありませんか。私も手に入れて持っていますが」

入江さんは小さな書架に数冊並んでいる本を目ざとく見つけた様子だった。桂子さんは李さんに一冊出してこさせた。

「残念だわ、お持ちでなければ早速父に代わって謹呈申し上げるところでしたのに」

「非売品ですからね。無理を言ってある人から譲ってもらいました。確か、その中にも蓮池の出てくる詩がありましたね」

「楊万里《ようばんり》のこれでしょう、『暮熱荷池《かち》の上《ほとり》に遊ぶ』ですね」

「そう、何でも、大変な暑さで、蓮の花もぐったりして緑の葉の中に顔を伏せて隠れてしまう、というような詩でした」

「荷花暮に入りて猶《なお》熱きを憂《うれ》ふ、面《おもて》を低《た》れて深く蔵《かく》る碧傘の中」

「碧傘、ですか。いい言葉だ。時刻も外の暑さも今はその詩の通りですね」

「よろしかったら、外に出て蓮池のほとりで遊ぶことにしましょうか」

「肝腎の蓮の花が熱射病で倒れますよ。ここから見せていただこう」と言って、入江さんは廊下に立つとガラス戸を一枚開けた。庭の熱気と蟬の声が塊になって吹きこんできた。桂子さんも横に立って庭を眺めた。蓮池には無数の碧傘が立ち並び、強い日差しを斜めに受けて光っていた。薄紅の花は傘の群れに隠れようとしている。かすかな水の音を立てて蛙が出没していた。

「どこかのお寺に来ているような気分になる」と入江さんは言った。「昔、ある山寺の方丈の庭全体がこんな蓮池になっているのを見たことがある。実は桂子さんたちのいう『無名庵』を近く建て直すつもりですが、その時には庭にも手を加えて、蓮池を造ることにしましょう」

桂子さんはその時入江さんが「桂子さんたち」と複数にして言ったことを耳に留めた。

「今度はちゃんとした名前をお付けにならなければ」

「そうですが、まだ何も考えてない。名前の方は、漢字で三字位の清雅なものを桂子さんに考えていただくことにしよう」

入江さんは涼しい部屋に戻ると、夕陽が衰えていく間の一時間余りを過ごした。李さんが下がってしまったので、桂子さんが隣に座ってお酌をした。そして三度ほど盃を受けた。

入江さんは帰る前に、

「よろしかったらBRAINを見せていただこうかな」と言った。

「別棟の暗い書斎に安置してありますけど」と言いながら桂子さんは長い渡り廊下を通って案

内した。夫君が書斎として使っていた部屋は、今は工藤さんが通ってくる「研究室」ということになっていたので、テューダー風の部屋の中のどこかに女の子の部屋に特有の雰囲気が漂いはじめている。机の上の小物や、工藤さんが持ちこんだらしい、花柄のクッションがその発生源のようだった。そしてこれも部屋にはまるで似合わない灰色の箱が、黒い四角い顔をこちらに向けて、今は専用のスティールの机の上に置かれていた。

「これですね。少し古くなりましたね」と入江さんは言った。「一番新しいのと取り替えましょう。処理速度がかなり違います。勿論、フロッピーはそのまま使えますし、いろいろと面白いこともできますよ」

桂子さんはふと思いついて、例の「鍵のかかったファイル」のことを話してみた。工藤さんは、最初、山田先生が鍵をかけてしまったと言い、その後、「実は」という告白があって、鍵をかけたのは自分だったと言い、さらにそのファイルも元になったテープも自分の一存で消してしまった、と言った。しかし桂子さんはいろいろと操作してみて、かなりの分量のファイルが依然として読めない状態で残っており、「消した」という工藤さんの話は嘘だろうと睨んでいた。

「工藤さんと言えば、大学の研究室の秘書をしていた時に一度山田さんについて私の家に来たことがある。顔を見れば思い出しますよ。かなり変わった印象の人だった。それで、その鍵のかかったファイルですが、よろしかったら私のところで何とかしてみましょう。BRAINの中がわかっている人間に調べさせたら、簡単に鍵の開け方もわかるはずです。新しいBRAINをお届けする時に人を寄越しましょう」

「これを解体して調べるんですか」

「まさか。これを壊すようなことはしません。錠前破りの名人は、錠前を壊したりせずに外から針金一本で探りながら開けてしまうものです。暇があれば私が自分でやってみてもいいんですが、しかしそんなこそ泥みたいな真似はできませんね」

「中を覗いてごらんになりたいんですか」

「いや、本当に覗いてみたいのは桂子さんのブレインの方ですよ。でも今日のお話でその必要もなくなった。明日発ちます」

「お元気で。今度伺う時にはliánzǐをお土産にお持ちします」


入江さんがアメリカへ出かけてから数日後にＪＡＩから最新型のBRAINが届き、同時にシステム・エンジニアらしい若い男女が二人で来て、例の「鍵」を開ける処理をして帰った。この日は工藤さんが来ることになっていたので断りの電話をしたけれども、すでに家を出た後らしく連絡が取れない。幸い、工藤さんが現れたのはＪＡＩの人が仕事を片付けて帰った後のことだった。

工藤さんは留守の間に馴れ親しんだ家具を処分されたような顔をした。

「今度のは外側がチタン・カラーだし、随分賢そうに見えるじゃありませんか」と桂子さんが慰めるように言うと、工藤さんもそれにはうなずきながら、幾分沈んだ声で、「でも、前のは妙に愛敬がありました。あれはもう持っていったんですね」

「あなたがおうちで使いたいということなら、婚約のお祝い代わりに差し上げてもよかったわ。入江さんにお願いしてみましょうか」

「有難うございます。でも、宝の持ち腐れになりますね。あれを使って大した仕事をするわけでもありませんから。満智子さんなんかですと、BRAINのようなものが役に立つんでしょうけど」

桂子さんは突然満智子さんの名前が出てきたことにちょっと首を傾げたくなったが、

「今度のはこれ一台で出版屋もできそうな機械ですけど、マニュアルも四千ページ以上あるようです。少しずつ読んで変わっているところを調べておいて下さい」

工藤さんは明らかにひるんだ表情を見せた。

「私、いつまでもここに勤めさせていただけるかどうかわかりませんし、新しいBRAINはもっと若い人の方が……」

「いつやらのお話では、塚本さんとの結婚は来年の春だそうですね。結婚後も、あなたの御都合がつくなら、しばらくは不定期にでも来ていただきたいわ。私も何冊か手作りで、というよりこのBRAINを使って好きなように本を作ってみたいの。例えば、うちの先生の遺稿をまとめたものとか」

「それなら私にも最後までお手伝いする責任があります」と工藤さんは言ったが、いくらかお義理のような調子があった。待望の結婚の相手が見つかって、あの「神様」に近い存在だった先生もただの「お世話になった先生」に格下げされたのかもしれない、と桂子さんは思った。

それから、「鍵のかかっているファイル」が今日ＪＡＩの人たちの手で開けられて、いつでも中身が取り出せるようになったことを工藤さんに言うべきかどうか、桂子さんは一瞬迷ったけれども、言わないことに決めた。文字通りのキーワードは「KEIKO」だとわかった。KEIKOと打ち込めば、普通のファイルのように中身を画面に出すことができる。工藤さんはそれを知っていたのだろうか。それなら今後はキーワードを別のものに変えておかなくてはならない。

桂子さんは眼球が乾いて熱くなっているのを感じた。微熱がある時の桂子さん独特の感覚である。工藤さんには、せっかくだから夜の食事をしていったら、と勧めて、あとは二宮さんに任せると、自分は寝室で休むことにした。

横になるとすぐ眠ってしまったらしい。気がついた時、外はすっかり暗くなっていたが、その間に流れた時間は真昼の炎暑で融けたアスファルトのような粘性をもっていて、それがまだ体の表面にこびりついているのを感じた。桂子さんは隣の自分の浴室でそれを洗い流してから、着替えをして本格的に寝る態勢を整えた。ベッドで読む本を選び、聴きたい曲をプログラムする。その儀式が終わってベッドに入った時に、廊下で工藤さんの声がした。そして桂子さんは先夜の夢の中で考えた通りに、ベッドの中で客を迎えることになったが、それは朝ではなくて夜、客も入江さんではなくて工藤さんだった。工藤さんは恐縮して、猫のように忍び足で入ってきた。

「実はもう一つ是非お話しておかなければならないことがあったものですから」

「いいですよ。もう本格的に眠る態勢は整えましたから、こんな格好でよければいくらでもお話を聞きます」と桂子さんは言った。「そこにリキュールがありますから、どうぞ。お話というのは満智子さんのことですか」

「もう御存じですか」

「いいえ。何か変わったことがあったんですか」

「先程BRAINの話の時に、満智子さんならあんなのが必要かもしれないと言いましたけど、本当はもうあの人にはそんなものは必要ないんです」

工藤さんはいつもながらやや遠回りの話し方をする。

「病気でもしたんですか」

「ええ、それも頭の方の病気です。このところかなりひどくなっています」

桂子さんは、「それで？」と言いかけて止めた。その言い方は、「それで私にどうしろとおっしゃるの？」をぶっきらぼうに省略したもののように受け取られると思ったのである。桂子さんは意識して興味津々の色を目にあらわしながら工藤さんの顔を見つめていた。

「あの人は、何年も前から断続的に病気が出ていたようですけど、それがだんだん重くなり、頻繁になって、この四月以来、大学の方も休んでいるんです」

「最近お会いしたのね」

工藤さんはうなずいて、緑色のシャルトルーズの入ったグラスを両手で抱えるようにしながら事情を説明した。満智子さんの住んでいるところはルーフ・ガーデン付きの大きなマンションらしいが、そこには御主人の星野さんはいない、ほとんど外国にいて、二人は完全な別居状態だという。そのことは桂子さんも知っていたけれども、その別居が満智子さんの病気の原因なのか結果なのかは、強いて穿鑿《せんさく》するつもりもなく、そのままにしてあった。

「私、別居は結果ではないかと思います」と工藤さんは言って、満智子さんの病状について詳しく話しはじめた。「満智子さんは花の中で暮らしています。行ってみてびっくりしましたけど、部屋の中は珍しい、高級な花だらけなんです。鉢植えの蘭の種類が多いようですけど、べゴニア類、サボテン類、珍しい観葉植物、そのほかにルーフ・ガーデンのサンルームには熱帯性の花、といった具合で、部屋に入っただけで花の毒気に当てられて頭がくらくらしました」

「花もそれだけ集まると毒気を吐き出すものかしら」

「それで満智子さんも頭が変になったのかと思いました。でも違います。頭がおかしいからあんな花だらけの部屋に住んでいられるんです。おまけに、気が向いたらその花をかたっぱしからむしって食べてしまいます」

「花が満智子さんの主要な食料なんですか」

「花も食べますが、ちゃんとしたフランス料理も食べます。夢遊病の人が食べているみたいで不気味ですけど、食事はしていますから、拒食症的なところはないわけです。見たところ、前よりも太っている位です」

「その花のことを除けば部屋の様子や日常生活の様子はきちんとしていますか。分裂病の人の中には身のまわりのことも何もしなくなって、獣の状態で動かなくなるケースがありますからね」

「やっぱり分裂病でしょうか」

「鬱病かも知れませんけどね。話すことは正常ですか」

「口は利きます。といっても訊かれたことに答えるのがほとんどで、あとは独り言みたいにつぶやいてばかりいます。先生の声が聞こえてきて、何やら指示したりそそのかしたりするそうです」

「それなら分裂病のようね」と桂子さんは疲れた声で言った。「その先生とは、うちの先生のことですか」

「私はそうだろうと思いましたけど、訊いてみると違うと言うんです。もっと高次元の世界にいる、いわば神様に近い人のようですけど、一方では、山田先生は亡くなられてその別の世界の人になった、とも言っていました。とにかくそれは謎の人物ですね」

「ほかにひどい妄想はありますか」

「あるでしょうね。でも恐ろしくて、あの人の言うことをちゃんと聞いてはいられませんでした」

それで結局どうすればいいのか、何か打つ手はないだろうか、というのが工藤さんの話の主旨だった。

「お話は大体わかりましたけど」と桂子さんはやや堅い調子で言った。「これは私たちが世話を焼いて、例えば精神病院に連れていくとか入院させるとかいうことになる問題ではありません。星野さんとは事実上離婚したような仲でも、まずは星野さんに連絡して考えていただかなくてはならないし、星野さんの行方がわからないのなら、満智子さんの御両親に連絡するしかないでしょう。御両親との折衝は私がやってみます。ただし、満智子さんの病状についての詳しい説明はあなたにお願いする必要がありますね」

「でもその前に、満智子さんの様子を見にいって下さいませんか」

「私は精神科の医者ではありませんから、大して役にも立たないと思いますけどね」

「でも、あの人が今一番会いたいのは奥様ではないかという気がします」

「なぜそういうことになるんですか」と桂子さんは訊き返したものの、満足できる答が返ってくることは期待していなかった。会いたがっているのは桂子さんの方だと決めてかかった上で、それをわざとそんな風に曲げて言ったのだろうか。

「そもそも、あなたはどんな目的で満智子さんのところへ行く気になったのかしら。行ってみて初めて様子がおかしいのを知ったわけでしょう？」

「実は、私も結婚する前にいろんなことを清算しておきたかったんです」

桂子さんは工藤さんが「清算」という穏やかならぬ言葉を使ったことに驚いたが、相手は別に重大なことを考えている風でもなくて、

「まあ、満智子さんとはいろんなことがありましたから」と付け加えた。

「それはいつか伺いました。つまりは元のパートナーに塚本さんとのことを報告しにいらしたわけ？　あなたの方は今はハッピーでしょうから、そのハッピーな気分を満智子さんにも御披

露したかったということ？」

「似たようなことかもしれませんけど、本当は私、ハッピーになった勢に任せて、もう一つおまけと言うか、結構な料理の後のデザートのようなものが欲しかったのかもしれませんね」

桂子さんはその大胆で無邪気な言い方に啞然とした。この人の考えることにこれ以上付き合っても疲れるばかりだと思う。そう思ったとたんにすべてがばかばかしくなって、欠伸《あくび》とともに顔がゆるみ、気の抜けた笑いのガスが広がるような気がした。

「はいはい、よくわかりました」と桂子さんは口を抑えながら言った。「私も一度満智子さんのところへ行ってみましょう。でも私は病人のお相手は苦手なの。特に頭の病気の人は恐ろしいでしょう？　満智子さんの場合は力も強そうだし。あなた、ボディーガードについてきて下さる？」

「ボディーガードにはなれそうもありませんけど、いつでも御案内します」

桂子さんはそれまでにあの「KEIKO」という鍵で開くファイルを読んで、そこに満智子さんの病気に関係することが何か残されていないかどうか、調べておこうと思った。

次の土曜日から日曜日にかけて、桂子さんは思いがけなく小旅行をすることになった。避暑を兼ねて病気静養中という簡単な葉書が林啓三郎さんから来て、林さんが今、秩父《ちちぶ》の山中の山寺にいることがわかった。それには、「古寺の大庇《おおびさし》の下の縁側で、山の風に吹かれて昼寝をするのはなかなかいいものです」とあって、桂子さん自身もこの間から頭にありながら実行するのを忘れていたことを、林さんが実行していたのを知った。するとじっとしていられない気持ちになったのである。その寺ではないが、昔、秩父の方に子供を連れて、無数の石仏の並ぶ寺や板碑《いたび》のある寺を訪ねたことがあった。調べてみると、林さんが身を寄せているのは、山の高いところではなくて、渓流《けいりゆう》を遡《さかのぼ》ったところにある。例えば白居易《はくきょい》の「香山避暑二絶」の中の、「六月灘声《だんせい》猛雨の如《ごと》し」というところにあるように思われた。それに、例の『中国名詩三百首』にも出ている、梅尭臣の、中伏の日に妙覚寺に暑を避けるという題の詩によって想像すれば、その寺の長い廊下には暑気も微《かす》かで、日中は昼寝、涼しい朝夕は清談をして時を過ごすことができそうだった。

お土産にはお茶を持っていくことにした。梅尭臣もその詩の中で、昔誰かが三伏の日に河朔《かさく》で飲酒して暑を避けたという故事を引いた上で、しかし自分はそれをせずに茶を煮て帰ることを忘れた、と言っている。運転手は秋月君に頼み、桂子さんは雲の城が連なって聳《そび》え立つ七月の日に秩父の山寺に向かった。

第十一章　桐陰清潤

林さんの病気見舞いに訪ねた寺は、「灘声《だんせい》猛雨の如《ごと》し」という渓流を見下ろすところにあって、三伏の炎暑を忘れさせる緑陰の、殊に高い樹木のあたりには早くも秋の気配が感じられるほどだったので、予定外の一泊をして帰ったあとは、緑に染まった涼しい山気がひときわ恋しかった。家の中には人工の涼気があるけれども、あの蟬時雨はない。その機械から吐き出される空気は息苦しく、時には肌を刺し骨まで冷やす毒気のようにも思われるほどだった。

「こちらにいて東京に帰るとたちまち暑気当たりをしそうです」と桂子さんは別れ際に言ったが、林さんは例の無間断の笑いとともに、

「木陰でビールでも飲んで暑気払いすることですな」と応じた。そして昔贔屓にしていたビアホールの名前を挙げて、できればそこから生ビールと塩タンの出前をしてもらいたいものだとも言った。

桂子さんは林さんのその言い方を聞いて、かつては夏と言えば生ビールを水代わりに飲んで

いた酒徒の生活からも遠ざかって久しい林さんの衰えを改めて知らされた。確かにここ二、三年の林さんの心身の衰えはかなり急で、坂を滑り落ちていく人の止めようのない勢に似たものがあった。桂子さんのところから出している著作集の補巻には最近書かれた文章を集めて載せることになっていたけれども、それが意外に少ないために刊行が予定より延びているのも林さんにおける頽勢《たいせい》のあらわれの一つだった。しかし頭の方は相変わらず明晰で、記憶の衰えも目立たない。それでも自分では老耄《ろうもう》の兆しを気にしていて、これは前に言ったことかもしれないが、という断りをしばしばつけて、同じ話を何度でも繰り返す老人の醜態を避けることに気を使っているのが、桂子さんにはかえって気の毒だった。

「敵を見つけて格闘技的に書くというのが私のスタイルだったもので、自分の愉しみのために書く癖が身についていない。年をとるとこれはよくないんですな。何しろ敵はみんな退場してこちらだけが生き残っている。しかし、人は愉しんで書かれたものを不愉快に思うものらしくて、もっと苦しんで書け、怒って書け、と言う。今更小言幸兵衛の役を演じるのもみっともない話です。御主人や私の息子の世代は敵を見つけて物を書くような野暮なスタイルをとっくに棄《す》てている。いいことです」

「山田はなかなかそれに踏み切れないで苦労していたんじゃないかと思います」と桂子さんが言うと、林さんは目を細めてどこでもないところを見つめながら、話をややずらしてこう言ったのである。

「少なくともあの人は桂子さんを敵として徹底抗戦する意志はなかった。あの時期、山田さんは可愛い奥さんと闘っているふりをしていただけかもしれませんな」

この林さんの言葉には妙に気にかかるものがあった。林さんは明らかに十年前の「宗教戦争」のことを言っていた。夫君が突然、桂子さんには事前に話も何もないままカトリックに入信したことが発端になって、一神教を認めない桂子さんは離婚も覚悟の上で、相手が密かに築いていた城を攻撃した。この戦争の結果、キリスト教の城に拠る人間と同盟関係を続けることはできないという桂子さんの意志は通り、夫君は城を取り壊したのか、あるいは放棄して桂子さんの城に移り住むことになったのか、ともかく戦争は終わり、和平が成立して桂子さんはもとの生活に戻ったというのが結末だった。しかし本当にそうだったのかと、今になって桂子さんは改めてあの戦争とその結末の曖昧な性格を気にしないではいられなくなった。長い間封印して触れないでいた問題の蓋の一部が、林さんの言葉をきっかけにして開き、中身が顔を覗かせるに至って、このことについて考えないわけにはいかなくなったのである。

林さんは、要するに夫君が桂子さんを本気で敵に回すつもりはなかったと言ったが、そう言われてみればその通りだった。戦争を仕掛けていたのは終始桂子さんの方で、夫君は打ちかかってくる相手の腕を取ったり身をかわしたりして、反撃の意志のない専守防衛を続けるだけだったような気がする。桂子さんの攻撃をもてあますことはあったかもしれないが、憎悪と戦意を見せて応対するようなことはついぞなかった。言ってみれば、桂子さんは軽く噛んだり後足で蹴ったりして人間にじゃれつく仔猫のようなもので、夫君は辛抱強くその仔猫の相手をしてくれたのではなかったのか。そして仔猫も仔猫で主人に本気で噛みつく気はなかったので、となれば所詮は神という獲物を見せて挑発した主人にじゃれついて遊ばせてもらっただけのことではないか……

こんな方向に頭が動きだすと、頭の中はにわかに発熱してその熱が目にも及び、眼球が乾いてくるような、病気の前のよからぬ兆候まで出てきたようだった。要するに少し興奮しすぎたのであるが、十年前の「宗教戦争」の意味を今そういう観点から考え直してみなければならないとすると常ならぬ興奮に襲われるのも無理はない、と桂子さんは自分で診断を下した。

これが土曜日の朝のことで、この日も桂子さんは休みをとって夫君が使っていた書斎で新しいBRAINの前に座っていた。例の秘密のファイルは、ＪＡＩの人にそれを開ける鍵も教えてもらったのに、なぜか気が重たくて、中身を取り出して調べるに至らないまま日を過ごしていたが、今急にそれにとりかかる気になったのは、頭が興奮で発熱するほど知りたいことができたからである。

桂子さんはまずＡ４判一二〇〇字詰で三〇〇枚以上ある文書を全部印刷することにした。これは工藤さんに頼むわけにはいかない仕事だった。幸い、この日は「書生」のグェン＝チャイ君がいることがわかったので、レーザープリンタの操作を頼むことにした。

「中身には余り興味をもたないでプリントしていただきたいの。特にこれは工藤さんには頼めない仕事なので」

「わかりました。それにぼくはまだ、むずかしい漢字の沢山ある日本語を読むのは弱いですから」

というようなことで、桂子さんは時々様子を見に顔を出しただけでグェン＝チャイ君に任せ、秘密のファイルの全文書の印刷は午前中に終わった。それを桂子さんが分類し、グェン＝チャイ君に手伝わせてバインダーに綴じた。大きく分けると、第一は一五〇名以上の女性に関する「カルテ」に当たるもので、これが全体の八割近くになる。その内容から言ってグェン＝チャイ君には余り読んでもらいたくないものである。解剖学上の名称や医学用語はラテン語で書いてある。医学部に行っているグェン＝チャイ君なら、目に止まってかえって興味をそそられるかもしれない。その他の文書は二種類あり、一つは「WILL」というタイトル、もう一つは「KEIKO」というタイトルのものである。覗いてみたところ、「遺言」の方は完成した形のものではなくて、自分の死によって生じるであろうさまざまの問題に対する処置について、思いついたことをその都度書きこんだものだった。興味津々というよりも、読むのが怖くて玉手箱のような扱いをするほかなかったのはやはり「KEIKO」という文書だった。そこには桂子さんについて、あるいは桂子さんと夫君との関係について、これもその時々の思いつきが書きこんであった。膨大な分量の「KARTE」は別として、さしあたり「WILL」と「KEIKO」とは、興奮、発熱、先入観といった異常な状態抜きで読みたいと思ったので、桂子さんは気分転換のために、夏休みの土曜日にしては珍しく家にいた子供たちに声をかけて、四人で黄鶴楼に出掛けた。そして飲茶《ヤムチャ》の間に、智子さんが近頃凝っているサントゥールというインドの楽器がもとはペルシアから来たもので、インドではSata Tanri Veenaつまり百弦のリュートと言われていたこと、ウォールナットでできたごくデリケートなハンマーで叩くことなどを説明してもらった。インド人の女の友だちでインド・フルートを吹く人がいるので、今度その人を連れてきて合奏を聞かせるという。桂子さんが「インドへ行ってきた成果があったようね」と言うと、智子さんはうなずいて、近い将来、日本のインド音楽演奏家の第一人者にでもなりそうな鼻息である。

貴君と優子さんは黙々と食べていたが、その貴君が突然桂子さんの顔を見て言った。

「時に、お父さんはぼくたちに遺言を残してなかった?」

「今日はいやにいい勘が働くのね」と桂子さんは感心しながら言った。「実は重大発表があります。BRAINにお父さんの遺言に当たるものが入っていることがわかったの。今調べているけど、あなたたちに関係のあるところが見つかったら読んでもらうことにします」

「そんなことではないかと思っていたんだ。あのBRAINの中には何か入っているにちがいないと」

「残念ながら子供にはまだ読ませるわけにいかない秘密ファイルも沢山入っているの。あと二十五年もすれば解禁にしてもいいけど」

「お父さんは謎の男だった。大人になったらその正体を研究しようと思っていたのに、もうこの世から退場してしまった。早すぎたよ」

「私なんか、もっと早すぎたと思うわ。私が一番損をしている。お父さんと一緒にいた時間が一番短いんだもの」

優子さんは真剣な目をしてそう言った。この子の目は子供の頃の自分に一番よく似ている、と桂子さんは思いながら、優子さんの大きな目が薄い涙の膜でも張られているような具合に光るのを美しいと思って見た。

「食事の時はそういうお話は止めましょう」と智子さんが言った。

「じゃあ話題を変える」と優子さんは真剣な顔のまま次の質問を発した。「お母さんは再婚しない？」

「そういう話題もお父さんの一周忌が終わってからにしたらどう？」と智子さんがまた制する

ように言う。智子さんは声もしゃべり方も優しいが、それが時に妙に醒めてシニカルに聞こえることがある。

「まあいいでしょう。ただ、その質問に答えるのはむずかしいわね」と言いながら桂子さんは優子さんの方に優しい笑顔を向けた。「お座なりに言うんじゃなくて、いろいろ考えたあげく言うんだけど、お母さんは今後再婚してもしなくても、あなたたちが独立するまでは一緒にいるつもりだし、新しいお父さんに当たる人をここに持ちこむつもりはないの」

「やっぱり再婚しないの？」

「仮に誰かと法律上の再婚をした場合も、この生活を変えるつもりはない、ということ」

「お父さんはそのことについてどう言ってる？」と貴君が訊いた。

「何か書き残してあるかどうかはまだわからないけど、多分、何もないでしょうね。お父さんの場合は、死ぬとわかって遺言したわけではないから、死んだあと何が起こるかを見通して、ああしろこうしろと言うつもりもなかったと思います。こうなってほしいという漠然とした希望のようなものはあったかもしれないけど」

「お父さんの性格からすると、お母さんに再婚についてあれこれ言うはずがないでしょう」と智子さんが言った。

「ぼくたちにも言えないな」と貴君は妙に観念したような調子で言った。「お母さんだってお父さんに対してそんなことは言わないと思う」

「考えたこともないわ、そんなこと」と桂子さんは笑ったが、急いで訂正した。「でも考えてみると、お母さんはおせっかいな方だから、自分が先にあの世へ行く場合は適当な後任を見つけてお父さんが困らないようにしておこうとするかもしれないわね」

「この間読んだ江戸時代の怪談にあったけど、自分で後妻になる人を決めてから死のうとした奥さんが、その人に背負われて観音様へ行ってそのまま背中で事切れて、取りついた腕がどうしても離れなかったんですって。何日もかかってやっと外してみると、後妻になる人の両肩から胸にかけて死んだ奥さんの手の形に赤い痣《あざ》が残って一生消えないというの」

優子さんは少し上気した顔でそんな話をした。

「怖いお話ね。でもお母さんにはそんな執念はないわ」

「お母さんはお父さんを愛していた?」と優子さんが珍しく鋭い調子で訊いた。

「変な日本語を使うんじゃないの!」と智子さんも負けずに鋭い口調で言った。

「フランス語で言えばJe t'aime. ですか。まあ、お父さんもお母さんもお互いにそれに当たる言葉は使ったことがないし、Je t'aime. の日本語直訳文みたいなことは勿論言ったことがないわ。それはともかく、優子が考えているのとは違って、死んだ人間は生きている人間をどこまでも拘束するというわけにはいかないものですよ。自分が死ぬ番になってもやはりそう思う。

痣を残してまで拘束してはいけないと思う。本当は、自分の後任の心配までするのは余計なおせっかいね。反対に残った人間が死んだ人間に拘束されることを何かの証《あかし》みたいに考えるのも間違っている。というわけで、お母さんは自然体でやっていきます。今のところ、この人が新しいお父さんですよ、なんてシーンにあなたたちを引っ張り出して困らせるようなことだけはしないから安心なさい」

「それなら安心できる」と貴君が言った。「実は三人で何度か会談してそのあたりのことを検討したんだけど、お母さんが再婚するなり愛人ができるなりするのはいいとして、その人をお父さんと呼ぶことになるのは問題だ、どうも呼べそうにないなって。まあそれが結論だった」

「お母さんもかなり厳しく拘束されるわけね」と笑って桂子さんはこの話をおしまいにしたが、子供たちの考えていることが一応明らかになったことで桂子さん自身も安心できた。

その午後、桂子さんは庭に出て読みものをするのによい緑陰を物色した。六月にシュヴァルツヴァルトで見た樅の樹か、でなければ糸杉か、大きく袖を広げたような樹の陰が欲しい。雨が降っても密生した葉が傘になって水が落ちてこないような樹の下がいい。残念ながら、庭には桜の老樹のほかにそれに近い樹はなかった。しかし桂子さんは幹の汚い樹は嫌いなのである。白くてきめの細かい、ちりめん皺《じわ》に覆われた老婆の腕のような樹か、百日紅《さるすべり》のように滑らかな木肌のものがいい。風のない午後の庭には熱気が溜まり、蓮池も強い日差しを照り返しながら沸きたっているようで、入江さんが見舞いに来てくれた日の、蓮の花が「熱きを憂《うれ》ふ、面《おもて》を低《た》れて深く蔵《かく》る碧傘《へきさん》の中」という情景がこの日も再現されていた。

桂子さんは夫君の書斎のある洋風離れの方に足を向けた。これは地下に広がる書庫の上に建てられた石造りの要塞風の建物で、小さな中庭を抱えている。ロの字形の要塞の下をくぐってこの中庭に外から入る通路がある。中庭は地下一階分まで掘り下げてあり、胡桃の巨木とユズリハが立ち、中央には石を積んで築いた四角い井戸のように見える池と噴水がある。噴水は止まったままで、池にも水がない。この偽のオアシスのような石の庭は影の中にあって静まりかえっていた。桂子さんはここで噴水の装置に水を流し、胡桃の木の下に籐《とう》のロッキングチェアを置くことを考えてみた。しかし風の通らない石の中庭は見掛けほど涼しくはなかった。見上げると、枝を広げた胡桃の木が建物を覆うようにして揺れていた。高いところには大きな風の動きがあるらしい。桂子さんはこの時、風と緑陰のある場所を発見した。

李さんに手伝ってもらって、この要塞の屋上に籐のロッキングチェアを出したのである。それから小さいテーブルを用意して、印刷物とコードレスの電話機をその上においた。李さんには、

「私が夕方までここにいることは秘密ですよ」と口止めした。「しばらくしたらビールでも持ってきて下さい」

この秘密の場所はわずかな木漏れ日の揺れる影の中にあった。桂子さんは陸游《りくゆう》の「桐陰清潤《とういん》たり雨余の天」という句を思い出した。これは桐の木陰ではないが、豊かな葉の間の空気は雨の後のように湿りけを帯びて涼しく、風鐸《ふうたく》の代わりにどこかでサントゥールの音が聞こえる。頭上には胡桃の枝が近づいている。蟬の声も耳のそばで聞こえる。桂子さんは大樹の中に隠れ場所を見つけた子供の気分になって、身震いするような至福の瞬間を味わった。このまま蟬ほどの大きさの小人になって胡桃の木の世界に迷いこんで行方知れずになったとしたら……というのが桂子さんの頭に浮かんだ戦慄を伴う妄想である。子供たちはどうするだろうか、会社はどうなるだろうか、入江さんは、と妄想の糸を手繰ってみても、余り大したことになりそうには思えなかった。自分が突然いなくなったことで、残りの世界が積木崩しのような具合に崩壊してしまうわけではなさそうである。健康な歯を無理に抜いた程度のことかもしれない。

この妄想は当然夫君の急死のことに及んだ。まだ長く生きるはずだと誰もが思っていたあの年齢で、いきなり死神の強力な万力で挾《はさ》まれて引き抜かれてしまっただけに、出血と苦痛は大変なものではあったが、やがて傷口はふさがり、痛みも去っていくのは、時間による治癒《ちゆ》効果というもので、まわりのほとんどの人間にこの効果は確実に働いた。例えば、工藤さんにしても、衝撃で傾いていた姿勢がいわば自然体に戻り、子供たちも山田氏のいない家庭の秩序を受け入れて、それをむしろ維持しようという姿勢になっている。山田氏の「WILL」に示された

「意志」が現在の秩序に修正を要求するほどの力をもつとは思えない。それは敬されながら遠ざけられ、人に感慨を与えたのち無視されるだろう。正確に言えば、生きている人間にとって都合の悪い意志は無視され、どちらでもよいことだけが敬意を表して実行されることになる。そこまでを心得た上で臨むならば、夫君の残した言葉はかえって何の気構えも義務感もなしに読めて、するとそれは親しい懐かしい言葉以外の何物でもなかった。桂子さんは胡桃の木の下の風の中であの世の夫君からの便りを読むような気持ちを味わった。それには寒い夜更けに熱い飲み物で体が温まるのに似た快さがある。

　しかし屋上に李さんの姿が現れて運ばれてきたのはよく冷えたビールだった。桂子さんはジョッキを挙げて夫君に乾杯のしぐさをしてから、一口飲み、「WILL」の方から読みはじめた。内容はその都度思いついたことを順不同で書き留めたものである。例えば「葬式ニツイテ」と題して書かれていたのは次のようなことだった。

★通夜、葬儀ハ自宅デ行ナウノガ望マシイ。仏式。山田・牧田両家トモ偶然同ジ曹洞《そうとう》宗デアル。
　父ガ生キテイタラ本職ノ坊主ダカラ頼メバヨカッタガ。
★告別式ダケハ、ヤムヲエナイ場合ハ大キナ葬儀所ヲ借リテ行ナウコト。コノ場合ハ読経《どきょう》ハイラナイ。シタガッテ坊主ノ出演ハイラナイ。イワユル「無宗教葬」ノ形ニナル。
★読経ノ代ワリニ、献花ノ間ＢＧＭヲ流ス。曲ハメシアンノ Quatuor pour la fin du Temps アタリカ。ライヒノ単調ナパターンノ繰リ返シガ少シズツ変化シテイクヤツデモイイシ、ジョン・ケージノプリペアード・ピアノノ曲デモイイ。荘重、悲壮デウルサイノハ困ル。

桂子さんは告別式の時に使ったのが同じメシアンの「みどりごイエスに注ぐ二十のまなざし」で、夫君の好みからそれほど外れていなかったことでいささか安心した。
★司会ハ森君ニ頼ムトヨイ。葬儀委員長ハイラナイ。学部長ガヤルト言ッテモ固辞シテ、弔辞ダケ読ンデモラエバイイ。何トシテモ弔辞ヲ読ンデモライタクナイ人ハ……
ということで夫君は十数人の名を挙げていて、桂子さんも知っている人が多かったが、これは興味深く読んで思わず笑いを漏らした。
★告別式デハ、最初ニVTRデ自分ガ挨拶スル。「コノ度図ラズモ死亡ニヨリ冥界ニ転居スルコトトナリマシタ。ココニ謹ンデ、生前オ世話ニナリマシタ皆様ニ御挨拶ト御礼ヲ申シ上ゲマス。顧ミレバ……」トイウ調子デ。コノ時ノ扮装ハ亡者ラシク白イ死装束。
式ノ終ワリニモモウ一度本人ノ挨拶。会葬御礼。

この告別式での本人の挨拶というのはなかなか面白いやり方だと桂子さんは思っていたが、夫君は肝腎のVTRを用意しないまま死んでしまったのだった。死に備えての準備ということになると、考えるは易くして行なうは難しかと桂子さんは思う。
★死ニ臨ンデノ感想。

イロイロアッタガ、最終的ニハ私ハエピクロスノ徒デアル。死後ニ私ハ存在シナイ。生キテイル限リハ死ハ（想像的ナ死ハ別トシテ）存在シナイ。死後モコノ世界ハ存在スルダロウガ、私ニハ何ノ関係モナイ。生者ヲ支配スルコトハ不可能ダシ、マタ支配スル意志モナイ。存在シタモノガアル時ヲ境ニシテ消滅スルトイウコトハマコトニ面白イ。考エテミルト思ワズ顎《あご》ガ緩ンデキソウナホド愉快ナコトデアル。身体ガ死ンデ崩壊スレバ私ハ消滅スル。デキルコトナラコノ消滅ハ完全ナモノデアリタイ。シカシ実際ニハ、中途半端ニイロイロナモノガ残ル。私ガ何十億年モ前カラ受ケ継イデキタ遺伝子ガ、マダシバラクハ存続スルダロウ。私ニツイテノ記憶モ何人カノ脳ニ保存サレテ今シバラク残ルダロウ。私ノ書イタモノハ書斎ヤ図書館ニ保存サレテモウ少シ長ク残ルダロウ。コレラハ死臭ノヨウナモノデアルガ、コノ死臭モ絶エタ時ニ私ハ完全ニ消滅スル。ソノ時ノコトヲ考エルト救ワレル。

★インディラ・ガンディー、バーナード・ショー、エンゲルス、志賀直哉ナド、遺体ノ処理ニツイテ我ガママヲ言ッタ人ハ多イ。焼イテソノ灰ヲ撒キ散ラシテホシイ、水ニ流シテホシイ、埋葬無用、シバラク家ニオイテ邪魔ニナッタラ海ニ棄テロ、等々。マタ沢庵和尚《たくあんおしょう》ハ土葬ガ希望ダッタガ、土ニ埋メルダケデイイ、読経無用、墓碑無用、年譜ノ類モ無用ト言ッタ。私モ死ンダ私ノ記憶ヲ残シ、冥福ヲ祈ルタメノ儀式ナドハ一切無用ト言イタイトコロデアルガ、ソレデハ遺族タチノ迷惑ガ目ニ見エテイルノデ、スベテハ世間並ニヤッテモラッテイイ。死ンダ私ハ文句ヲ言ワナイ。タダ本人ガ見タラ赤面スルヨウナコトダケハ慎ンデモライタイ。
★例エバ間違ッテモキリスト教ノ葬式ハ営マナイコト。
★私ハキリスト教徒デハナイ。何教ノ信者デモナイ。
★カフカニ倣ッテ、書キ残シタ原稿、BRAINニ入ッテイルモノハスベテ完全ニ焼却スルコトヲ望ム。タダシコレハ恐ラク実行サレナイダロウ。
鍵ヲカケタファイルハ工藤真由美ガ私ノ死後タダチニ消去スルコトニナッテイルガ、コレモ十中八、九実行サレナイダロウ。

私ノ意志ヲ無視スル者、コノファイルヲ読ム者ニ禍《わざわ》イアルベシ。タダシ桂子ヲ除ク。
★私ハファイル「KARTE」ニ記録シタ女性多数、オヨビソノ他ノ数名ノ女性ト接触ガアッタガ、私ノ遺伝子ヲ持ツ子孫ハ存在シナイハズデアル。私ノ死後、認知ヲ求メルモノガ現レテモ無視シテヨイ。必要ナラ血液鑑定ソノ他ニ訴エテ要求ヲ拒否スルコト。
★「KARTE」ノ「患者」トノアラユル関係ハ「終了」シテイル。万一金銭支払イノ要求ナドガアッテモ、スベテ不当ナモノデアル。応ジル必要ハナイ。
★「患者」カラ「看護婦」、「秘書」、「弟子」（アルイハ本人ノ認識デハ「愛人」）ナドノ関係ニ移行シタ二人ノ女性、星野満智子ト工藤真由美ニツイテハ、私ガ急死シタ場合、私トノ関係ノ「終結」ヲメグッテ若干ノトラブルガ生ジルカモシレナイ。コレハ満智子、真由美自身デ処理スベキ問題、ソレモ主トシテ感情問題デアッテ、桂子ニ何カヲ要求スベキ性質ノモノデハナイガ、トバッチリガ桂子ノ方ニ行ク恐レモアル。二人ガソレゾレ何ヲ考エハジメルカヲ事前ニ予測スルコトハ困難デアル。特ニ満智子ハ分裂病的傾向ガ見エルノデ心配デアル。ソレガ迷惑ナ火ノ粉ニナル場合ハ払イノケルコトモ含メテ、桂子ニハ適切ニ対処シテモラウホカナイ。

★以下、若干ノヒントヲ示シテオク。

★工藤真由美。家庭ニ恵マレテイナイ。適当ナ結婚相手ガ必要デアル。コレガ最大ノ問題デアルガ、私ノ死トトモニ真由美ノ気持チニトッテノ障害モ消滅スルコトニナルノデ、結婚ヘノ積極的ナ姿勢ヲ取ルヨウニナルダロウ。相手ハ「純真ナ変人」トイッタタイプガ好適。ビジネスマン・タイプハダメ。ナオ、結婚マデハ、job ヲ提供スル形デ経済的ナ支援ヲ続ケテヤルノガ望マシイ。

★星野満智子。私ノ死ハ満智子ニトッテ「解放」デアル。ソレダケデ万事解決スル可能性サエアル。ソウナルコトヲ望ム。タダ、満智子ノ分裂病的傾向ト lesbianism ハ治療困難デアル(少ナクトモコレマデハ困難ダッタ)。前者ニツイテハ、マダ試ミテイナイ治療方法ガ一ツ残ッテイル。小説ヲ書カセルコトデアル。勿論、本人ガ自発的ニ書クノデナケレバナラナイ。自発的ニ書クコトヲ誘導シ強制スルトイウムズカシイ治療方法ニ桂子ガ興味ヲ抱クナラバ研究シテ実現シテモライタイ。十八世紀イギリス文学ト思想ノ研究者トシテ論文ノ数ヲ増ヤシ、学会デノ地位ヲ確立スルコトニコダワルノハツマラヌコトデアル。満智子ノ才能ハ別ノトコロニ使ッタ方ガイイ。

星野満智子ヲ小説書キニスル事業ハ桂子ノ商売ノ範囲ニ属スル。今後試ミルニ値スル面白イプロジェクトデハナイカト思ウ。

後者、lesbianism ニツイテハツイニ治療方針ガ立タナカッタ。桂子モコノ問題ニハ余リ立チ入ラナイ方ガヨイ。

昔カラ満智子ハ桂子ニ多大ノ関心ヲ抱イテイル。用心スベキデアル。

そのほかに、夫君は自分の死後の BRAIN の扱いについても触れていた。そこで初めて入江さんの名前が出てきた。BRAIN はＪＡＩ御自慢のワークステーションを個人、それも特に作家、研究者のために改良したものらしいが、その試用をわざわざ入江さん自身がもちかけてきたのはいささか不審だと夫君は書いている。二号機からは、リース料金を支払うことにしてあるので、自分の死後は契約を解除するなり契約者を変更して引き続き桂子さんが使うなりすればよい、というのであるが、夫君は自分では入江さんを桂子さんに紹介しようとはしなかった。BRAINのことが話題になった時でも、ＪＡＩという会社の名前はよく耳にしたが、入江さんの名前は極力出さないようにしていたのではないか。

「WILL」の中で子供たちに言及しているのは次のくだりだけだった。
★子供タチニツイテハ特ニ言ウベキコトハナイ。三人トモ私ノ遺伝子ヲ受ケ継イデイル割ニハ出来ガイイ。七割マデ桂子ノ作品ト見ナスベキダロウ。私ノ方ガ桂子ヨリ先ニ死ヌコトハホボ確実ダカラ、子供ノコトハスベテ桂子ニ任セル。万一、私ガ生キ残ルコトニナッタラ、ソノ時ニナッテ子供ノコトハ考エル。
★「WILL」、「KARTE」、「KEIKO」ハ子供ノ読ムベキモノ、知ルベキモノニアラズ。タダシ貴ガ将来「KARTE」ヲ読ンデ考エルコトガアレバ、ソレモヨシトスル。
あとは自分の死に方についてありうるシナリオを列挙して検討したものが残されていた。夫君の自己診断によれば、厄を過ぎたあたりから人よりはかなり急速に動脈硬化、高血圧が進行しており、加えて痛風の傾向（高尿酸血症）があるにもかかわらず、かえって以前よりも身体の不調を抑圧してでも無理な仕事ができるというストレス不感症的傾向が出てきたが、これは緩慢かつ確実に働く自壊へのメカニズムのようだという。最後は虚血性心臓疾患（心筋梗塞）か脳出血、脳梗塞で突然の死を迎えるというのがもっともありそうな筋書で、それが七十歳よりも先に延びることはまずないだろう、六十歳までにそれがやってくる可能性の方が大きいだろう、と予想している。この予想は当たったと言うべきであるが、それにしても早過ぎたのは予想のほかだったとも言える。夫君は、この「WILL」を書いていた時、実は死神がすぐ先の曲がり角まで来ていて、出会い頭に衝突するという筋書ができあがっていることは全然予知しないでいたにちがいない。

桂子さんが顔を上げると、そこに真っ黒な顔の、あるいは顔のない顔を持った死神が立っていた。死神または鬼。鬼ならあちらの世界に属する幽霊である。

「いい場所を見つけたのね」

「智子なの。誰かと思った」

智子さんの顔が逆光の中で黒いまま笑った。

「お母さんがここでジョッキを傾けながら本を読んでるところはちょっとした写真になるわ」

「そう、CFみたいでしょう?」

「薔薇色のサングラスでもかけるともっと素敵ね」

「でもここがどうしてわかったの?」

「李さんと籐椅子を運び上げるのを見ていたから」と智子さんは言った。「随分怖い顔をして読んでいたようですけど、そろそろ黄昏時になりますよ。それに、お客様もお待ちです」

「お客様ってどなたかしら」

「工藤さん」

桂子さんはこの日午後工藤さんが訪ねてくることになっていたのをすっかり失念していた。

「書斎です」と言って先に降りていこうとする智子さんに向かって桂子さんは「WILL」のことを話した。

「あなたたちに宛てた遺言のようなものはなかったけど、三人とも予想以上に出来がいいから特に言うことはない、という風に書いてありましたよ」

「お父さんは甘いんだから」

智子さんは照れ隠しのようにそう言うとさっさと一人で降りていった。

書斎では工藤さんが所在なさそうに座っていた。薄暗いところに小柄な老婆が座っているような印象があった。さっきまでBRAINをいじっていたのか、画面は作業メニューを出したまま明るく輝いている。桂子さんはすばやく頭を働かせて、結婚まで工藤さんにやってもらう仕事が会社の資料室にあったことを思い出した。もうそろそろBRAINからも解放してやった方がいいとは、新しいBRAINが来た頃から考えていた。

「明日の午後、よろしかったら満智子さんのところへ御一緒したいと思いますけど」と工藤さんは用件を言った。

「満智子さんの御都合はよろしいのね」

「奥様と一緒なら大歓迎ですって」と工藤さんは余り元気のない声で言った。「ただ、何もおもてなしはできないので、あとでロアジスの方に御案内させていただきます、ということでした」

「頭の調子はよさそうですか」

「電話の様子では異常なところはありませんでした。とても嬉しそうでした」

「私は正直なところ大して嬉しい気分ではありませんけど、まあこういうことは早く済ませることにしましょう。時に」と言って桂子さんは工藤さんのこれからの仕事を会社の資料室でのデータベースづくりに移したいという話をした。工藤さんは二つ返事で承知して、少し元気を取り戻した様子だった。結婚してからもパートタイムで続けられる仕事だというのも嬉しかったらしい。

「もしも塚本さんと結婚できなくなったとしても、やらせていただけますか」

「勿論ですけど、今頃になって何をおっしゃるの。塚本さんの責任で変なことにでもなれば、会社にいられなくなるのは塚本さんの方ですよ」

「塚本さんよりも、私自身がわけもなく不安で」と工藤さんは神妙な顔になった。「将来のことを眺めてみると、地図の上に道らしいものが一応見えてはいるんですが、それは本当に自分が足を踏み下ろして歩いていける道なのか、実はただの紙の上に描かれた道にすぎなくて現実の道とは別のものではないか、なんて、毎晩悪夢にうなされるんです」

「悪夢とは大袈裟ね」と桂子さんは笑った。「でも似たようなことは私にも憶えがあるわ。あれは、将来のことが詳しく映っている鏡を見ながら、この鏡の中に本当に入っていけるかしら、と思いはじめるともうどうしていいかわからなくなる、という感じでした。式の前の日までそうでしたね。でも挙式が近づくといろんなことで猛烈に忙しくなるので、夢中で動きまわっているうちに、気がつくと鏡の向こうにちゃんと入りこんでいるんです。心配することはないわ。小人ではなくても、閑居しているとろくでもないことが頭に浮かんできます」

「そういうものですか」

「そういうものです。で、これからは会社でも少し忙しい仕事をしていただかなくては。私も明日満智子さんに会うとなったら、今夜中に済ませておく仕事が残っていたわ」

その仕事とは「KEIKO」の中身を読んでおくことだった。桂子さんの顔に早く一人になりたいという意志が強くあらわれていたのか、工藤さんは満智子さんのマンションの地図を残して早々に引き上げていった。

第十二章　妖紅弄色《ようこうろうしょく》

思わぬ用事ができたので、桂子さんは日曜日にしては珍しく早起きをした。前夜、専務の橋本さんから電話があって、先日桂子さんが頼んであったものが届いているというので、早速李さんに取りにいってもらったのである。それを読まなければならなかったけれども、読めば興奮して熟睡できなくなりそうなのが気になって、結局その仕事は、日曜以外の日ならよくある「早朝の執務」の時間に回したのだった。

橋本さんのところに届いていたものというのは、満智子さんについて依頼してあった調査の報告書である。前に工藤さんから満智子さんの頭の異変の話を聞いたあと、橋本さんの古い友人がやっている興信所に満智子さんの身辺調査を頼んであったが、橋本さんは容易ならぬ病気を抱えているし、どうせ明日のことには間に合うまいと諦めて連絡も取らないでいたのに、幸運にも満智子さんに会う直前にその調査の結果が見られることになった。妙なところで運命の女神の御贔屓を蒙《こうむ》っているようだと思いながら、桂子さんはフロッピーに入っている報告書をディスプレーに出してみた。

橋本さんが「ＣＩＡの百分の一程度には優秀な調査機関」と評していたこの興信所の報告には無駄がなくてなかなか的確な書き方がしてあった。それによると、満智子さんの大学での評判は、学生の間でなら悪くない。むしろ女子学生の間では人気が高い。と言っても文学部では大半が女子学生であるから、他の男の教授たちの誰よりもゼミの志望学生が多いというのは異例のことである。桂子さんはそのことが何を意味するかを考えてみたけれども、もっともらしい答は見つからなかった。桂子さんは昔から女性に好かれる女性を大体において信用することにしている。満智子さんは花で言えば水仙のように、濃艶《のうえん》よりも清瘦《せいそう》、すっきりしていて聡明な女性だと見てよい。集まる女子学生も同類と言えるのではないだろうか。

ところが教員仲間の見方はまるで違っていた。満智子さんの授業ぶりについてはとやかく言う人はいないが、教授会を始めとする各種の委員会や懇親会などにはこの数年ほとんど出たことがなく、学内行政関係の委員などはことごとく辞退し引き受けないという。とにかく変わっているというのが一致した見方で、中には満智子さんのことを外人教師のつもりではないかと皮肉った人もあるらしい。誰とも普通に口を利いてにこやかに応対しているが、立ち入った付き合いは一切しない。あの先生は鶏群の一鶴のつもりでしょう、とこれまた皮肉を言った事務職員もいるらしいが、本人は涼しい顔をして、私は変わった人間ですから、schizoid ですから、などと言って済ませているという。桂子さんはそんな時の満智子さんが、昔から印象に残っているあの花曇りの日差しのような微笑を浮かべているところを想像して、つい自分も微笑を漏らした。

学会での満智子さんの活動については、詳細で正確だと思われる資料が集められていた。一般の雑誌その他への寄稿、翻訳、著書などについても同様で、桂子さんも知っている『英国女流作家列伝』やいくつかの翻訳は評判がよい。このあたりは桂子さんにとっても喜ばしい情報ばかりだったが、最後に出てきた項目には、「おやおや」という感じで目を見張らずにいられなかったが、満智子さんはこの冬頃から小谷氏という精神科の医者と付き合っているらしいのである。桂子さんも名前だけは知っている人だったが、満智子さんは誰かの紹介でこの小谷氏のところへ最初は患者になるつもりで行って、その後別のお付き合いが生じたらしい。時々食事をしたりすることがあって、二人ともそれを特別の楽しみにしているというのであれば、星野さんとの関係がどうなっているかという問題を別にして、桂子さんはこれもまた慶賀すべきことのように思う。報告書には、小谷氏は三年前に離婚して現在独身、別れた夫人との間に子供はないと書いてある。小谷氏との関係については、「御希望があればさらに調査して密度の高い情報を提供する用意があります」という注記もあったが、桂子さんにはそのつもりはなかった。

全体のハードコピーを取りながら、桂子さんが頭の中で反芻して到達した結論は、満智子さんの身辺には星野さんとの離婚問題などの「懸案」はあるとしても、生活全体が崩壊、荒廃に傾いている気配はなく、その精神状態に明らかな異常があるとも考えられない、ということだった。するとあの工藤さんの深刻な話は何だったのだろうか。そのことが今度は問題になる。小谷氏のような専門家に相談した方がいいような精神状態にあるのはむしろ工藤さんの方ではないか。そんな疑問の雲が頭に広がりはじめると、桂子さんは薄気味悪い生き物の正体について改めて興味を掻きたてられる思いで、しばらくの間、これまでの工藤さんとの接触から知り得たことをおさらいしてみた。工藤さんには、虚言癖があるというほどではないにしても、言うことに齟齬があったり、忘れたのか忘れたふりをしているのか、平気で前言を翻したりすることがある。桂子さんはこれをある種の頭の悪さに帰していた。それに同じことを見聞きしても人とはかなり違った受け取り方をして常識外れの解釈を組み立てたりするところもある。これもちょっと変わっているということで済まされる個性の範囲内に収まるものだろうと見ていたけれども、もう少し心配な病気に関係のある妄想によるものだろうか。桂子さんは工藤さんが塚本君と結婚するつもりになっていることがいささか気になりはじめた。その後塚本君から直接には何も話を聞いていない。結婚の約束ができたという話はすべて工藤さんの口から聞かされたものである。もしもこれが工藤さんの妄想の産物だったとしたら、と思うとこれはかなり恐ろしいことだった。

満智子さんのマンションの近くの洋菓子店の喫茶室で待ち合わせることにしてあったが、工藤さんは桂子さんの顔を見るなり、今日は急に差し支えができて長いことは御一緒できなくなったという言い訳を並べた。

「気になさらなくともいいのよ。ここまで来たら一人でも行けますから」と桂子さんは窓から見えるマンションの方を目で指しながら言った。

「ええ、でも約束ですから御案内だけは」と工藤さんは安堵した様子で言った。「それに、満智子さんにお土産を用意してきましたから」

「ついうっかりして私は何も用意してこなかったわ」と桂子さんが肩を竦めると、

「社長はそんなことを気になさらなくても……満智子さんにとっては、社長そのものが最大の贈り物なんですから」と意味不明のことをつぶやいた。それにしてもこの人に社長と言われるとはなはだ落ち着かない気分になる。未亡人を一年近くやっていると、今では「奥様」と呼ばれるのも妙なものではあるが、ともかく近頃は工藤さんも「社長」を連発する。

「時に、これもついうっかりしてお訊きするのを忘れていたけど、媒酌人はどなたにお願いしたの?」

工藤さんは一瞬目を見張った。それが人形じみた表情だったので、桂子さんの方がかえって驚いて不吉な予感が走ったほどだった。

「それを申し上げるのが遅れて、本当に申訳ないと思います。実は、その方はすっかり塚本さんにお任せしてしまって、結局、塚本さんの大学院の指導教授だった栗田先生という方にお願いすることになったんです」

「よかったじゃありませんか。そのことでは何もお役に立てないでいたもので、今急に気になったんです」と桂子さんは言った。

「先生がいらっしゃったら、当然先生と奥様にお願いしたと思いますけど」

「そう言えば先生は急にいなくなったし、未亡人ではあの役は務まりませんものね」

工藤さんの目に変化が生じて、人形の顔がにわかに崩れて別の様相を呈する兆しを見せた。

桂子さんはこれには辟易して、

「そろそろ行きましょうか」と言って立ち上がった。

満智子さんの住まいは聞いていた通りルーフ・ガーデンのある大きなマンションの最上階で、建物全体はセピアの煉瓦と複雑な構造のせいで、例えばトランシュ・カフェといった繊細な洋菓子の印象を与える。五階の満智子さんの部屋に入ると、工藤さんから聞いていた通り、確かに花の匂いがした。大きな舞踏会の貴婦人さながらにそれぞれの香りをもった各種の花が集まってみると、それらの香りが混じりあってかすかに漢方薬にも似た不思議な匂いを生み出すことになるらしい。

満智子さんは予想以上に潑剌としていた。水揚げのよい花のように首から背中の線にも強さがあって、今朝桂子さんが考えた水仙よりも、妖艶さと気品とを兼ねそなえた蘭のイメージが当たっているように思われた。

「お元気そうですね」と桂子さんはまず喜びを表わして挨拶した。「ロアジスで御馳走になった時とは見違えるようです。失礼ですけど、別人みたいにお綺麗で、学生の頃もこんなにあでやかな花のような方だとは気がつかなかったわ」

「花に紛れて暮らしているものですから、初めていらっしゃると目が騙されてしまうのだと思います」

「うらやましいようなお住まいですね。これだけ花を集めて暮らすと、大気の成分の違うどこかの惑星にいるみたいで……花も呼吸して花の精気のようなものを吐き出しているのかしら」

「そうかもしれません」と満智子さんは笑った。「真由美さんは一時間もここにいると、花の毒気に当てられて偏頭痛が起こるそうです」

「それほどでもありませんけど」と工藤さんは部屋の中を見回しながら言った。

「お見受けしたところ、ジェーン・パーカーの本にあるような英国調のフラワー・デザインに凝っていらっしゃるようですね」と桂子さんが言うと、満智子さんは嬉しそうにうなずいて、

「おっしゃる通りで、あちらで見てきたのを自己流に再現して遊んでいるんです」と言う。

「随分珍しい花がありますね。あのサンルームなんか熱帯植物園みたい」と工藤さんが言った。

「出入りの花屋さんが次々に持ってくるものですから、つい置いてみる気になって」

「鉢や花瓶に学名を書いた名札が付けてありますね」と桂子さんが言った。「それにしても、花が置いてあるというより、珍しい動物のように飼育しているという感じではないかしら」

「ほんとにそうです。花を飼っているという感じです。花は、動かないけれど動物と同じように生きていて、いろんなことを考えていて、その意識というか妄想というか、それが見ていると伝わってくるみたいです」

工藤さんは、そろそろ満智子さんの様子がおかしくなってきた、と知らせるつもりなのか目くばせをする。桂子さんはそれを無視して、まだ時間はいいんですか、という合図に手首の時計を指してみせた。工藤さんには早く帰ってもらった方がよいと思ったのである。本人も長居はしないと決めていたことを思い出したらしく、慌てて立ち上がると、言い訳と挨拶をして帰っていった。満智子さんは独特の無関心と冷淡さで、引き止める気配も残念だという言葉もなしに工藤さんを送り出した。

「工藤さんは、もともとここへ案内してくれて護衛の役まで務めてくれるはずだったんですけど、さっさと帰ってしまいましたね」と桂子さんが笑うと、

「あの人、この前訪ねてきて以来、なぜか私に怯《おび》えているみたいです。あれでは護衛の役なんて務まりそうにありませんね」と満智子さんも笑った。

「この前とおっしゃると、その時工藤さんは結婚するという話を持ってきたんですか」

「ある人と結婚すべきかすべきでないか、その相談をしにきたということでした。でも聞いてみると、本当は結婚することに決めたのが嬉しくて、変な言い方ですけど、嬉しまぎれに押しかけてきたらしくて、その時はこちらも生憎《あいにく》虫の居所がよくなかったものですから……」

「かなり手厳しく撃退なさったようですね」

「脅かすために、ちょっぴり『アドリエンヌ・ムジュラ』をやってみたんです」

そう言いながら、満智子さんが自分の悪戯に半分は照れ、半分は得意がって笑った顔を見て、桂子さんは相手が同性であることとは無関係に、その魅力を愛《め》でずにはいられなかった。この人となら完璧な共犯者になれるという確信が桂子さんの頭を快く刺激したので、

「あの人って、妙にからかったり脅かしたりしたくなる人なのね」と言うと、満智子さんも唇を結んだまま目で笑っている。

「奥様もそうなんですか。悪人ですね」

「あなたには負けるわ。工藤さんはあなたが本物の分裂病になりかかっているものと思いこんで大騒ぎをして、あなたを病院に連れていく役を私に押しつけようとしたんですからね」

「でも半分は本当のことです。現に私は日高先生の御紹介で先生の後輩になる小谷先生に診ていただいた位で、工藤さんが恐れをなすだけのものは持っているようです」

「小谷先生とは楽しい仲ではないかしら」

「奥様の表現をお借りすると、一緒に踊れそうな人で、踊っていると楽しいことは事実です」

「結構なことじゃありませんか。で、近々パートナーをその小谷先生に換えることになるわけね」

「その方が星野さんのためにもいいと思います」

「星野『さん』ですか」と桂子さんは「さん」に力を入れて言った。

「あの人は一人にしてあげた方がいいんです。私もこれ以上無理をしないことにしました」

「星野さんの病気はなんですか」

「私が抗原になって、あの人自身を傷つけるような有害な抗体ができてしまったのではないかと思います。私は抗原になるつもりはなかったんですけど。俗に言う相性の悪さ、でしょうね」

「小谷さんのお世話になった方がいいのは星野さんの方かもしれませんね」と桂子さんは言った。

「この秋に星野さんが帰ってきたら、小谷さんを交えて三人で話をして、問題を全部片づけることにします。星野さんもそこまでは承知しています」

「それなら、少し早いけど乾杯してもいいわけですね」

「乾杯していただけますか」と満智子さんは明るい光芒《こうぼう》に包まれたような声を出した。そして奥からワインを出してくると、

「こんな時にはこれで乾杯しなければ」と言ってシャトー・ディケムの栓を抜いた。

「いいですね。こういう気分の時には甘いのがいいわ。でも、この冬のロアジスの時と違って潑剌としていらっしゃるのは小谷さんとのことがあるからですか。それとも、これは私の勝手な妄想かもしれないけど、山田先生があの世に移転してしまったことが満智子さんにとっては決定的な解放になったということかしら」

「後者があって、その上に前者があるからでしょうか」と満智子さんは言った。「山田先生とは……例えば連星というのがありますね。太陽が二つ、比較的近い距離で引力の手錠で繋がれている状態。あれが先生と私の関係でした。もっとも先生の方が圧倒的に大きくて、私の方は小さな付属の太陽でしたけど、その大きな方の太陽が突然消えてなくなったわけです。これからは私も自分に合った大きさの相手を見つけて自然な姿で踊ることもできるのではないかと思います。踊りのお相手を失ってしまった奥様には申訳ない言い方ですけど」

「事情は似たようなものだと思いますよ。実は私も連星のもう一方の太陽だか楽しく踊れるパ

ートナーだかを見つけて、前途は洋々というわけですから」

「それはおめでとうございます」

「そんなもろもろのことを祝してとにかく乾杯しましょう」

桂子さんは満智子さんと目を合わせ、グラスを軽く合わせて乾杯した。

「その、新しいパートナーになられる方というのは、奥様の二年先輩の宮沢さんですか」

「違います」と桂子さんは笑いを含んだ目をグラスの中の金色の液体に向けたまま言った。

「耕一さんのことは先生から聞いたんですか」

「いいえ、昔、星野さんから聞きました。お二人で何度かロアジスを利用して下さった時のことを星野さんが言っていました。まるで紫上と源氏の君が一緒に現れたみたいで、お二人は半透明な光の繭《まゆ》に包まれているような感じだったとか」

「星野さんにしては何とも大袈裟ですね。でも耕一さんと私は兄と妹みたいなもので、人前で一緒に踊れるパートナーではないんです。時々会って、ひそかに戯《たわむ》れることはありますけど、それはまあ、少しばかりインセストの匂いもしますが、本当は双子のきょうだいが胎内に戻って戯れるようなものですよ」

「そんな方がいらっしゃるって、うらやましいと思います。私は典型的な一人っ子で、誰ともそんな関係は結べないようです。小谷さんにしても、ソシアル・ダンスのパートナーですから」

「私は今度の相手とは人前で踊ることにはならないと思っています。人目のないところで二人だけで踊る愛人関係のようなことになりそうですね」

「愛人ですか」と満智子さんは溜め息混じりの調子で言った。桂子さんは満智子さんが山田氏とある種の愛人関係にあった時の感想を訊いてみたいような気もしたが、ここではそんなことは口に出さなかった。

「その方には奥様はいないんですよ。でも半ば公然たる愛人の関係でいるのがお互いに具合がよさそうで、そんなことになると思います」

「楽しそうですね」

「楽しいでしょうね。それに、その人はみんなが見ている舞台の上で途方もない犯罪をやってのけようとたくらんでいるものですから、愛人としては、人にはそれと気がつかれない客席のどこかにいて、何食わぬ顔で共犯者の仕事をするという、なかなかの愉しみがあるわけです」

「そんな大犯罪者と言えば、もしかするとその方は政治家ですか」

「さすがだわ。御明察です。ただしこれからそうなろうという人です」

満智子さんは俄然興味を示した。他人のことに余り興味を示す人ではないだろうと決めてかかっていただけに、桂子さんは意外に思いながら入江さんのことを話しはじめた。話が佳境に入る前に、満智子さんは、こういう面白い話は食事をしながら伺わなければ、と言ってロアジスに連絡した。予定より早めに来てほしいということらしい。

「ロアジスから出前を取るんですか」

「出前を取るのと、出張して料理を作らせるのと両方で行きたいと思いまして」と満智子さんは言った。「こんな我がままをするのはこれが最後になりますから」

この日の夜は臨時に休みにしてあるらしい。まもなくシェフの今井さんほか四名が到着した。この間見た時のビルマの僧か偏屈な職人を思わせる風貌が一変して、ムスターシュを蓄えて、小肥りの、いかにもシェフらしい風貌になっているのが桂子さんを驚かせた。今井さんが挨拶をしてキッチンに姿を消すと、桂子さんは早速感想を述べた。

「今井さんも堕落したというのか、すっかりシェフらしい感じになりましたね」

「お客様の抱くイメージに合わせてああなったんです。以前のようだと、顔つきが鋭くて、怒ると包丁でも持ち出しそうな怖さがありました。それではどうも具合が悪いというので、努めて堕落して、とうとう普通のシェフになったんです」

「今日はまた、随分立派な料理ができそうですね」

桂子さんは用意されている「本日のメニュー」を読んで感心した。懐石料理に準じたスタイルで、八寸は何々、向付けは何々、強肴《しいざかな》は何々、という風に書かれていて、これを最近ロアジスでやりはじめて、特別の客に和室で供するのが好評を博しているという。

「で、ここでも和室の方へどうぞ」と言って満智子さんはルーフ・ガーデンに面した八畳の間に案内してくれた。長方形に掘炬燵が切ってあり、視線を低くして庭のさまざまな観葉植物を見ながら食事をすることができる。ワイン・リストには上等のワインのほかに吟醸の酒も数種類並んでいる。桂子さんは冷たくして飲む吟醸の酒にも気持ちが動いたが、やはり強い日本酒は用心するに如《し》かずと、ワインの方を料理と取り合わせて何種類か出してもらうことにして、選択は今井さんに任せた。

それから桂子さんは入江さんの「大きなプロジェクト」あるいは「何々オペレーション」というべきものについて、どちらかと言えば黙示録風の比喩ずくめで話した。

「何のことだかわからないようにお話したつもりだけど、わかりましたか」

「わかりました」と満智子さんは目のまわりに紅蓮《ぐれん》の花の色を見せながらうなずいている。

「大変な方ですね。さっきおっしゃった犯罪とはそういうことでしたか」

「何のことだかわからないままお答えしますが、まあ大体そういうことでしょう」

「私も入江さんのような方の愛人になってみたい」と満智子さんは不意に大胆なことを口にした。桂子さんは満智子さんのこの言い方が、自分が満智子さんだったとしても言いそうなことだったのが気に入って、

「それもいいと思いますよ」とこちらも少し酔いのまわりはじめた顔で言った。「あれ位の大きさの人物なら、愛人が何人かいてもいいんです。秘書だって執事だって何人もいりますから」

「なんだか凄い話になりました」

「今日はあなたの方からも凄いお話が聞けるのではないかと楽しみにしてきたんですけどね」

「少々告白させていただきたいことがあります」

「工藤さんの『実は……』という話はどうもいただけないことが多いけど、満智子さんのお話なら興味津々だわ」

「何から申し上げましょうか……やはり山田先生のことになりますが、よろしいでしょうか」

「勿論。今のところ、それが一番面白そうな話題ですものね」

「その『実は……』ですけど、あの前後、私は一時帰国してこちらにいたのです。嘘をついていて、申訳ありませんでした。先生が研究室で倒れてしまわれた日曜日は、昼、先生と食事をすることになっていました。あの頃、先生と食事をするのは身の上相談のためで、先生には御迷惑だったと思いますが、星野さんとのことや大学を辞めてしまおうかという話や、それに何よりもどうやって先生から解放されようかという話や、そんな相談をお目にかかるたびに持ちかけていたんです。で、その日は待ち合わせた店で一人で食事をしながら二時間ほど待ちました。研究室には誰もいないようで、連絡がつきませんでした。一度家に帰って、先生のBRAINにメッセージを送っておきましたけど、それでも妙に胸騒ぎがするものですから、夕方研究室まで行ってみました。それが、工藤さんが手配して先生を病院に運んだあとだったんですね。その日、何があったのかと考えているうちに、悪いことを次々と想像してしまいました。あとになってわかりましたが、想像したことが大体当たっていたんです。でも、もっと凄いことも想像しました。研究室に行ってみると、先生が倒れている。それを窓の外から見た私は何もしないでそのまま帰ってしまう。これで何もかも終わったのだと思いながら夢遊病の人みたいに街を歩き回る。その間に先生は死んでしまう……」

「そういう願望があったのかしら」

「想像は願望だったと思います」

「で、その願望をもったことで自分を罰していらっしゃったわけですか」

「しばらくは」と満智子さんは言ったが、別に深刻な顔をしているわけではなかった。こういう時に、工藤さんとは違って突然内部で何かが崩壊するような気配を見せることのない人である。桂子さんは安心して話を聞き、それから言った。

「でも、よかったじゃありませんか、先生がいなくなって。人が死ぬということは、口に出しては言えないけれども場合によってはなかなか喜ばしいことでもあるんです。自分を知っていたり支配していたりした意識が消えてなくなるわけですから、自分を中心にした世界は随分すっきりしたものになる……実を言えば、さっきの乾杯にはそういう意味もあったの」

「亡くなった人の御冥福を祈るということにはそういう意味もあるんですね。まずは乾杯、と言いたくなる気持ちって、わかります」

「そうですよ。だから私は、亡くなった人のことを思い出しては角砂糖が水を吸って崩れていくような状態に陥っている人が理解できないんです。私の場合、時々あちらの世界に行った先生を呼び出すのはこちらが楽しむためです」

「今でも交歓をなさいますか」

「御想像に任せます」と桂子さんは笑った。

「そうだとすると、これは余計な話になるかもしれませんけど、十年ほど前の、私がまだ学生だった頃の奥様と先生の『宗教戦争』のことですが、あとで先生がおっしゃっていたことからすると、あれは疑似戦争だった、つまり先生は本当はカトリックに入信してはいなかったのではないかという気がするんです。あれもお二人の間のゲームで、交歓の一種だったということですね」

「それは面白い説ですね」と言いながら、桂子さんはにわかに自分の城が音をたてて倒壊していくような感覚に襲われた。山田氏があの時入信したというのがウォー・ゲームを始めるための作り事だったとすると、桂子さんがむきになって闘ってきたことがすべて遊びの平面に横滑りしてしまうことになる。

「交歓ということで言えば、あの頃の先生は奥様とそれこそ誰にも真似のできない高度なゲームを愉しんでいらして、そのお二人の関係を拝見しながら、私はただひたすら奥様に憧れていたものです。そしてこれが今日の告白の核心部分ということになりますけど、私はあの頃から奥様に恋をしてしまいました……」

急に雲行きが怪しくなってきたことで桂子さんは少々混乱した。自分の城の崩壊に関係することはいったん括弧《かっこ》に入れておくとして、それよりもこの聞き捨てならぬ告白の意味を確かめる必要があると思った。

「私に恋、ですか」

「先生ではなくて、奥様に、です」

「先生は影で、本当の相手は私だったということですか」

「はい。おわかりになっていただけましたかしら」

「はい、と言うしかないでしょう。でも、今までは残念ながらわかりませんでした。そういうことは私の想像力を超えています」

「私がレスビアンだという噂があることは御存じだと思います」と満智子さんは言った。白から薄紅に色を変えてきた酔芙蓉《すいふよう》の顔に微笑を浮かべている。「世間からはそんな風に見られても仕方がないでしょう。一言で簡便に言うとすればまあそういうことになるかもしれません。でも、レスビアンのお遊びのことは別にして、どうやら事の始まりは奥様に間違って恋をしたことにあるようです。なぜかわかりませんが、そういうことになったのです」

「私にもなぜだか理解できませんね」と桂子さんはむずかしい顔を作った。

「最初は奥様のような方になりたい、化けるか一つになるかしてそうなりたい、と思いました。それで夢うつつの抜け殻みたいになって先生につきまとっているうちに、先生は私が先生に夢中になっているものと誤解なさったようです」

「それは滑稽な話ですね」

「滑稽とも言い切れません。私も先生に夢中だと思いこもうと懸命に努めましたから」

「先生は満智子さんの恋が先生を通り抜けて私に向かっているということに気がついたんですか」

「ついに気がつかなかったと思います」

「なんとも啞然とするようなお話ね。先生には告白なさらなかったの？」

「そういう関係ではありませんでした」

「で、先生はあなたの様子がおかしいと思わなかったのかしら」

「かなりおかしいとは思ったでしょうけど、まさか本当はそういうことだという仮説は誰も思いつかなかったでしょう。何しろ忍ぶ恋で、私は抑えに抑えて今まで隠し通してきましたから……むしろ自分自身に対して一番真剣に隠してきたのかもしれません。相手を取り違えて恋をしながら、私は多分、奥様になり代わって先生を、という操作で自分を納得させていたのだと思います」

「なるほど。満智子さんイクォール桂子ですか。でもそれをうまくやればやるほど先生には満智子さんのことが私の影と二重写しになったお化けのように見えて、かなり居心地が悪かったでしょうね。お化けか schizoid か、正体のよくわからない人だと思ったでしょうね」

「先生には悪いことをしました」と満智子さんは低い声で言った。「私を訓練し、治療し、それも奥様への恋という不治の病にかかった私を御自分への恋でおかしくなったものと誤診して、できるはずのない治療を続けて下さったんですから」

「それは気になさらなくてもいいわ。先生は治療や治療まがいの行為を楽しむ人でしたから」

「とにかく私は正常な人間ではないんでしょうね。そう思うしかありません。小谷先生のところへもそれで相談に行ったんです。でも先生の意見によれば、それはやはり恋だそうです」

「私は女の人に恋をされたのは初めてで、どう御挨拶していいかわからないわ」

「特別変わった御挨拶なんていらないんです。私の方はもう何の欲もありませんし、鬼か化け物みたいに取り憑いて害をなそうというのでもありません。ただ心中で思っているだけですから」

「忍ぶ恋、ですか」

「頭の中にちょうど綿飴《わたあめ》みたいな妄想の塊が成長してきてどうしていいかわからないので困ってしまうんですけど、これは私だけの病気で、なんとか処理して綿飴をしぼませて消してしまうしかないんです」

「その綿飴を食べてあげたい気もするんですけどね。あれは子供の頃大好きで、近くの八幡様《はちまん》のお祭りに行ったらかならず食べていました」

「そうおっしゃって下さるだけで嬉しくて、また綿飴が膨張してしまいそうです」

「厄介な恋ですね」と桂子さんは溜め息をついた。「時間が経てばもっと収縮して、乾いた花みたいになって、そのうちに気にならなくなりますよ。時に、今井さんの折角の作品ですから、料理の方を少し進行させましょう。こうやって箸《はし》でいただくと、フランス料理も多少内向的な気分になるようで……」

「茶室で、着物を着ても食べられるフランス料理を、ということでこういうのを始めたのだそうです」

桂子さんは、この部屋も茶室風にできていて、花も、太鼓舟の花入れに底赤槿《そこあかむくげ》が一輪、という具合に気が配られているのに感心していた。

「これで庭がルソーの絵の森みたいなのではなくて、露地のつくばいでもあるとこの部屋も茶室らしくなるんですけど」と満智子さんは笑った。「そう言えば、奥様のおうちの蓮池は素敵でした。真夏の炎天下で葉が密生して光っているのもいいし、勿論花はいいし……私、蓮の花は大好きなんです」

桂子さんはそれで思い出して、先日入江さんが見舞いに来てくれた時の蓮の精の話や「並頭の蓮」の話、蓮の実を贈って思いを打ち明ける話などをした。そして楊万里の「荷花暮に入りて猶《なお》熱きを憂《うれ》ふ、面《おもて》を低《た》れて深く蔵《かく》る碧傘《へきさん》の中」という詩のことも話した。満智子さんは少し薔薇色を帯びてきた目を輝かせて聞いていた。

「素晴らしいお話ですね。それが入江さん式の求愛なんですね」

「私の方も今度、その蓮の実、蓮子、つまり憐子というものを入江さんにお届けすることになっています」と桂子さんは字を書きながら説明した。

「憐が動詞の love で子が You というわけですね」

「その気持ちのほかに何をお土産にしようかと、頭を悩ませているところなの」

「それはもう、決まっているじゃありませんか」と満智子さんは調子の高い声を出した。

「まあ、誰が考えてもそんなところでしょうね。それしかない、ということですね」

「それしかありません」と満智子さんも断言するので、桂子さんはおかしくなって、顔を見合わせて笑った。

「それで思い出したんですけど、申訳ないことに今日は満智子さんへのお土産を忘れました。今度は入江さんに持っていくのと同じのをお持ちするわ」

「何のことでしょう?」と満智子さんはわざととぼけて見せて、また二人で笑った。

まもなく今井さんたちが引き上げていくと、満智子さんが案内したのか、こちらがさせたのか、酔いで揺れる体で頼りなくもつれあうような感じで、桂子さんは家の中を見てまわった。

「あなたもコンピュータ・コミュニケーションをやってらっしゃるんですね」と桂子さんは満智子さんの書斎を見て言った。「それなら、先生が大学の研究室で使っていた一代前のBRAINを差し上げればよかった。この間入江さんのＪＡＩに引き取ってもらいましたけど、もう一度入江さんにお願いしてみましょう」

「有難うございます。でも、あんな日本に何台もないものを……それより、もとのBRAINには先生のファイルがまだ沢山入っていたんじゃありませんか」

「それは全部取り出しました。鍵のかかっていたファイルも専門家の手を借りて開けて、全部印刷しました。満智子さんへのアドバイスのようなものもありましたよ。今度お見せするわ。何でも、小説を書いてみてはどうかとか、勝手なことが書いてありましたけど、あなたを小説書きにする仕事は私の商売の範囲に属する、というので私を唆《そそのか》していました」

ここまで話して、桂子さんは突然そのあとに夫君が書いてあったことを思い出した。「……lesbianism ニツイテハツイニ治療方針ガ立タナカッタ。桂子モコノ問題ニハ余リ立チ入ラナイ方ガヨイ。昔カラ満智子ハ桂子ニ多大ノ関心ヲ抱イテイル。用心スベキデアル……」

夫君は満智子さんの正体をある程度まで見破っていたのである。桂子さんは改めて夫君に感謝し、かつ感服した。しかし「用心スベキデアル」と言われても何を用心するのか。「恋」を打ち明けられた今こそ用心しなさいと夫君は言ってくれるのだろうけれども、今となっては手遅れで、もう「恋」の毒は全身に回っている、と桂子さんは夫君に話しかけた。

満智子さんは桂子さんのそんなひそかな「通信」のことには気がつくわけもなくて、

「でも私の場合は通信と言っても完全なＲＯＭなんです。Read only memory というやつです。会議に参加したりおしゃべりしたりするのは煩わしくて」などと説明している。

桂子さんと満智子さんはそれからまた英国風フラワー・デザインで飾られた「花の部屋」に移った。太陽が傾く頃から夜更けまでに桂子さんはかなりのワインを飲み、今井さんが料理に合わせて出してきた吟醸酒も飲み、いつになく酩酊したが、これまで自分よりは格段に強そうだと思いこんでいた満智子さんの方も、今は桂子さん以上に酩酊している様子だった。自分の顔のことはわからなかったが、満智子さんの顔は明らかに三酔芙蓉《さんすいふよう》の変化を示しているように思われた。朝は白、昼は薄紅、晩は深紅と変化するという芙蓉に譬えると、満智子さんの花の顔は昼を過ぎた頃だった。

「満智子さんは花で言えば、水仙とか蘭とかいろいろ考えたけど、やっぱり芙蓉ですよ。酔美人ですよ。それも一日に三度色が変わる三酔芙蓉」

「でも芙蓉というのは中国ではもともと蓮のことでしょう。奥様は前から蓮の花だと思っていました」

「その奥様はもうそろそろ止めましょう。奥様も社長も嫌いです。名前は御存じでしょう?」

「桂子さん」

「そう、桂子。桂とは木犀《もくせい》のことですよ。うちの庭には金と銀の木犀が並んで立っています」

「桂子さんも花のことにはお詳しいんですね」

「あなたにはとても叶わないわ。満智子さんはホアチですよ、花痴。花気違いの秋先《しゅうせん》みたいな人です。花を飼育して、死んだら食べるんでしょう?」

「食べられるものは食べます。散った花、しおれた花のお葬式の代わりに食べるんです」

「少し眠くなりましたね。一時間ばかりそこのソファで横にならせて下さい」と桂子さんは言った。

「よろしかったら、朝までお休みになって下さい。バス付きの寝室が二つありますから」

桂子さんは花で縁取られた壁の時計を見た。酔いのせいか、この時計はクレーの「花の少女」のような顔をしている。そして謎めいた渋面を作り、夜はまだ長いことを教えている。桂子さんは案内された寝室で一、二時間寝て酔いをさますことにした。壁紙は淡い紫で薔薇をデザインしたもので、もう少し濃い薔薇色になれば、パリで見たデュフィの「ラ・ヴィ・アン・ローズ」と題する部屋の絵にそっくりだと思いながら、桂子さんは眠りに落ちた。

目が覚めた時、部屋の明かりが消えていたのは満智子さんが消してくれたものらしい。桂子さんはバス・ルームに入ってから思案した。今夜はここに泊まることにする。思案を要するのはそれからあとのことである。シャワーを使いながら考えたのは、満智子さんの方から何かを仕掛けてくるだろうかということだったが、多分それはないだろうという結論に達した時、それならこちらが行動を起こすべきではないかという次の結論に飛躍した。こういう場合の作法に当たることは何も知らないけれども、年上である自分がまずは男のように行動するのが作法にかなっているのではないか。あとは相手に合わせて踊ればいいし、その時にどちらが「男」になるかにはこだわる必要もないと思った。

満智子さんの部屋に行ってノックをすると、応答はなかった。黙って扉を開けた時、桂子さんは深紅の光に満たされた部屋に目をくらまされて立ち竦んだ。マティスか誰かの「赤いアトリエ」の絵の中に迷いこんだようで、しかもベッドにはこれも誰かの絵のように、裸婦が横たわっているという趣向である。裸婦はしかしよく見ると蟬の羽よりも薄いナイトウェアにくるまって、赤いベッドの上に広がるその姿全体は大きく拡大された芙蓉に似ている。その花の精が急に動いて、

「この部屋、異常ですか」と言う。

「部屋の中は真っ赤な花の中、という趣向ですか。今あなたを見て芙蓉のお化けを思い出したの。伝説上の珍種で、日毎に色を変えていくので『弄色《ろうしょく》』というの。誰かの詩に『妖紅弄色《ようこう》』という言葉があるわ」

「妖しい紅、ですか」

「これは何の音?」

「真夜中の夕立ちのようで、雷も鳴っています」

桂子さんが近づくと、芙蓉の精が白い腕を伸ばしてきて桂子さんを捕らえた。満智子さんの体は植物的に冷たい。最初、桂子さんの頭には二体の裸の人形が抱き合っている姿が浮かんだが、その雑念はすぐに消えた。これはいわば自分の分身と抱擁しているのに近いことで、それにくらべると相手が男であることがどれだけ不自然で異常なものであるかということを思い知らされるのは麻薬に犯されていくのに似た陶酔をもたらす。時々窓の外を走る菫《すみれ》色の光とそれを追う雷鳴が陶酔を切り裂くというよりも快く刺激した。

真夜中の激しい雨で繊細な洋菓子のような建物が溶けていくといった感覚が夢の中では続いていたが、朝が来ると夏の終わりの太陽の君臨する空はまた残酷な青い目のように晴れ上がっていた。

第十三章　清夢秋月

あることについて考えめぐらす時間が長くなればなるほど、それを実現するには無数の細かい手順を重ねることが必要であるように思われて、したがってその実現はついにありえないという気がしてくることがある。あの「アキレウスと亀のパラドックス」もその種の思考の陥穽《かんせい》をあらわしたものかもしれなくて、桂子さんも入江さんとの交歓の儀式を執り行なうまでのあれこれを無数の段階に分割して考えている限りでは、亀に追いつけないアキレウス同様に、それを行なうに至ることがなんとしても信じられないのだった。しかし実際にはアキレウスがほんの二、三歩で亀を追い抜いてしまうように、桂子さんもいざとなるといとも簡単に儀式を通過して、気がついた時には「並頭の蓮」の状態を実現していた。

それは滝をなす急流を流れ落ちたというよりむしろ信じがたいような滝上りをやってのけたのに似ている。下界を離れたエクスタシーの雲の上にいる気分である。ベッドは妖しい雲の中にある。雲は城の中にある。城は皓々《こうこう》と輝く月の中にある……桂子さんは夢から覚めた時そんな呪文のような言葉を弄んでみた。

実際に外は月の光の洪水で、窓を開けるとそれが侵入してきて床を濡らし、ベッドを浸し、肌を水銀のように腐蝕《ふしょく》しそうだった。まず入江さんの腕から胸へ、それから桂子さんの胸から腹へと、あの人を狂わせる月光が侵略してくる気配があった。入江さんもそれに気がついたのか、月の光を避けるようにして桂子さんの方に顔を向けた。桂子さんは自然に入江さんの裸の背中に腕をまわした。

「背中が冷たくなっている」と桂子さんは言った。「余り長い間月の光を浴びるのは毒だわ」

「月光浴をしているうちに肉が融けていくような気がしてきた」

「そう言えばこのあたりの肉がなくなって骨を直接撫でているみたい」

「『ホラホラ、これが僕の骨……』というわけだね」

「この骨がマンハッタンを歩いてきたのかと思うとなんともおかしい」と桂子さんも同じ詩をもじって応じた。「それに、こんなところにユニコーンの角のような骨が生えているのもおかしい」

そうやって戯れが再開されると、ベッドはまた雲の中で浮き沈みする舟に変わる。時間は渦を巻いて荒れ狂う台風の形をとる。舟は何度も宙に蹴《は》ね上げられて壊れそうになる。やがて舵《かじ》も帆も失った舟は眠りの海を漂流しはじめる……

これは亡くなった夫君との習慣にはないことだった。二人が同じ舟の中で前後不覚の眠りに落ちてそのまま朝まで漂流するということは、結婚当初にあっただけで、その後桂子さんと夫君は寝室を別にすることにしたので、就寝の前にどちらかが挨拶に出向くと、その時の成り行きで夜の交歓に至る時は至り、それが終われば自分の部屋に戻るというのが夫婦の流儀となった。桂子さんは誰かと「並頭の蓮」の姿のままで朝を迎えるこの経験をつい最近したばかりだったが、その時には隣に満智子さんがいた。

あれは自分と同じように白い柔らかい生き物だった。明らかに同族、あるいは同種の動物がそこにいた。あんなことがあった後では他人であるという隔壁さえ忘れて、その体にも猫や犬を撫でるのと同じに好きなようにさわることができそうで、実際にそれをすると相手も眠りの毛にくるまったまま体を屈伸させて猫のように喉を鳴らしながら応える。子供時代にも桂子さんは、例えば妹たちとそんな風にして同じベッドで甘い朝の目覚めを経験したことがない。それが満智子さんとはいきなり双子の姉妹同様の、二人で胎内にいた時のように抱き合うことでも何でもできる仲になってしまった。それで桂子さんにとって満智子さんは前からいた分身のように思われて、あれからは満智子さんが不意に顔を見せたりすると、子供でも妹でも従妹でもないのに、遺伝子のつながりがある人間に感じるのと同じ種類の赤外線放射物体特有の温かさのようなものを感じたりする。その反面、あの真夜中の夕立ちと雷鳴の中で起こったことをもう一度繰り返したいという欲求はない。あれはやはり酔いにそそのかされて初めてできた異常な儀式だったような気がする。もう一度同じ手順を踏めば実現は不可能ではないかもしれないけれども、敢えてとりかかる気は今のところ桂子さんにはなくて、恐らくは満智子さんにもないのではないかと思われる。満智子さんは桂子さんのところに来ると小谷さんのことを話題にした。桂子さんもそれに合わせてか釣られてか、自然に入江さんのことを話した。満智子さんは興味を示してその話を聞き、自分が将来小谷さんと結婚したとしても、入江さんの愛人の一人に加えてもらえれば嬉しい、というあの晩にも口にした冗談をまた繰り返したりした。

それで桂子さんは今ここに、入江さんをはさんで満智子さんもいる様子を想像した。入江さんは双頭の蛇にからみつかれた半神半人のように見えるだろう。あるいは、その蛇は双頭の間の股《また》に獲物を呑みこむ口をもっていて、入江さんの体の半分はすでに蛇に呑まれているという風にも想像できる。桂子さんと満智子さんと、二つの蛇の頭は両側から紫色に光る高雅な舌を出して入江さんの顔をなめながら、次第に体を呑みこみ、消化していく、首は歓喜と死相をあらわしながら双頭の間の穴に吸いこまれていく。

桂子さんはこんな妄想を分泌したことを空恐ろしいと思った。半神に対する冒瀆のように思われたのである。入江さんと迎える「並頭の朝」は、少なくとも満智子さんとの場合とははっきりと違ったものになった。相手は男という半神あるいは半獣だった。いずれにしても桂子さんと同種の人間ではない別の生き物で、起きて人間の言葉をしゃべっている時はともかく、眠ってしまった時は、その人間を超えた何かに戻っている。桂子さんの頭に浮かんだのは、アプロディーテーの息子のエロースをベッドに迎えたプシューケーの立場、そして青髭の花嫁の立場だった。眠っている相手に純白の翼があったり恐ろしい青髭があったりしたら……という想像上の戦慄に似たものを、眠っている物体となった入江さんに対しても覚えるのである。こうして同床の状態にあると、相手はなかなか長大で、桂子さんとは別の種類の筋肉と骨格と体毛を備えた怪物であるように思われた。相手が目をさまして優しい言葉をあやつる時は別として、今は軽々しく撫でたり抱きしめたりするのは憚られる。しかしそれが桂子さんにとってはかつてない恐怖で、戦慄で、強い毒に痺れるような期待で、それは強いて言えば生贄として祭壇に横たえられた身で覚える「死への欲情」のようなものである。桂子さんは目覚めた怪物の牙と爪と鉄の筋肉で引き裂かれて、できることならまだ意識も残っているうちに喰い殺されてしまうことを望んだ。

この時桂子さんは改めて悟ったが、入江さんとの関係は、朝が来たら寝ぼけ眼《まなこ》の亭主を起こして身のまわりの世話をして会社に送り出す妻になるようなものであってはならない、ということだった。亡くなった山田氏に対してはある時期までそのような妻を少しばかり演じてみたこともあった。しかし入江さんに対してはいささかもそれを演じるつもりはないし、入江さんもそれを望んでいるとは思えない。だから桂子さんはあくまでも「愛人」でいるつもりになっていたし、仮に一緒に暮らすことになったとしても、夫婦の間の日常茶飯の事についての話や愚痴の応酬や家の中のこまごました問題についての相談のようなことは一切したくなくて、毎日顔を合わせた時の話は例えば共犯者同士の内密の愉しい相談のようなものでありたいと思っていた。腹の中にまで手を差し入れあっているのに、最後のところでは相手はやはり怪物で、その正体はわからず、相手もこちらの卵巣や肝臓に充満している猛毒に対しては恐れを失うことがない、という関係が桂子さんにすれば理想だった。

それから桂子さんは明け方の空の断片を頭の隅で感じながらうとうとした。またも怪物の攻撃を受けたのはその時で、桂子さんの意識も体も眠りの膜に包まれただけの無防備な軟体動物の状態になっていたので、先程まで想像していた通りの「襲われる生贄」の悦びを味わうことができた。それに、朝を迎えて桂子さんの方も予想外に充電が進んでいたと見えて、この攻撃に対しては、受け身に終始しながらも相手の精気を吸い尽くすほどの力で応えることもできた。

ベッドから下りると桂子さんは改めて窓際に立って朝の月を見た。白い紙を切り抜いて作ったコピーのような月がまだ空に貼りついていて、それを見た時にどうしても思い出すのが、家隆の「ながめつつ思ふもさびしひさかたの月の都の明け方の空」になるのは、歓を尽くしたあとの朝の桂子さんの半ば習慣のようなものである。その気分を変えるために桂子さんは浴室に入った。浴室をはさんで入江さんの寝室の反対側には誰が使っていたというのでもないらしい立派な化粧室が用意されており、さらにその隣にあるもう一つの寝室は、入江さんの夫人か愛人になる人のためのものらしかった。桂子さんはこれから先、一年のうち幾晩をこの寝室で眠ることになるだろうかと思った。そんなことが頭に浮かんだのも、それが多分指を折って数えるほどにしかならないような気がしたからである。

朝の化粧と着替えを済ませると、この「城」の「侍女」らしい若い女性が御用を伺いに来た。桂子さんの家の李さんとはどこか違って、こちらは宮殿に召し抱えられている身分のように見える。着ているものが制服ではないのに自然に制服のように見えたりするのもその違いの一つである。桂子さんは相手の肌の色と言葉遣いから推測して、東南アジアの人ではないかと思った。それでも、「お食事の用意ができておりますから御案内いたします」という調子で、敬語は一通り使えるようだった。

その食堂は昨夜案内されたのとは別のものらしくて、今度はエレベーターで下りていくので、桂子さんは用途別にいくつもあるらしい食堂のことをこの「侍女」に訊いてみたが、相手はこれに的確に答えるだけの日本語はまだ身につけていない様子で、今案内するところが中庭に面した一階の「朝日の当たる食堂」だということだけ辛《かろ》うじて説明してくれた。

入江さんは青髭らしいものとも白い翼とも縁のなさそうないつもの入江さんに戻って桂子さ

んを待っていた。そして桂子さんの話を聞いて笑いながら、

「侍女、ですか」と首を傾《かし》げた。「そんな大袈裟な人間を何人も抱えているわけじゃない。何しろ今はいずこも同じ、人手不足、人材不足で……うちにもお宅の李さんのような魅力的で有能な女官が欲しい」

「李さんならお譲りしてもいいと思っているうちに、急に結婚退職するようです」と桂子さんも笑った。

「それは残念だ。相手は誰ですか、そんな不埒《ふらち》者は手討にしなければ」

「うちに居候《いそうろう》をしている猪股さんがものにしてさらっていくことになりました」

「猪股君か。これから売れそうな人だ」と入江さんは猪股さんのことを知っている様子だった。

「李さんを差し上げた代わりに、商売の面ではうちの専属みたいにして放さないつもりです」

「専属はいい。あなたのところは昔から有望な書き手を専属のようにしながら大成させるのが得意らしい。時に、これからはあなたに私の専属になっていただきたいが、よろしかったら、今日にでもその契約をしましょうか」

「私の方はもう契約は完了したと思っていますけど」

「そういう解釈をしていただけるとありがたい。随分時間をかけて念入りに契約していただいたわけだ」

「あれがわが社の流儀ですから」と桂子さんは笑った。

「これからはどういう形式になるのかな」

「お気に召すように、御都合に合わせて、いつでも必要な時に」

桂子さんは背中に人の気配を感じたので入江さんにだけわかる言い方をした。

「それでは、例えばこちらにも頻繁に来ていただくことになる。食事のあとで、家の中を御案内しますよ」

「昨夜はいきなりさらわれてきて幽閉された姫君みたいな目に会って、お城の中の様子もわかりませんでしたから」

桂子さんは入江さんに合わせてそんな調子で話をした。メートルドテルのような人が恭《うやうや》しく食事を運んできたりするところではこれからもこの調子を守るつもりである。

中庭は高い建物に囲まれているとは思えない広さをもっていた。さまざまの樹木の配置に工夫があるせいかもしれない。

「ちょっとした公園みたいですね」と桂子さんは感想を漏らした。

「何しろまわりは煉瓦の建物で囲まれているし、下は敷石で固めてあるし、確かに一見都心の小さな公園風です。ただし公園とは違って、浮浪者でも犬でも入ってきて日向《ひなた》ぼっこをするというわけにいかない。お客様をお通しする部屋からはこの庭は見下ろせないようになっているから、ここで散歩しながら妄想に耽っていても、うちの人間以外の者に見られる心配はないというわけです。仕事関係の用途にあてている部屋は、どれも外側に開いた窓しかない。だから大概の人には、何度訪ねてきてもこの建物に中庭があることはわからない仕掛けになっている」

「するとこの庭の見える『朝日の当たる食堂』は、御家族専用の食堂なんですね」

「まあそうですが、あなたはもう私の身内だから」と言いながら入江さんは意味深長な目くばせをした。

「どきどきするようなお城ですね」

「ここで隠れんぼをするとなかなか面白い」

「時に、私がここに泊めていただいたことは、お城の人たちにはもう公然の秘密でしょう？」

「執事を通じて全員にお達しが行き渡っているはずです。それでみんな、新しい奥方を迎えて、内心小さな国旗を掲揚して慶祝の意をあらわしている」

「奥方というより愛人という意味で maîtresse でしょう」

「古めかしい言葉だが、私の好みからすると、あなたのような人が愛人兼サロンの女主人になってくれればもう何もいらない」

「あとの方は自信がないけれど」と桂子さんは入江さんの目を見つめながら笑った。「最初の方のお務めなら、ゆうべから今朝にかけていささか自信を得ました」

「それは嬉しい。とは言うものの、こちらは無我夢中で乱暴狼藉を働いただけで、汗顔の至りである、とでも挨拶するしかない」

「あれで私は嬉しかったの」と桂子さんは声を低くして、その分顔を近づけるようにした。

「実はゆうべ、その乱暴狼藉の間にいろいろと妄想を繰り広げました。例えば、あなたの正体は青髭か、それとも翼の生えたエロースか、などと考えながら、これまでにない怖い思いをしました」

「それは申訳ない。あなたを愛人にするにしては房中術でも sophistication が足りないようだ」

桂子さんは入江さんが話を少し誤解していることに気がついて返事に戸惑うとともに瞼《まぶた》に花の色が浮かぶのがわかった。

「困ったわ。怖かったというのは、私としては最大級の感激なんです。怪物でも半神でも半獣でもいい、とにかく普通の人間の男とは違う方のものになるという経験はこれが初めてですから……」

「当初のシナリオでは、こちらは女神に奉仕する半獣神といった役どころを務めるはずだったんですがね」

「それはそれで愉しそう。そちらでもいいし、何でもいいの。いささか自信を得たと言ったのは、もうどんなことでもやっていける、どんなにされても大丈夫、ということなんです」

「人間の女を超えた女神の境地だ。大変なものを背負いこんだらしい。怖くなるのは私の方だな」

「そうですとも。これから私はだんだんと重たくなります。あなたの背中にしがみついて、大理石の女神みたいに重たくなります」

「それならこちらもせめてヘラクレス並にはならなければ」と入江さんは笑いを含んだ目をして言った。「この覚悟は楽しい。それだけでも今までの倍の力が出そうだ」

「怪力を出して下さい。で、まずは野菜ジュースのネクタルで乾杯しましょう」

入江さんはちょっと桂子さんを制して、メートルドテル風の人に「何かエリクシールを」と注文した。持ってきた瓶のラベルを読んで、桂子さんは、「ベネディクティーヌですか」と言った。

「そうです。これを入れるとネクタルらしくなる」

それから桂子さんと入江さんは乾杯した。

「この黄緑のお酒は、本当はゆうべのナイトキャップに召し上がるとよかったんでしょう？」

「どこかの酋長のように、ですか」と入江さんは言ってからメートルドテルを下がらせた。

「郡司と言います。うちのレストランでは一番偉い男で、大概の注文は聞いてくれる。で、その酋長ですが、高齢で大往生を遂げるまで七人のメートレスに満足を与えていたという。このベネディクティーヌを飲んでいたおかげで」

「メートレスが飲むとどういうことになるかしら」

「そこまでは修道院の文書にも書いてないらしい。今度試してごらんなさい」

「朝から陶然としてきました」

桂子さんはそれで元気を回復して、入江さんの案内でこの「お城」の中を「見学」してまわった。前日、外から見た時には、二階にメイン・ロビーがあってその正面に正円アーチの窓が並んだ横浜の古いホテルに似ていると思ったが、玄関から改めて広い階段を上って二階のホールに入ると、桂子さんのその印象は再度確かめられることになった。

「これを建てた祖父は本当はもう少し本格的なロマネスク様式にしたかったらしいが」と入江さんが説明した。「途中で外国人から日本人に設計者が替わって、結局今のホテル風のものになったということです。それでも付け柱の頭やアーチの弧のところには、怪獣だの怪鳥だの妖怪の顔だの、奇怪なものを彫刻してある」

「どこかの大学の講堂にもありましたね」

「あれも確かロマネスクだった」

「各国大使を招いてパーティができそうですね」と桂子さんはホールを見て言った。その奥のダイニングルームについても、大袈裟に言えば外国の元首級の客を招いての晩餐会でも催せそうだと桂子さんは思ったが、入江さんは笑って、

「まあ二、三の小国の方を非公式にお招きする程度ならね」と言った。「あちらのビジネスの関係の友人を招待する時にはここを使うし、クラブの方は日本人専用、外国人が混じる時はこちら、という具合に使い分けている」

この「城」は全体がロの字になっているが、その一辺だけが入江家の住居の部分らしく、各階のそちらへ通じる境のところには「PRIVATE」という表示とともに鍵のかかった扉があった。入江さんは桂子さんの手にICカードのようなものを握らせた。それを差しこめば扉が開くという。このカードは桂子さんが「城」に出入りしたりその中を歩きまわるのには全能だということだった。

「さっき御覧になった通りで、四階の私のフロアーにはあなたの部屋をいくつか用意してある。いつでも来て使って下さい。あとで、裏門から地下道を通って中庭に来られる経路も御案内するが、これはスリルがあって楽しいかもしれない。何とかの通い路という感じだし、私も取材の連中の張り込みを突破する時には秘密の脱出路に使う」

「この次に使ってみます」と桂子さんは言ったが、何やら中学生の頃に経験した、男の子との秘密の付き合いを半世紀近く経って再現しているような興奮を覚えた。

にわかに精神年齢の若返り、あるいは退行が起こって、「アンファン・テリブル」気取りの少女が正真正銘の天才少年と恋のゲームに熱中しているような気分である。しかし考えてみると、少女時代の桂子さんの周囲にはそのような天才少年はいなかった。何人かの秀才少年はいたけれども、それぞれに秀才ぶりを相殺するような鈍、醜、貧の要素をいくらかもっていて、共犯者とするに足りる少年はいなかった。桂子さんは今になって、天才少年のまま五十歳に達した珍しい人間と何やら中身のよくわからない密約を交わして共犯関係に入り、秘密の通い路を教わったり忍んでくるための鍵に当たるものを貰ったりしているわけで、相手はそのことに夢中であると同時に、長年欲しがっていたものを計画通り手に入れたことに有頂天のように見える。いずれにしてもそうして興奮状態にあればあるほど、この天才少年のスーパーコンピュータは演算速度を速めて、未来の起こりうることについてのシミュレーションを洗いざらいやってのける勢だった。その頭脳から放射される熱気のせいで桂子さんも同じ種類の興奮に感染したらしく、「ひょっとするとこれが恋かしら」という文句が頭に浮かぶほどの浮揚状態に押し上げられた。

それが数時間続いたあと、ようやく別れの挨拶を唇と唇で交わして、あのアーチの弧の上の怪獣たちの彫刻を確かめるのも忘れたまま「城」を出て家に帰ると、さすがに桂子さんは熱病のあとのような疲労を覚えた。疲労の茸が体の深いところから一斉に生えてきたような感じで、それは入浴でとれる性質のものではなく、こんな時に入浴するとその茸が膨張してついには破裂し、かえって全身の衰弱が進みそうな気配だった。そこで桂子さんは壁からヘンデル、ギボンズ、バードなどのチェンバロ曲を音のシャワーにして出すと、それを浴びながらしばらく眠ろうと努めた。しかし疲労の茸は神経から生えているらしく、音のシャワーも興奮した神経に対していつもの鎮静効果を発揮することができなかった。桂子さんは日曜日の午後の日が落ちるまでの中途半端な時間を珍しく無為に過ごした。

頭にはまだ発熱の状態が残っている。「城」を案内されながら入江さんから聞いたこと、特に大型コンピュータのある「情報センター」、入江さんによればこれが「自分のBRAIN」だという部屋で聞かされた話が、今になっても頭の中でうまく消化吸収されないまま、発熱の原因になっているらしい。入江さんは、自分の頭とそのBRAINを使って熟慮してきたことを冷静にしゃべっているように見えたけれども、その内容、特に例の目的を達成するための計画の細部の綿密さ、精緻さが桂子さんにはかえって天才少年の途方もない夢のように思われた。相手は確かに天才少年に戻って、自分の計画を一人の少女に打ち明けていたのである。

「伺っていると、何やら銀行の地下金庫まで少しずつ穴を掘っていって、という類の計画に似ているわ」

「その通りで、ただ穴を掘っていく先がイギリスならダウニング街一〇番地、日本なら永田町二の三、という風な違いはあるけれども」

「取りたいのはＭでなくＰのつくもの……」

「そう、Ｍの方はこの仕事をするのに注《つ》ぎこまなければならないもので、銀行強盗と違ってＭが目的ではない。Ｐを取ることがこの十年計画の目標ではあるけれども、Ｐを握ること自体は別に嬉しいことでも楽しいことでもない。楽しいのは、そこでできる仕事と悪戯の方だ。銀行強盗なら、首尾よく金を取ったあとの楽しい生活の方です。映画に出てくる彼らの話には、金を山分けしたあとの構想がない。あってもひどく貧弱なものでしかない。情婦とその連れ子とでどこかの島へ渡ってひっそりと暮らすとかね。私の場合はＰを取ってからが楽しい。まあ、この話は鬼が大笑いしそうな話のもう一つ先のことになるから、しらふで話すのは恥ずかしい。今度お酒がある時に話しましょう」


それから桂子さんは、この計画に必要な資料、ある意味では入江さんの潜在戦力の全貌を示す「人脈」に関する資料を貰って、それがこの日の最大のお土産になったが、その場でざっと見ただけでも気が遠くなりそうな印刷物だった。入江さんはこれを簡単に「ネットワーク」と呼んでいた。このネットワークに関する膨大なデータベースが入江さんの現在の力の源泉で、そこには日夜追加される情報と分析結果が蓄積されて、誰に何を与えれば何が得られるかが瞬時に検索できるようになっているという。

桂子さんはそういう話を詳しく聴いて、その時は例の「天才少年のおしゃべりに夢中で聴き入る少女」のように興奮したけれども、あとになってみると、とにかく疲れていた。興奮のほとんどが疲労に変わっているのがわかった。しかしその疲労をもてあましている時に、入江さんから電話がかかった。

「お疲れさま」といきなり入江さんは言った。「こんな時の疲れに効くのはお酒です。ベネディクティーヌでなくてもいい。あれはあとでお届けするとして、今日はワインでも飲んで休むこと」

「有難うございます」と桂子さんは声を明るくして言った。

「ほんとは私よりお疲れなんでしょう？」

「実は自分のことから推して、これは大変だと思った」

「最初はどうしても格闘になります。でも慣れれば自然に踊れるようになりますから」と言いながら、桂子さんは今度は笑いの茸が胸のあたりから生えてくるのを感じた。これは疲労の茸を一掃する力を持っているものらしい。

数日後、桂子さんは満智子さんに来てもらうことにした。小谷さんのことで話があるということだったが、桂子さんの方にも入江さんのことで話したいことは沢山あった。それに今はこの前の「真夜中の夕立ち」の時の交歓を再現したいという気持ちも動いた。そのことを考えて、桂子さんは女の泊まり客用の寝室を模様変えしたが、

「こちらもいろいろとお話があるから泊まっていらっしゃったら?」という桂子さんの誘いに対して、満智子さんの返事は甘い調子の「はい」だった。

聞いてみると、満智子さんの方には小谷さんのことで急を要する相談事がある様子でもなかった。小谷さんを通して興味を抱くようになった精神病の話などをひとしきりしてから、満智子さんは話を切り替えた。

「ところで、入江さんとはいかがなことに相成りましたでしょうか」という調子で満智子さんは桂子さんの話を聞きたがった。

「話せば長いことになりますが」と桂子さんも調子を合わせた。「まあ、結論から言えば、大変疲れました。初めての男の人とのジョイント・ベンチャーって、予想外に疲れるものね。あんなことではこれから大変だと思います。もっと力を抜いて自然に踊ることにならなければ……でも、不思議なことに、そのためにもすぐまた会って疲労困憊することを繰り返したいという強迫観念みたいなものに駆られる。大丈夫かしらと思うわ」

「最初はそんなものですよ」と満智子さんは何かを考えながら言った。「これも変な話ですけど、先生と私が変な関係になった最初の頃が多分同じではなかったかと思います。お会いして

もひどく疲れるだけで楽しくないのに、会わずにはいられない……桂子さんの場合もきっとそんな風だろうと想像します」

「それでも無理をして会って疲れることを繰り返していると、楽しくなるものですか」

「私の場合はついに駄目でした。でも桂子さんと入江さんとでは違うでしょう? ジョイント・ベンチャーでおやりになる大事業もありますし、これからは楽しいことばかりじゃありませんか」

「それにしても」と桂子さんは笑いながら言った。「あなたとなら優しいケーキを食べるような愉しみがあるけれど、殿方は強烈なお酒のようで、あとが疲れますよ」

「それではあとでまたケーキをいただくことにしましょう」と満智子さんも笑った。

第十四章　霜樹鏡天

　昨年の秋に催した一月遅れの誕生日の会を今年も一月遅れで催すことにして、桂子さんは招待する人を決めるのに入江さんの意見を聞いた。というのはほかでもない入江さん自身がその中に加わるかどうかは入江さんの意向によるからだった。

「勿論、加えてもらいますよ。桂林荘に招待されるのは光栄の至りです」と最後は冗談の調子でわざと大袈裟に言いながら、入江さんはやはり嬉しそうだった。

「ごく狭い範囲の、精神的親類縁者だけの集まりですけど」と桂子さんも言って、昨年の顔触れを入江さんに教えた。そのリストのうち横線で抹消されている一人は専務だった橋本さんで、秋の深まるのを待たずに食道癌で亡くなったのは桂子さんにとって痛恨の極みだった。その代わりになる人をということで、入江さんが譲ってくれたのが平岡さんで、この人には橋本さんが出ていたところには橋本さん同様に出てもらうことにした。

「この二宮さんというのは桂子さんのところの女官長ですか」

「母と同い年の女執事です」

「私も執事を連れていくことにしよう。津島さん、こちらは私と同い年です」

「神野さんは招《よ》ばなくてもいいでしょう?」

「精神的近親者とは言えない人だから、招ばない方がいいでしょう」と入江さんの判断ははっきりしている。「仕事の上では有能なパートナーですがね」

「マネー・ゲームの達人ですけど、いつも真剣勝負をしているような目つきの方ですね」

「遊ばず、娶《めと》らず、武蔵《むさし》の境地でその道を窮めるつもりらしい。この求道者《ぐどうしゃ》的真面目さが実は心配だ」

「前にもそんなことをおっしゃったようね。でも、娶らずの主義は誰かさんも同じでしょう?」

「その誰かさんなら娶られたくない佳人をパートナーに得て楽しく踊っている」

「『娶られたくない』はやや言い過ぎだわ」

桂子さんは笑って睨んだ。

「とにかく、今度の集まりでは、みなさんの前で踊って見せてもいいだろう」

「うまく踊れることを披露したい気持ち」

「それなら照れないでやってみよう」

桂子さんは入江さんのそんなところも好きだった。人にからかわれたりすると、少々むきになって冗談で応酬する。照れっぱなしにはならない人である。もともと自分で発光する人であるが、大勢の中にいて他人から視線を浴びるとそれを反射してひときわ光度を増すことを桂子さんはしばしば見ているうちに、今ではそんな入江さんを見るのが何よりの楽しみになっていた。

適当な日本語がないので、桂子さんはadmireという言葉を頭に浮かべた。男の人に対してそういう気持ちになれるのは初めての経験だった。そして入江さんも桂子さんに対して同じ態度を隠さないことに桂子さんは気がついていたけれども、これも大きな「！」をいくつも並べたいほど嬉しいことだった。これまでに桂子さんは数えきれない男たちからadmireの対象にされてきたので、そのこと自体には慣れていたと言ってよいが、こういう時の男たちはしばしば卑屈な顔になる。主人を見上げて尻尾を振る犬の態度になる。劣等感の分だけ、自分を低いところにおくことは、本当はadmireとは違うのではないかと桂子さんは思う。自分の劣等感を見せたくない男なら、殊更桂子さんを無視してかかろうとする。無視したふりをしてちらちらと盗み見る。これも桂子さんには愉快でない。亡くなった夫君はそのどちらでもなかったが、入江さんと違って自分の照れをうまく制御できないところがあり、またもとは桂子さんの先生だったこともあって、はっきりとadmireの態度を示すことはしなかった。その代わり折りにふれて、教師が試験の成績を発表して出来のよい学生を褒めるような調子で自分の評価の高さを知らせようとする。そんな時にも山田氏は照れのためにぎごちなくなる。今ではそれも懐かしいことの一つだったが、入江さんのように桂子さんに向けて強力な光を発してくれる相手に出会ってみると、真夜中に突然太陽を見る思いがした。相手が太陽である証拠には、桂子さんの方は太陽電池のように、会うたびに充電が進むのを感じる。何も知らないまわりの人には、夫君の急死による傷心から立ち直った桂子さんが以前にもまして元気になり綺麗になったという風に見えて、現に桂子さんは多くの人からそんな挨拶をされた。

もう少し事情に通じた人たちは、桂子さんと入江さんの間には仕事の上のパートナーシップを超える関係がありそうだと見ていた。ただしその人々の好奇心の働き方は、嘉治さんによれば、天上の星の動きを見て牽牛《けんぎゅう》と織女の出会いや交歓の首尾についてあれこれと推測するのに似ていて、地上の男女のゴシップにはなりようがない、ということらしかった。

「天体の運行でも観測しているような具合ですか」

「まあ、あの方は巨大な彗星のようなものですから。ただし、近づいてきてこちらの月を攫《さら》っていくのではないか、という不安もあります」と嘉治さんは言う。

「そんな大異変は起こりません」と桂子さんは笑った。

「起こっては困りますが、地上の野次馬としては、天上でも多少の異変がある方が楽しいものです」

「私たちがどんな星だかわかりませんけど、今の心境はと言えば、『ながむれば衣手すずしひさかたの天の川原の秋の夕暮』というところかしら。とても爽やかですよ」

桂子さんは式子内親王の歌を引いて説明したが、嘉治さんは「ながむれば」とは他人事《ひとごと》みたいじゃありませんかと食い下がるので、

「でもどっちみち天の川原に小屋を建てて所帯を持つという話にはなりませんから御安心を」と言って逃げた。

折りよく神野さんから電話があったので、嘉治さんは社長室から退散し、桂子さんは久しぶりに神野さんと夜の食事をする約束をした。ロアジスに部屋をとって早めに行ってみると、挨拶に出てきた今井さんが、オーナーの星野さんが日本に帰ってきてちょうど店に顔を出していると教えてくれた。

「よろしければぜひお会いしたいわ」と桂子さんは今井さんに頼んだ。

「御無沙汰しております」と言って現れた星野さんを見て桂子さんは一瞬それが星野さんだとわからなかった。変わり果てた姿、と言えば大病で憔悴《しょうすい》したか尾羽打ち枯らしたか、という感じになるが、星野さんの場合はどちらも当たっていない。ムスターシュをたくわえていた昔の、機知も愛想もあるいかにもシェフらしい様子が、ムスターシュとともにすっかり消えて、髪は職人風に短めに刈られ、要するに妙に抽象化された人間がそこにいた。別人のようになったと

言うのも当たらない。別の個性をもった人間に変貌したわけではなくて、むしろ個性というものが消滅してしまったのである。桂子さんは挨拶に困った。お元気そうで、と言ってもいいけれども、今の星野さんは病気でもなく元気でもなく、すべての波とは無関係なフラットな状態にあるとしか思えなかった。

「誰かの小説の題ではないけど、特性のない方におなりになった、というところかしら」

桂子さんがそんな感想を漏らすと、星野さんの顔に雲間からようやく顔を出す太陽のような微笑が浮かんだ。本当はもっと適切な言葉を使って、「怪物」または「お化け」と言いたかった。

「特性のない男ですか。それはなかなか正確な見方ですね」と言いながら星野さんは平静な顔に戻った。

「満智子さんから伺って余計な心配もしていましたけど、どこもお悪いようには見えないし……」

「ある時期、肝臓を少々悪くしたことがありますが、今は特に悪いところもありません。しかしどこも悪くないと言えばそれも嘘になる」

ドーパミンのようなものが足りないとか多すぎるとか、脳の方に異常があるのではないかというのが桂子さんの前々からの推測だったが、それを口に出すわけにはいかない。ところが桂子さんの思案の中身を読んだかのように、星野さんの方からこう言いだした。

「悪いところがあるとすれば、頭の方でしょう。かりに精神というものがあるとしましょう。脳かフォアグラのような形をしたものを思い浮かべて下さい」

「思い浮かべました」

「それが精神というものだとしましょう。その精神が、アルツハイマーのような病気に侵されて変質、変形して、別のものに変わったと考えて下さい」

「考えました」

「皺もなくなって、表面はつるつるの、中は合成樹脂の詰まった、ボーリングのボールみたいなものになる。そうしてその精神は普通の人が興味を覚えることにもまるで興味を覚えなくなり、同時に何事にも誰に対しても責任というものを感じなくなる……これは立派に精神病ですよ」

「厭世《えんせい》病、厭人病の合併症かしら」と桂子さんは深刻そうな調子にならずに言った。「今思いつきましたけど、そういう病気なら、出家、遁世《とんせい》という形の転地療法はいかがかしら。西行みたいに世を捨てて庵《いおり》でも結ぶのがよさそうです」

「現に遁世に近い境地にあります。ただ、おっしゃるように、形を整えることも大事ですね。本格的な遁世を敢行しましょう。棄てるべきものは沢山あって事実上棄てていますが、これから棄てる手続きをしてきちんと棄てる」

「満智子さんもですか」

「勿論です」と星野さんは平静な声で言った。

「御本人はとっくに棄てられたことを知っているし、自分でも星野さんを棄てていると思います」

「あの人も私も相手なしに生きていける人間らしい。互いによく似たタイプの人間です。ただ、あの人は自分でやりたいことがあるから、それをやることで生きていける。私の場合はやりたいことは何もないが、何もしなくても生きていける」

「考えてみれば不気味なお化けみたいですね」ととうとう桂子さんは言ってみた。星野さんは別に驚きもせずに、

「目も鼻もない球体のお化け、またはタブラ・ラサのお化け、といったところでしょう」

「白紙の状態ですか」

「ええ。世の中の方に顔は向けていても、その顔がただの白紙です。いくら情報を吸収しても、中からは情報を発信しないという意味の白紙です。何も書かれていない白紙とはそういうことです」

「不思議な方だわ」と桂子さんは笑った。このままこの人と向かい合っていると、自分も「タ

ブラ・ラサ」の顔をしたお化けになってしまいそうな気がした。と言って、この調子で話を続けることが妙に楽しいのも説明のできない事実だった。

「時に、御自分のお店のお料理はいかがですか」

「今井君も堕落しましたね」

星野さんは嬉しそうに片目をつぶってみせた。

「懐石風フランス料理のことですか」

「それもありますが、根本的には、客の気に入るものを出す商売人になった、ということです。しかし今井君を非難するつもりは全然ありません。例の病気のせいで、私には『べき』の語法を使う気力はないものですから」

「ひところよりも繁盛しているようですよ」

「そのようです。今の活気が続いている間に、いずれこの店も誰かに譲ろうと考えています。満智子がその気なら一番いいんですがね。離婚の時の贈り物にします」

「それはいいことですね」と桂子さんも賛成した。離婚にもその贈り物にも賛成したのである。

「しかし満智子はこんな厄介なものはいらない、売り払ったら、と言っていました。店を誰かに任せて監督していくのも気が進まないということらしい」

「よろしければ、私のところで買わせていただいてもいいわ。不動産部門をやっている子会社があリますから。で、ロアジスは会社にして、経営は適当な人に任せるとして、星野さんと満智子さんにはその会社の株を差し上げます。ただし、その場合は星野さんには音楽監督ならぬ料理監督に就任していただかなければ」

「隠遁しても監督をやるんですか」と星野さんは笑った。

「読経三昧《どきようざんまい》というわけにもいかないじゃありませんか。実はほかにも料理監督をお願いしたいところがあります。これから入江さんがつくる fashionable society のクラブですが、そちらの件はまた後日お願いに上がるとして……」と桂子さんは話を打ち切った。部屋の外に神野さんの姿が見えたからである。

神野さんは相変わらず黒々と光沢があって一筋の乱れもない頭をしている。顔の輪郭にも体つきにも鋭さのある美男であることを桂子さんも認めているが、全体の印象となると、なぜか不自然でいかがわしいところが目立つのである。有能で野望も闘争心も旺盛なのに、それが本物の男らしさとはならないで虚勢や卑しさに近づいてしまう。この人に女がいるとしたら、その女の前では思いきり下品な男になって暮らしているのではないか、と桂子さんは想像した。そんな男と差し向かいで食事をするのは実は少しも楽しくない。できれば御免蒙りたいところである。しかし仕事の関係でやむをえないことでもあるので、今は桂子さんの方から一歩踏みこんで、ワルツでも踊る時の距離に近づいてみることにしていた。相手からすれば馴々《なれなれ》しいと思うような率直さで冗談を言ってみたりもする。しかし相手は用心深い獣のように自分の距離をとる。決して桂子さんと体の触れ合うような踊りを踊ろうとはしない。

星野さんと神野さんを引き合わせてから、桂子さんは神野さんと二人でテーブルに就いた。「あれから『ハイ・ライフ』のサブスクリプションは二万を超えました」と神野さんは仕事の話から始めた。

この秋に創刊号を出した雑誌の方は幸い成功だったようで、桂子さんとしては、その労をねぎらうというよりも、神野さんの自慢話の類を聞いてやるつもりでいた。しかし相手は余りその話に熱を入れる様子を見せない。それが、この程度の仕事はうまく行って当たり前と言わんばかりに自分を抑えているようで、桂子さんにしてみればその態度は可愛くない。桂子さんも無理をして相手を持ち上げるのは止めにした。

『ハイ・ライフ』はテレビ、新聞などでは一切宣伝せず、入江さんの関係しているコンピュータ・コミュニケーションのネットワークを通じて、入江さんと桂子さんが「摑んでいる」人たちに繰り返し見本とメッセージを送って予約購読の勧誘をしたのである。予約購読の申し込みができるのはこちらから選んでメッセージを送った人たちに限られる。「選ばれなかった」人々はこの雑誌の話を聞きつけて予約購読の申し込みをしてきても断られたり保留されたりするというわけで、そのことをまた神野さんは抜かりなく宣伝して、雑誌の中身ではなく性格が話題になるようにした。そうなると、ある範囲の人々の間では予約購読の勧誘が来たかどうかがしきりに問題になる。

「こういう方式を考えた私たち三人組はかなりの悪人ですね」と桂子さんは肩をすくめて笑ったが、三人組とは入江さんと神野さんと自分のことである。

「購読はできないが見栄を張りたいという人を狙ったのか、創刊号の記事をダイジェストして紹介する週刊誌が出てきました」

「入江さんの方では仮称『東京クラブ』の会員選定が進んでいます。発足時の会員は三千人程度で、会員五名の推薦で会員を増やしていって、最終的には一万人位の規模になるのではないかという見当です」

「一万人に一人足らず、ということですか」

「多すぎますか。子供と七十歳以上のお年寄りは除きますから、もっと高い比率になります。この国の society の規模としてはやや大きすぎるかもしれませんね」

「政治の業界の面々は入れないんでしょう?」

「堅気の人しか入れないということですから」と桂子さんは笑った。

「賛成ですね」

「もっとも、国会議員としてまともな仕事をしている方で人品卑しからぬ方がいれば、表向きの看板通り、立法業、国政監査業という立派な仕事の方と見てもいいのではないか、と入江さんは割に柔軟に考えています。宗教関係で人と金を動かしている人も組の関係者もお断り」

「成金も会員の資格なし、でしょう?」

「人間次第ということでしょうね」

「すると私なんかは、これからいくら稼いでみても、見込みがないわけだ」

神野さんは珍しく冗談を言って笑った。

「神野さんにはいつも裏の事務局にいて悪いことをやっていただかなければならないから、教養を積んで人格高潔になっていただいては困るんです」

「正直なところ、私にはそれがむいています。というよりもそれしかできないと思いますね。その fashionable society の方々の前に出て風格のある執事の役をやれと言われてもやれそうにありません」

「それは私にランブイエ侯爵夫人やニノン・ド・ランクロやジョフラン夫人みたいなサロンの女主人がつとまりそうにないのと同じことで」と桂子さんも言った。「私の場合も入江さんの陰にいて、時々手を握ったりお尻をつねったりする位のことでしょう」

「そうはおっしゃいますが、今の入江さんのクラブに足を運ぶ人が増えたのも、そのランブイエ侯爵夫人顔負けの女主人が出現したためだともっぱらの噂ですよ」

「私はホステス兼入江さん直属の secret agent にすぎません」

「恐ろしい存在ですね」

「神野さんに対してもそうかもしれませんよ」

「私については特にどんなことを調査なさるんですか」

「スパイの口からそんなことが言えますか」と桂子さんは笑いながら睨んだ。「でも、強いて言えば思想調査かしら。昔の公安みたいですけど」

「自慢じゃありませんが、私ほどイデオロギー的に脱色されている人間も珍しいと思いますよ。それに、正義感欠落症でもある。純粋ゲーム人間の典型だと思いますが」

「そのようにお見受けしていますけど、少しは色どりも道徳的体臭もあった方がかえって信用されるのではないかしら。あるふりをするだけでも」

「入江さんの場合はどうですか」と神野さんは矛先を変えた。これは反撃に転じたというよりも、日頃から知りたがっていたことをここで持ち出したという調子だった。

「今度はスパイから逆に情報を取ろうというわけですね」と桂子さんはわざと厳しい顔をした。

「入江さんも一面ゲーム人間でしょうけど、あの方の場合、自分が面白くてやりたいことと、やるべきだと考えることとが完全に一致しているのではありませんか」

「いつかお訊きしたいと思っていましたが、結局のところ、入江さんが政治の舞台に上がるのは何のためですか。一つしかない椅子を取って座るゲームを楽しむためですか」

「そのゲーム自体も入江さんにとっては楽しいのでしょう。私にはまだ理解できないことですけど、まあそれは趣味の問題ですから。でも、その椅子取りゲームを楽しむことが目的であるようなふりをしながら、入江さんの本当の楽しみは、御自分が描いているあることを見事に実現してみせたい、ということではないかしら」

「それは何でしょう?」

「何でしょうか、私にもうまく説明できません」

桂子さんは神野さんの顔に視線を固定したまま息を詰めて思案した。

「大昔の革命家なら、実現すべきものを共産主義社会なら共産主義社会という言葉で示しましたね。入江さんの場合もそれに相当するものが何かある、ということですね」

「それがなくて椅子取りゲームに夢中になっているだけの人間だったら、面白くも何ともないでしょう? 椅子を取って何をするかが面白いところです。共産主義とか何々主義とか、便利なスローガンはなさそうですけど、プラトンが『ポリテイア』でさんざん議論したような、あるべき体制について入江さんは入江さんの設計図をお持ちではないかと思います。まだそれを語る時ではないということでしょうけど、しかるべき時が来たらそれを示して、そのように世の中を変えていくつもりでしょう。それは神野さんが今度の仕事のために会社を作り、やりたいこと、やるべきことをおやりになるのと同じことではないかしら」

桂子さんはいつになく熱弁をふるってしまったことできまりの悪い思いをした。

「それはよくわかります」と神野さんは言った。「何か設計図があるということはわかります。そうにちがいない。ただ、それがどんなものかということが私にはよくわからない。例えば、入江さんが巧妙かつ細心に作ろうとしている society というものが、入江さんの理想の体制にとってどんな意味をもつものか、私には以前からよくわからない。まさか、入江さんの将来の政治的パワーとして利用できるような society だとは思えない……」

「それはそうでしょう、一万人やそこらの票田を用意したところで選挙にも出られない」と桂子さんは肩をすくめた。

「クラブと新聞、これが次の入江さんのオペレーションでしょう? 私にも次の任務が与えられていますが、理解できないことは確信をもってやるわけにはいかない」

「露骨に言えば上流社会の輪郭をはっきりさせることを通じてエリート階級というクリームを固まらせ、政治をこの階級の仕事にしようという深謀遠慮ではありませんか」と桂子さんは少し苛立った調子で断定した。自分の舌を使ってこんな演説はしたくない、と思いながらも、いったんしゃべりだすと制動が効かないようだった。

「やはりプラトンですね」と神野さんはうなずいた。

「神野さんはこのイデオロギーとは違うイデオロギーをお持ちではないかと私は勝手に勘繰って、だから思想調査をするスパイの話を持ち出したりしたんです。脱イデオロギーなんて、簡単に信用するわけにはいきません」

「狼というものはイデオロギーよりも口に入る肉の方を信用します」

「狼には狼の体臭があるように、人間の場合、どんなに脱臭したつもりでもイデオロギー臭と育ちから来る体臭のようなものは残りますよ」と桂子さんは穏やかな顔に返って言った。

「無臭だ脱イデオロギーだと無理はなさらない方がいいわ。御自分に合わない臭いのする仕事はうまく避けるという手があります。入江さんも私も、神野さんとの関係はギヴ・アンド・テイクで、好きな、得になる仕事だけをしていただければいいと思っています。入江さんは前から滅私奉公型の人はいらないという原則で仕事をしてきた方です」

「有難うございます」と神野さんは肩の力の抜けた様子で言った。「女の方とこんな話ができるとは意外でした。いや、女の方だからこそできるのかもしれない。男はみんなライバル同士か、さもなければ主従の関係になるか、それ以外の関係はありえませんから」

「そうかもしれませんね」と桂子さんも同意した。「私に言わせれば男の友情も男のホモセクシュアルの関係も理解できません。意気投合、肝胆相照らす、刎頸《ふんけい》の友、みんな嘘臭いわ。酔っ払って抱き合っている親友同士なんて、見る方が鳥肌立ちます。男は概して女々しくて嫉妬で動く動物のようですよ。神野さんも男だからその要素はおありでしょうけど、女の私とならば嫉妬なしにお付き合いができるのではありませんか」

「おっしゃる通り、男は大抵男に対する嫉妬をエネルギーにして生きていますね。近頃は女性でも有能な人が目立つようになりましたから、男の嫉妬が女性にまで向けられる。情けない話ではありますが……」

「女性は嫉妬すべき相手ではなくて、食欲を覚えて食べるべきものですよ」と言ってから、桂子さんはこの際訊きにくいことも訊いておく気になった。「その方面のことをお伺いしたら、ノーコメントかしら」

「そんなことはありません。ただ、コメントすべきことがなさすぎるだけです」

「食欲は正常ですか」

「食欲不振の方ですね」と神野さんは素直に笑った。

「それはいけないわ。お薬でも飲まなければ、例えばフィルトルとか」

「何ですか、それは」

「媚薬《びやく》。トリスタンとイズーが飲んで死ぬまで効き目があったというフィルトルなんか強力すぎて困りますけどね。もう少し穏やかな、不特定の女性相手に効果のある食欲増進剤がいいんです。と言っても私もその方面のことには疎くて……時に、その病気の原因はトラウマですか」

「典型的なトラウマでしょうね。若い頃の結婚の失敗ということですから」

「まだ治りませんか」

「寒い時や季節の変わり目には傷口が痛むんです」

神野さんは珍しく気の利いた応対をして調子を合わせた。多少踊りらしくなってきたところで、桂子さんはこの日のおかしな食事付き会談を切り上げることにした。一年後に神野さんが女性に対する慢性胃腸病的症候群を治しているようなら桂林荘に招待することになるだろう、ただしその可能性は今のところ五分五分というところだろうか、と桂子さんは思った。別れ際に神野さんが握手を求めたので桂子さんは少し長めに握手をした。今後ともよろしくお願いしますという挨拶は商談がまとまった後のありきたりの挨拶を思わせたが、神野さんの「よろしく」には仕事のパートナーとしての協力以上のものを求める調子があったし、桂子さんも手に温かい血を集めて優しい握り方をしたつもりだった。

当日の朝、桂子さんは運転手付きの入江さんの車で一緒に桂林荘に向かった。自分の車は去年と同じように林さんと橘石慧さんに回した。石慧さんは車の運転をしないし、御老体の林さんはこの一年の間に身体の衰えが一段と目立つようになって、自分ではあの山奥まで行くのも今年が最後だろうと言っていた。

考えてみれば、去年は自分で運転していったということも含めて、あの集まりをあの時期に強行したこと自体が少々悲愴《ひそう》味を帯びていたような気がする。いろいろなことが鎖状につながって思い出された。母の文子さんは、重体の夫君を見るなり「もうあちらの人におなりのようね」という判断を下した。その言葉が浮かぶと、哀しみの嚢の口が思わずゆるんで、中身が少しばかり漏れて涙になったことも思い出した。それも一人で車を走らせている時のことだった。涙で曇ってくる目を見開いてハンドルを握っているのはいかにも悲愴である。今は一人ではなくて入江さんが横にいる。

去年のあの日は、前日までの雨が上がったのはよかったが、風が強かった。天上大風の日で、このあたりの山道に入ると、蒼天を駆け抜ける風に吹き散らされた雑木の紅葉が何かの赤い死骸のように降り注いできたりした。それに比べて今年は穏やかな秋日和に恵まれている。折角の紅葉が吹き払われる心配もなかった。空は磨きたてた鏡のように晴れ上がっていた。

そんな比較をして去年の話をすると、入江さんはうなずきながら、この一年の間の変化は激しいという感想を漏らした。

「何しろ、一年前には桂子さんと二人でここまで来るようになるとは思わなかった。予定では、こうなるまでには最低一年半かかると覚悟していた」

「予定が早い方に狂ったのがお気に召さないの？」

「気になるね」と入江さんは笑った。「予定というものは狂わない方がいい。順調過ぎるのも薄気味が悪いもので、意地の悪いモイラが何か罠《わな》を仕掛けてあるのかもしれないと思ったりするね」

「用心深い方ですね」

「考えてみると、この作戦を開始したのは山田さんが亡くなった時だ。だから、成功するのは早くても一周忌から半年後と予想していた」

「私のせいですね。不逞《ふてい》の女だからこういうことになったのです」と桂子さんはわざと芝居がかって言った。

入江さんは前を向いたまま笑って桂子さんの膝を叩いた。その手を桂子さんの手が捉《とら》えた。

「さっきから時間が分岐して別の流れに入ったような気がするね」

「忙しい方は時間を粒状にしてデジタルで使っているから、正常な時間の流れに身を任せると、かえって感覚がおかしくなるのね」

「その通りかもしれない。ただし、『忙しい』は禁句にしよう。実はこのところプールで泳ぐ暇もないが、君と同じ時間の流れに身を任せていれば泳ぐ代わりにもなる」

「向こうに着いたら泳げるお風呂もあります。ほかの方が着くのは午後になってからですから」

玄関には石慧さんの筆になる扁額《へんがく》がかかっている。

「これはいい」と入江さんは気に入ったようだった。「私もあれを橘さんにお願いしよう。しかし肝腎の名前をまだ付けてもらっていない」

「無名庵では駄目ですか」と言って、桂子さんは首をすくめた。この夏から改築にかかっているという入江さんの「無名庵」の命名のことである。

管理人の保坂さんと「非常勤」料理人の高橋さんが挨拶に出てきた。一足先に来ていた二宮さんが運んできたお茶を川の見えるロビーで飲んでから、桂子さんは二階の入江さんの部屋に案内した。

「特別室でございます」

「高そうだね」

「あとでもう一人押しかけますから、特別広い部屋をお取りしておきました。ではどうぞごゆっくり」

「これは些少だが、取っておきたまえ」と言って入江さんは桂子さんの唇にすばやく「心付け」を押し付けた。

下で高橋さんのこの日の献立予定に目を通したのも去年の通りである。

「今年は茸料理は出ないんですか」

「茸は不作です。実は森先生が早めにお見えになって、珍しい茸を探してきて下さるのを期待しているんですが」と高橋さんは言った。

その森さんは今年は陽子夫人と二人だけで午後一番に着いた。

「キッズは昨年披露しましたので、今年はペット預かり所に預けてきました」

「祖母に預かってもらったんです」と陽子さんが修正した。

「ということで、われわれは早速茸狩りに専念させていただきます」

「私は協力いたしません。茸マニアのお供をしているとひどい目に遭います」

そんなわけで森さんが一人で出かけたあと間もなく、他の人たちが相前後して到着した。林啓三郎さんと橘石慧さん、ドーラ・カースルメインさんとマックス・ホランダーさんがそれぞれ同じ車で来たあと、内藤典子さんと満智子さんは一人で車を運転して、津島さんは運転手付きの車で、専務の平岡さんも運転手付きの車でそれぞれやってきて、最後に三島秀雄君が智子さんを乗せて到着した。途中の運転は智子さんの無免許運転だったと肝を冷やすようなことを三島君は言っていたが、どこまで本当かわからない。

「智子さんはお顔からは想像できない大胆にして無謀な運転をしますね」

「単に下手なだけでしょう」と桂子さんは厳しい顔をして言った。三島君は一瞬女の先生に叱

られた生徒のように首をちぢめたが、

「実を言うと、みちみち喧嘩しながらきたんですよ」と説明した。「サントゥールやシタールが弾けるようになったと専門家みたいなことをおっしゃるので、少々たしなめて差し上げたらお冠だ」

「この決着は後でつけましょう」と智子さんが宣言した。

「それならひとまず休戦協定を結んで、お二人にはみなさんを『竹里館』に案内していただきたいわ」

「あの石段は相当なものだ。今の私には黄山の山道に等しいから、今回は遠慮させていただきます」と林さんだけが居残りを希望した。それで桂子さんも残って林さんのお相手をすることにした。秋の山の重なりが見渡せる部屋に案内すると、掘炬燵に入ってベーレンアウスレーゼを飲みながら山を眺めた。

「『竹里館』というのはそこを登った山の上の茶室風の建物でしたね」と林さんが去年のことを思い出しながら言った。「あそこまで登れば展望が開けて、緑から黄色、褐色《かつしょく》、朱色、赤葡萄酒色《あかぶどうしゅ》と、鮮やかに染め上げられた秋の山が見える。王維の『木蘭柴《もくらんさい》』の詩ではそれが『彩翠《さいすい》時に分明』というのだった。あの詩にお父さまが俳句の調子でつけた訳がありましたね。いまの句が確か、『全山のもみじの錦《にしき》輝けり』でしたな。『夕嵐《せきらん》の処《お》る所無し』はどうでしたっけ」

「『夕靄《せきあい》の息もとどめぬ秋の空』です。でもよく覚えていて下さいました。先程ロビーでお目に止まったのは、あのあと橘さんがこの詩の感じを描いた四枚組のリトグラフなんです。あとでみなさんに一組ずつ差し上げようと思っています」

「それは有難い。結構なお土産を頂戴することになる」と林さんは微笑の絶えない顔でお礼を言った。それからその微笑を中断して、「二人きりになったところで、ほかではしにくい話をしておきましょう。まあ、遺言みたいなものです。お願いもある」と言う。

「奥さまのことですか」

「それもあります。あの人のことはそれほど心配しているわけではない。ぼけはひどくなっているが、いいところに預けてあるから、私の後もまだしばらくは生き残りそうです。あの人が逝くと、葬式の世話をお願いしなければならない。勿論、息子が喪主になってちゃんとやるだろうが、あの人とは血のつながりはないし、ほとんど話をしたこともない関係だ。あなたにはそれとなく世話を焼いていただきたい」

「お役に立つことなら何でもいたします」

林さんは黙って頭を下げたが、顔を上げるとまた例の無間断の微笑を浮かべていた。

「昔、そう、十年ほど前に、あなたを息子の嫁にもらえたら、という冗談を言ったことがある。まだ山田君が健在だった頃です。宗教戦争の結末が離婚ということになれば、という想定の下にそう言ったけれども」

「覚えています」

「記憶がよすぎてこちらは決まりが悪くなるが、あの時の言い方を解説すると、俊太郎のためにあなたを、と考えていたわけではない。息子の嫁ということであなたをもらいたかったわけです。『山の音』の主人公ではないが」

「『瘋癲《ふうてん》老人日記』というのもありました」

「そうそう、どちらかと言えばあの瘋癲老人に近いかもしれませんな」と林さんは珍しく大笑いした。

「失礼しました」と桂子さんも笑った。

「変な話だが、息子はどうでもいいし、そばにいない方がいいけれども、息子の嫁には一緒にいてもらいたい、というわけです」

「陽子さんでは駄目ですか」

「あの子は俊太郎の妻であるのみ。申し分のない森夫人であることは認めるが、それのみです。少しも面白いところはない」

それから林さんが言ったのは自分が死ぬ時のことだった。西行の「願はくは花の下にて春死なむそのきさらぎの望月《もちづき》のころ」を引いて、西行がこの歌の通りに死んだあの最期に自分も倣いたい、ということだった。

「花と言っても、私の場合は桜ではない。桂花、つまり木犀ですな。その花の下で死ぬことにしたい。これを計画してその通りに実現したい」

「その時はかならずおそばに参ります」

「そうですか。桂花の方がやってきてくれるとなると、あとは季節だけをこちらで調節すればいいことになる。来年か再来年の秋……」

林さんはそのまましばらく窓の外の山に目をやっていたが、急に思い出したように桂子さんの顔を見て、

「入江さんとのこと、よかったですね」と言った。「改まって慶祝の意を表するのもおかしなものですが、これであなたの人生は断然面白くなる」

「波瀾万丈ということですか」

「それもあるが、何しろ舞台が高く大きくなる。オリュンポスの山の上とまではいかないにしても」

「竹里館」からみんなが帰ってきたようだった。

「今年の霜樹は綺麗ですね」と橘さんが言った。「去年は『秋山余照を斂《おさ》め』の全山を描きま

したが、今年は『霜樹のミクロコスモス』を描きたい」

「今度はどんなスタイルで？」と内藤さんが尋ねた。

「倣玉堂と行きたいような風景ですが、敢えて倣元四大家樹木図と行きましょうか。特に王原《おうげん》祁《き》あたりのスタイルで」

桂子さんは保坂さんに言って、新しい客を大浴場の方に案内してもらった。川に面した大浴場は、あれから手を加えて、露天風呂に近い感じにしたのである。可動式のガラス張りの屋根にしたので、それを開け、窓も開け放てば、昼間なら秋の日差しの中で降りかかる紅葉を湯に浮かべて入浴することもできる。夜は満天の星と月が見える。

「シュンポシオン」は日が暮れてから、ということで、いったん各人の部屋に引き上げてもらったあと、桂子さんはロビーでこの日配るメニューとその裏に印刷した「本日のＢＧＭ」を読み返した。

J. Coltrane　　Giant Stepsから
Ch. Corea　　Blues Connotation/Drone
W. Lutosławski　　弦楽四重奏曲
J. Cage　　四部の弦楽四重奏曲
L. Nono　　……苦悩にみちながらも晴朗な波……

S. Reich　Six Marimbas
K. Stockhausen　Klavierstück
若井みどり　サントゥールとフルートによるインド風テクスチュア（サントゥール＝智子）

という風な趣向であるが、そこへ三島君が現れて、

「随分凝ってますね」と言いながら覗きこんだ。

「こうして並べてみると凝りに凝って選んだように見えますけど、実は手当たり次第に持ってきただけなの。最初のGiant Stepsだけが私とある方とが共通に大好きなアルバムですけどね」

「入江さんですね」と三島君は言った。「今回は背の高さと言い容姿と言い、別格の大物が見えましたね。桂子さんのパトロンですか」

「まあそんなところだとしておきましょう」

「この前は桂子さんに子供扱いにされて、すっかり母子関係に落ち着いていたけど、今度はとうとう父親に当たる人まで登場したわけだ」

「もう母子相姦もありませんね。女三つのカンではなくて、歓びの方のカンにしましょう」と桂子さんは三島君だけにわかるような言い方をした。

「残念です。ぼくもそろそろ桂子さん離れをして大人にならなければ」

「そうですとも。ぐずぐずしているから李さんも猪股さんに攫《さら》われてしまったんです」

「ぼくは見かけによらず手が遅いんですね」

「手が遅いということは本当は食欲がないということでしょう？　人に取られて食べそこねても、まあいいやということでしょう？」

「ぼくはもともと小食なんです。それに鮫《さめ》と同じで、喰いつく相手の大きさを自分と比べてみる癖がある。自分より大きいと駄目なんですね」

そんなことを言い合っていると、林さんが出てきた。

「林先生、入江さんと言えば、林龍太さんともお知り合いだった方じゃありませんか」

「龍太の遺産を譲り受けたようです。別荘のほかにも、ある業界関係のネットワークとノウハウを買い取ってくれたようでしたね」

「はあ、そういう方ですか」と三島君は感心したようにうなずいた。「ぼくなんかには理解できない怪物ですね」

「あの人はタレーランに近い人物になれますよ。タレーランは足が不自由だったが、女たちはみな惚れこんだ。違うところは今のところその二点だ」

「つまりタレーランの足を正常にして背を引き伸ばしたような人ですね」

「あなたは背丈にこだわりすぎます」と桂子さんが笑いながら釘を刺した。

全員が揃って広間の囲炉裏風のテーブルを囲むと、桂子さんは今年も新しい人を加えて多角的交歓の会が開けることは喜ばしいという趣旨の挨拶をして、早速乾杯、「シュンポシオン」となった。今から思うと、去年は同じようににぎやかな話が飛び交う間にも微妙な緊張と悲壮感があった。桂子さん自身もいつ電話が鳴っても驚かない姿勢でいただけに、楽しさは頭の芯の方までは浸透しなかった。去年いなかった入江さんと満智子さんが両側に座っているし、平岡さんと津島さんは話がはずむようだし、『無神論者による無神論者のための比較宗教学入門』という挑発的な本を出した森さんと、「悪口　日本文学史」を書いているホランダーさん、内藤さん、それに三島君とカースルメインさんの間では、また何か新しい悪戯の計画が発酵しはじめているらしい。しかしそのうちに入江さんが話に加わると、自然に入江さんが他人の話を吸い寄せながら強力な磁力を発して話の場を支配する形になる。どんな話題にも対応できる情報のストックがあって、即座にそれを取り出してくる驚くべき処理速度があって、しかも何についても自分の意見、判断があって、受け売りもなければ単なる解説もない。桂子さんはさっき林さんが言ったように、この人は確かにタレーランだと思った。

その夜、シュンポシオンが終わって人々が寝静まった真夜中に、桂子さんは入江さんと大浴場に行った。この前のように三島君が待ち伏せしている気配はない。それに入江さんは誰かが入っていることを気にする様子もない。照明を暗くして、頭上に月と星を見ながら湯槽《ゆぶね》に体を沈めていると、昔、夫君とまだ小さかった子供たち二人とでここに来てこの風呂に一緒に入った時のことを思い出した。子供たちは桂子さんの乳房を湯に浮かぶ満月のように持ち上げて不思議そうに眺めた。同じようなことを去年三島君がした。その記憶を混ぜ合わせながらぼんやりしていると、入江さんの腕が延びてきた。それは子供たちや三島君の場合とは違って、いきなり桂子さんの後ろから回されてきてもっと強い力で二つの満月を捉えたのである。

（お断り）

本書は１９９３年に新潮社より発刊された文庫を底本としております。
あきらかに間違いと思われるものについては訂正いたしましたが、
基本的には底本にしたがっております。
また、底本にある人種・身分・職業・身体等に関する表現で、現在からみれば、
不当、不適切と思われる箇所がありますが、著者に差別的意図のないこと、
時代背景と作品価値とを鑑み、著者が故人でもあるため、原文のままにしております。

倉橋由美子（くらはし ゆみこ）
1935年(昭和10年)10月10日—2005年(平成17年) 6月10日、享年69。高知県出身。1961年『パルタイ』で第12回女流文学者賞受賞。代表作に『聖少女』『スミヤキストQの冒険』など。

交歓

2019年1月15日　初版第1刷発行

著者　倉橋由美子
発行人　岡　靖司
発行所　株式会社　小学館
〒101－8001
東京都千代田区一ツ橋2－3－1
電話　編集　03－3230－9355
販売　03－5281－3555
印刷所　昭和図書株式会社
製本所　昭和図書株式会社
装丁　おおうちおさむ（ナノナノグラフィックス）

ISBN978-4-09-352355-4

P+D BOOKS